감
염

감염

센카와 다마키 지음
김숙이 옮김

사람과 책

수술실을 나서면서 나카자와 게스케는 크게 숨을 토해냈다. 어깨를 두 번 정도 돌려본다. 목덜미에 열이 나는지 뜨거웠다. 힘든 수술을 하고 나면 늘 그곳이 뜨거워진다.

간호사가 환자를 태운 이송용 침대차를 밀며 복도 끝에 있는 엘리베이터에 막 타려고 하고 있었다.

게스케는 하늘색 모자를 벗어 주머니에 뭉쳐 넣었다. 그리고는 복도를 비추는 형광등이 눈부신 듯 눈을 가늘게 떴다.

"선생님!"

뒤에서 부르는 소리가 들렸다. 양복 차림의 왜소한 남자가 깍듯이 고개를 숙이고 있다.

"정말 고맙습니다. 뭐라고 감사인사를 드려야 할지. 만일 사장님이 잘못됐다면 우리 회사는……."

고개를 든 남자의 눈가가 씰룩였다.

조금 전 바이패스수술bypass surgery을 받은 환자는 사원이 50명가량인 정밀부품회사의 사장이었다. 눈앞에 있는 남자는 그

회사의 전무쯤 되겠지, 짐작해 본다.

"저, 이거 약소합니다만."

남자가 윗옷 안주머니에서 흰 봉투를 꺼냈다. 두께를 눈으로 확인한다.

"신경 쓰지 않으셔도 됩니다."

게스케가 말하자 남자는 고개를 저으며, 억지로 손에 봉투를 쥐여줬다. 예상했던 행동이다.

"그런 말씀 마시고."

게스케는 고개를 끄덕였다.

"그럼 사양하지 않겠습니다."

남자는 안심한 듯 몇 번이고 고개를 숙였다. 게스케는 봉투를 바짓주머니에 넣었다.

"나카자와 선생님!"

샤워실 앞에서 간호사가 부르는 소리에 게스케는 걸음을 멈추었다.

"사례금을 받는 건 금지되어 있지 않나요?"

간호사는 진료기록부를 가슴에 안은 채, 번뜩이는 눈으로 게스케를 쳐다보았다.

"어떻게 된 거죠? 선생님 옛날에는 그러지 않으셨잖아요."

게스케는 쓴웃음을 지었다. 그러고 보니 그런 때도 있었다. 하지만 지금은 체면을 차릴 때가 아니었다. 돈은 많으면 많을수록 좋다. 게스케는 간호사에게서 시선을 돌리며 말했다.

"학부장인 기시카와 선생에게 고자질이라도 해보지? 다른 의사들도 마찬가지라 어차피 소용없겠지만."

간호사의 볼이 살짝 붉어졌다. 고양이 같은 눈으로 게스케를 노려본다. 게스케는 목덜미를 문지르며 샤워실 문을 밀었다.

세면대 거울에 비친 자신을 바라보았다. 뭔가를 겁내는 듯한 눈. 불안해 보이는 표정이 보기 싫었다. 자신이 평범한 얼굴이라는 것은 알고 있다. 그래도 예전에는 표정에서 강인한 의지를 엿볼 수 있었는데. 지금은 거울 속을 아무리 들여다보아도 그런 자신을 찾을 수 없다.

나카자와 하즈키는 한숨을 쉬더니, 화장수 병을 손에 들고 걸쭉한 액체를 화장 솜에 묻혔다.

꼼꼼하게 볼을 닦아내고, 눈가에도 화장수를 두드린다. 리드미컬하게 손을 움직이는 사이 눈물이 차올랐다.

게스케는 왜 자신과 결혼한 것일까. 새삼 그런 생각이 들었다. 자신이 먼저 결혼 얘기를 꺼낸 것도 아니다. 그럴 수가 없었다. 게스케에게는 아내와 세 살짜리 아이가 있었다.

거실 소파에 앉은 하즈키는 담배에 불을 붙였다. 그리고 게스케와 결혼하기 전의 일을 떠올렸다. 외과의사 나카자와 게스케라는 이름은 도토대학에 오기 전부터 알고 있었다. 미국에서 장

기이식을 직접 다룬 적도 있는 고명한 의사의 이름은 의학 잡지
뿐 아니라 신문에도 실렸던 것이다. 그러한 그가 바이러스 연
구가 전공인 자신에게 자문을 구하러 왔을 때는 무척 놀랐지만,
이야기를 듣다 보니 이해가 갔다. 이식수술을 한 환자는 면역억
제제를 복용하므로 여러 가지 감염증을 일으킬 위험성이 있다.
그래서 바이러스에 관한 최신 지식을 얻기 위해 게스케는 일주
일에 한 번 정도, 비교적 한가한 저녁 시간에 하즈키의 연구실
을 찾아왔던 것이다.

하즈키는 큰 키에 투박한 몸집을 가진 게스케가 가운을 입은
채 등을 구부리고 자신이 가리키는 논문자료를 들여다보는 모습
에 호감이 갔다. 뻣뻣한 머리를 쓸어 올리면서 진지한 표정으로
질문해오는 그에게서는 최선두에 있는 외과의사로서의 자부심이
엿보였다. 이토록 진지한 태도로 일에 몰두하는 남자는 이제까
지 하즈키 주변에는 없었다. 동경하던 마음이 어느새 연애감정
으로 바뀌었다. 하지만 처음부터 포기하고 있었다. 여자로서 자
신의 가치는 자신이 가장 잘 알고 있었다. 지적이라는 말은 들
었어도 미인이라는 말은 결코 들어본 적이 없는 용모. 너무 말
라 부드러움이라고는 전혀 없는 몸매. 애교가 없다는 말을 늘
들어온 자신이 게스케의 마음을 사로잡을 리 없었다.

"아오야마 씨는 명석하기도 하지만 굉장히 강한 사람이군요."

게스케가 그런 말을 했을 때 '역시'라고 생각했다. 그는 한
사람의 인간으로서, 연구자로서의 자신을 높이 평가해주었다.
하지만 그것은 연애감정과는 한참 다른 것이다. 그런 게스케에
게 자신이 그를 동경하는 있다는 사실조차 들키고 싶지 않았다.

하즈키는 이제 막 불을 붙인 담배를 재떨이에 비벼 끄고, 소파
위에서 무릎을 껴안았다.

그런데 어느 날 밤, 술에 취해 연구실에 나타난 게스케는 학생

들이 잠시 눈을 붙이는 소파에서 하즈키를 강제로 안았다. 그러나 그가 왜 그런 행동을 했는지 알 수 없었으며, 그 일로 어떤 변화가 있을 것이라고도 생각하지 않았다.

자신은 겁쟁이였는지도 모른다. 승산이 없는 게임에 나설 마음이 없었던 것이다. 마치 그런 하즈키의 마음을 들여다본 것처럼 게스케는 그 이후 연구실을 찾아오지 않았다. 당연히 그러리라 생각했기 때문에 원망스러운 마음도 들지 않았다. 게스케의 모습을 우연히 캠퍼스에서 볼 때마다 가슴이 아팠지만, 자신이 먼저 그에게 말을 건넬 생각은 없었다. 거절당하는 것이 두려웠으리라.

게스케가 다시 하즈키 앞에 나타난 것은 그로부터 한 달쯤 지나서였다.

"기미코와 이혼했으니 결혼하자."

게스케는 그렇게 말하고 혼인 신고서를 내밀었다.

하즈키는 당황하였지만 결국 게스케의 청혼을 받아들였다. 더 이상은 자신의 마음을 속일 수 없었다. 좋아하는 감정은 어쩔 수 없다. 게스케는 절대 외모나 겉으로 보이는 친절함으로 여자를 판단하는 사람이 아니기 때문에 자신을 선택한 것이라고 타일렀다. 거절할 이유도 찾지 못했다. 그렇게 해서 하즈키는 게스케와 살기 시작했다. 조금 망설이기는 했지만 결혼 전의 성인 아오야마를 버리고 나카자와 하즈키가 되었다.

결혼하고 나서 반년 정도는 마냥 즐겁기만 했다. 혼자가 아니라는 것이 행복하다는 사실을 처음으로 깨닫기도 했다. 둘 다 일이 바쁘다 보니 함께 외출하기는 어려웠지만, 일요일 밤 술을 마시며 한 주일 동안에 있었던 일을 서로 얘기할 때, 실험이 길어진 겨울 밤 게스케의 체온으로 따뜻해진 침대로 들어갈 때, 말할 수 없는 행복을 느꼈다. 그가 자주 아들을 만나러 가는 일은 소문을 통해 아들의 몸이 건강하지 않다는 것을 들어 알고 있었기에 크게 신경 쓰지 않았다. 중요한 것은 게스케가 자신의 남자라는 사실뿐이었다.

그런데 지금은 어떤가.

하즈키는 새 담뱃갑을 뜯었다.

언제부터였을까. 게스케의 웃는 얼굴을 볼 수 없었다. 예전처럼 귀가 후, 감염증에 관한 최신 정보를 듣고 싶어 하는 일도 없어졌다. 또한, 병원에서의 인간관계에 대해 의논하는 일도 없어졌다. 집에 오면 멍하니 혼자만의 생각에 빠져들 뿐 하즈키를 옆에 있게 하지도 않았다. 원래도 말수가 많은 편이 아니었지만 더욱 과묵해졌고 하즈키와 눈도 마주치려고 하지 않았다.

게스케의 태도가 왜 달라졌는지 짚이는 것이 없었다. 그 이유를 알지 못하는 자신이 한심스러웠다. 그동안 둘이서 원만하게 살아왔다고 생각했었다. 말다툼조차 한 적도 없다. 아니면 자신도 모르게 게스케가 화낼 만한 짓을 한 것일까. 극히 사소한 불만. 그것이 쌓이면서 어느새 깊고 어두운 도랑이 된 것일까.

게스케는 후회하고 있는지도 모른다.

생각하고 싶지 않은 일이 계속 떠올랐다.

어린 아들과 아내를 버린 죄책감 때문에 게스케의 태도가 달라진 것이라면 너무도 비참할 것 같다. 아니면 누군가 따로 좋아하는 사람이 생긴 것일까. 생각할수록 마음이 무거워졌다.

하즈키는 관자놀이를 손가락으로 문지르며, 눈을 감고 소파에 몸을 기댔다.

현관문의 열쇠를 돌리는 소리가 들렸다. 슬며시 삐거덕거리며 문이 열리는 소리. 그리고 조그만 헛기침소리에 이어 발소리가 들려왔다. 발소리는 침실 앞을 지나친 채 거실로 향하고 있었다.

하즈키는 몸을 뒤척이고는 귀를 기울였다. 욕실 문이 열리나 싶더니 세찬 물소리가 났다. 물방울이 욕실바닥을 격렬하게 두드리는 소리.

물소리가 그치자 욕실 붙박이장을 뒤지는 소리가 났다. 발소리는 다시 거실에서 주방으로 향한다. 게스케의 조금 구부정한 뒷모습이 눈에 떠오른다.

냉장고 문을 닫는 소리가 났다.

'푸쉿' 하는 소리는 캔 맥주를 따는 소리. 이어서 텔레비전 소리가 나직하게 흘러나왔다. 최근 자주 듣는 발포주(맥주에 비해 맥아 비율을 거의 25퍼센트 미만으로 낮춰, 가벼운 맛이 나고 가격도 저렴해 일본에서 주목받는 알코올 음료—옮긴이)의 광고노래다.

하즈키는 꼼짝하지 않고 천장을 바라보았다.

게스케는 무슨 생각을 하면서 소파에 앉아있는 것일까. 텔레비전을 보는 것은 아닐 터이다. 캔 맥주를 기계적으로 입에 가져가 목을 축이고 있을 뿐이라는 생각이 들었다. 분명히 게스케는 멍한 눈을 하고 있을 것이다. 약간 길쭉하면서 부리부리한 눈은 아무것도 보고 있지 않을 것이다. 아니, 보려고도 하지 않을 것이다.

그의 머릿속에 있는 것은 일일까. 아니면 헤어진 전처와 아들 일까. 어느 쪽이든 자신은 게스케의 머릿속에서 완전히 제외되어 있었다. 설사 지금 침대에서 빠져나가 게스케 옆에 앉는다고 해도 말 한마디 건네주지 않을 것이다.

갑자기 텔레비전 소리가 사라지고 발소리가 천천히 침실을 향해 다가왔다. 하즈키는 몸을 돌려 방문을 등졌다.

불도 켜지 않고 방에 들어온 게스케는 얇은 여름 이불을 젖히고 하즈키 옆에 누웠다. 살짝 침대 스프링 소리가 난다.

하즈키는 캄캄한 벽을 응시했다. 어둠에 익숙해지자 평소 보지 못했던 자잘한 흠이 눈에 들어온다.

게스케의 숨소리가 옆에서 들려왔다. 그 소리에 맞춰 에어컨 돌아가는 소리가 나직이 울린다. 자동차가 아파트 앞 도로를 달리는 소리도 들린다.

하즈키는 마음을 굳게 먹고 게스케의 몸에 팔을 뻗었다.

"저 말이어요."

목이 잠긴 소리에는 애원하는 듯한 울림이 섞여 있었다.

게스케의 목덜미에 입술을 갖다 대었다. 땀이 조금 밴 살갗에서는 비 갠 뒤의 흙냄새가 났다. 이제는 익숙해진 냄새. 꽤 오랜만에 맡아본 기분이 든다.

"아직 안 잤어?"

게스케는 나직한 목소리로 말하며 하즈키의 손목을 잡았다. 천천히 그러나 확실하게 손을 떼어놓고 있었다. 그 움직임에 저항하듯 몸을 바싹댔지만, 게스케는 몸을 비틀어 하즈키에게서 등을 돌렸다.

"내일 일찍 나가봐야 해. 당신도 곧 가을학회로 바빠질 시기잖아."

"그렇지만……."

목구멍까지 올라온 말을, 하즈키는 삼켰다.

게스케가 짜증이라도 낸다면 대꾸라도 할 수 있을 것이다. 그러나 마치 약을 먹기 싫어하는 환자를 타이르듯 냉정한 게스케의 말투에 하즈키는 말 붙일 엄두가 나지 않았다.

구급차 사이렌 소리가 희미하게 들려왔다.

턱까지 끌어올린 얇은 이불자락을 물었다. 오열이 새나가지 않도록 이를 악문다. 그럼에도 눈꺼풀 안쪽에서 치미는 눈물까지 멈출 수는 없었다.

게스케는 자신의 몸을 이불로 단단히 여미고, "잘 자"라고 중얼거렸다.

대답할 기분도 들지 않아, 커튼 그림자가 천장에 그려내는 기하학적 무늬를 멍하니 바라보았다. 옆에서는 게스케의 규칙적인 숨소리가 들려온다. 숨소리는 점점 느려지더니 어느덧 잠이 든 듯했다. 내일 아침 게스케는 분명히 아무 일도 없었던 것처럼 "잘 잤어?"라고 말하겠지. 여느 때처럼 감정이 실리지 않은 목소리로. 체념 비슷한 감정이 번져간다.

그때, 별안간 전화가 울리기 시작했다.

의식이 현실로 돌아왔다.

게스케는 재빨리 상체를 일으키더니, 사이드테이블의 전기스탠드를 켜고 무선전화기를 집어들었다.

응급환자일까.

백열등 불빛에 얼굴을 찡그리면서 하즈키는 생각했다. 게스케는 직업상 한밤중에 병원으로 불려나가는 일이 많다.

"나카자와입니다."

나직한 목소리로 게스케는 말했다.

하즈키는 베개 옆에 있는 리모컨을 집어들었다. 에어컨의 온도를 1도 올리고는 전화기에서 흘러나오는 소리에 신경을 집중했다. 내용을 들을 수는 없었지만 긴박한 말투라는 것은 알 수 있었다. 더구나 여자목소리 같았다.

하즈키는 상체를 일으켜 이불을 턱 언저리까지 끌어올리고 게스케의 등을 바라보았다.

게스케가 있는 의국에 여의사가 있다는 소리는 들은 적이 없다. 간호사일지 모른다고 생각하려 했지만 게스케의 응답이 어쩐지 어색하다. 상대의 말에 짧게 대답만 할 뿐 게스케 쪽에서는 아무 말이 없었다. 등 뒤에서 숨죽이는 자신을 의식해서일 것이다. 그 증거로 게스케는 수화기를 손으로 막고 있었다.

"곧바로 가지."

게스케는 전화기를 거칠게 내려놓고 침대에서 빠져나갔다.

"응급환자예요?"

"나갔다 올게."

게스케는 옷장에서 황록색 폴로셔츠와 치노 팬츠(베이지색 계통 색깔의 능직면포綾織 綿布로 만든 캐주얼 바지—옮긴이)를 꺼내 갈아입기 시작했다.

베개 옆에 있는 자명종시계를 힐끗 보니 이미 새벽 3시가 지나가고 있었다. 중환자를 여러 명 담당하고 있는 게스케지만 이런 시간에 나간 적은 거의 없었다.

게스케는 혁대를 매고 전기스탠드를 껐다.

"깨워서 미안해."

검은 그림자가 말한다.

"잠깐만요!"

게스케는 아무 말 없이 침실을 나갔다. 그리고 현관문을 여는 소리가 들렸다.

하즈키는 크게 한숨을 쉬고는 다시 이불을 덮었다.

이런 시간에 여자한테 전화가 걸려오는 이유, 게스케가 나가는 이유에 대해 깊이 생각하고 싶지 않았다. 생각하면 비참해질 뿐이다.

문득 아버지의 얼굴이 뇌리에 스쳤다.

게스케와 결혼한다는 이야기를 하려고 이와테 현 본가에 갔을 때, 서글플 만큼 야윈 아버지는 하즈키와 절대로 눈을 맞추려 하지 않았다. 엄마가 돌아가신 이후 혼자서 꾸려나가는 진료소의 진찰실에서 나와 보지도 않고, "몹쓸 짓이나 하고 말이야"라고 내뱉듯이 말했다. 아버지는 하즈키가 게스케를 그 아내와 아이에게서 빼앗았다고 생각했다. 그리고 그런 딸을 용서할 수가 없었던 것이다. 그 이후로 아버지를 한 번도 만나지 않았다. 내일, 전화를 걸어볼까. 순간 그렇게 생각했지만 하즈키는 머리를 흔들며 아버지 모습을 뇌리에서 지웠다. 이렇게 손가락으로 심장을 후비는 듯한 고통은 누구에게 호소해도 풀리지 않으리라.

천장을 바라본 지 얼마나 시간이 흘렀을까. 어느새 창밖이 밝아지고 성급한 참새가 지저귀고 있었다.

하즈키는 침대에 엎드려 손으로 턱을 괴었다. 침대 옆에 있는 무선전화기를 집어 다시 한 번 재발신 버튼을 눌렀다. 같은 동작을 이미 열네 번이나 반복했는데도 게스케는 받지 않았다. 마찬가지일 것으로 생각하면서도 버튼을 누르지 않고는 견딜 수 없었다. 결과는 짐작대로였다. 신호음이 한 번 울리자 전화를 받을 수 없다는 응답메시지가 흘러나왔다.

전화기를 침대에 내던지고 하즈키는 리모컨으로 텔레비전을 켰다. 그리고는 에어컨을 끄고 창문을 활짝 열었다.

조금 떨어져 있는 차도에서 자동차 소리가 들린다. 희미하게 냉기가 남아있는 공기를 가슴 깊이 들여 마시자, 가슴 속에 있는 개운치 않은 감정이 잠시나마 사라졌다.

텔레비전에서 시각을 알리는 소리가 울렸다. 경쾌한 음악과 함께 뉴스가 시작되었다. 중동 분쟁, 정부의 경제대책. 초로의 남자아나운서가 담담히 뉴스를 전하고 있다.

지난주, 치바 현에서 일어난 유아유괴사건에 대한 속보도 나오고 있었다. 이 사건은 뉴스에서 여러 번 방송되고 있었다. 신문에서도 연일 수사진척상황뿐 아니라 피해자의 장례식 모습까지 대대적으로 전하고 있었다. 요즘 세상에 잔혹한 범죄는 심심치 않게 들려오지만, 그중에서도 치바 현 사건은 유난히 기이했다. 범인은 몸값을 받기로 한 장소에 불에 탄 유아의 시체를 버려두었던 것이다.

"범인체포에 전력을 기울여주길 바랍니다."

아나운서는 길게 뻗은 눈썹을 찡그리며 분개한 듯 말했다.

다섯 번째 뉴스에 접어들었을 때, 아나운서는 다시 미간을 찡그렸다.

"어젯밤 미타카 시에서 화재가 발생, 부모와 자녀 등 일가족 세 명이 사망했습니다."

하즈키는 텔레비전 볼륨을 높였다.

어젯밤의 사이렌 소리. 그것은 진화작업을 하러 가는 소방차의 소리가 아니었을까.

아나운서는 계속해서 사건 내용을 전하고 있었다.

"화재가 발생한 곳은 미타카 시 혼초에 있는 가와쿠보 유지 씨의 자택으로 목조주택 한 동이 전소. 1층에서 자고 있던 유지 씨와 부인 카즈에 씨 그리고 다섯 살 난 장녀 시온 양이 불에 타 숨진 채 발견되었습니다. 경찰에서는 방화의 가능성도 있다고 보고 수사를 계속하고 있습니다."

꺼림칙한 사건이다. 방화범은 계속해서 같은 범행을 저지른다는 말을 들은 적이 있다. 이 아파트에서 혼초까지는 버스로 10분 정도의 거리다. 가깝다고는 할 수 없지만 먼 거리도 아니다. 기분 나쁜 얘기였다.

어느새 자신도 미간을 찡그리고 있다는 사실을 깨닫는다. 하즈키는 크게 기지개를 켜더니 잠옷대용인 티셔츠를 벗어 던지고 욕실로 향했다.

집을 나온 것은 9시 반이 조금 넘어서였다. 사흘 전부터 미뤄 둔 빨래를 하느라 평소보다 늦게 나왔다. 몸을 움직이면 쓸데없는 생각을 떨쳐버릴 수 있을 것이라는 생각에 평소보다 공을 들여 빨래했기 때문에 시간감각이 이상해졌는지 모른다.

미타카 역에서 버스를 갈아타고 도토대학 캠퍼스로 향한다. 버스에서 내려 주택가를 지나 캠퍼스를 향해 걸어가자, 금세 온몸에 땀이 나기 시작했다. 희끗희끗한 무늬가 있는 회색 티셔츠에는 가슴께에 짙은 색 얼룩이 생겼고, 코끝에서는 금방이라도 땀이 떨어질 듯했다. 청바지 뒷주머니에서 손수건을 꺼내 얼굴을 살짝 닦았다.

석조 문기둥을 지나자 풀냄새가 짙게 났다. 푸른 생명력으로 가득 찬 냄새는 여름 그 자체라는 느낌이 들었다. 냄새가 싫지 않았다. 고등학교를 졸업하기까지 18년 동안 살았던 이와테 산간지방의 작은 마을을 생각나게 해서인지 모른다.

머리 위로는 은행잎이 바람을 맞아 우수수 흔들리고 있었다. 요 일주일 사이에 부채 모양의 잎은 짙은 녹색에서 연녹색으로 바뀌었다. 8월도 중반에 접어들었다. 나뭇가지 끝이 점점 노란색을 띠다가, 마침내 선명한 황금색 융단이 보도에 펼쳐질 무렵이면 게스케가 웃어주게 될까.

어중간한 시간 탓인지 캠퍼스 안으로 들어가는 사람은 하즈키 혼자뿐이었다. 정문에서 감염증연구소까지는 걸어서 15분이면 충분하다.

별안간 뒤에서 경적이 울렸다. 돌아보니 낯익은 짙은 감색 마크II가 서 있었으며 운전석에 게스케의 모습이 보였다. 하즈키는 천천히 차를 향해 다가갔다.

게스케는 차창을 열고 몸을 앞으로 내밀었다. 눈이 부신지 찡그리고 있다. 눈 밑에는 거무스름하게 그늘이 져 있었다.

"태워줄까?"

고개를 끄덕이자 게스케는 팔을 뻗어 조수석 문을 열었다. 하즈키는 조수석에 앉았다.

약간 먼지 냄새가 나는 에어컨 바람이 뺨을 스치자 땀이 한순간에 식었다. 살갗 표면에 소금 결정이 생기는 게 아닐까 하즈키는 조금 신경이 쓰였다.

게스케가 천천히 액셀을 밟았다. 하즈키는 게스케의 옆얼굴을 곁눈질하면서 물었다.

"환자는 어떻게 됐어요?"

"가까스로 회복됐어. 하지만 결국 밤을 새워버렸군. 지금 패밀리레스토랑에서 아침을 먹고 오는 길이야."

"그래요……."

하즈키는 핸들을 잡은 게스케의 손가락을 바라보았다. 메스를 쥐고 환자의 몸을 가를 때는 기계보다도 정교하게 움직인다는 섬세한 손가락. 게스케의 몸 중에서 제일 좋아하는 부분이지만, 이 손가락이 조금 전까지 누군가 다른 여자의 머리를 어루만졌는지도 모른다.

어젯밤은 일 때문이 아니었죠?

목구멍까지 나온 말을 삼키고 하즈키는 핸들에서 시선을 돌렸다.

차는 캠퍼스의 가장 안쪽에 있는 의학부 입구로 조용히 들어갔다. 하즈키가 잘 아는 여직원이 현관 유리문을 밀고 있었다. 밝은 갈색으로 물들인 머리가 햇빛을 받아 금색으로 반짝인다.

"나는 병원으로 직접 갈게."

"네. 태워다 줘서 고마워요."

하즈키는 문을 닫기 전 게스케에게 물었다.

"당신 오늘 저녁은?"

"아마 늦을 거야."

"할 얘기가 있는데 조금 빨리 올 수 없나요?"

게스케는 뭔가 할 말이 있는 듯 입술을 움직였지만, 고개만 살짝 끄덕인다.

"되도록 노력해볼게."

무리라는 얘기다. 하즈키는 조그맣게 한숨을 쉬고 문을 닫았다. 곧바로 짙은 감색 차가 움직이기 시작했다. 하즈키는 멀어져가는 게스케를 바라보며 자신의 표정이 점점 험악해지고 있다는 것을 느꼈다.

감염증연구소는 의학부 건물 중 가장 깊숙한 곳에 있었다. 하즈키는 긴 복도를 지나 연구소 문을 열고 바이러스 연구부서가 있는 3층으로 향했다. 국립대학 임상의에서 이 대학의 조교로 옮긴 후 6년 동안 계속 다니는 직장이었다.

6년 전보다 환경은 많이 달라졌다. 연구부서의 수장인 교수는 2년 전 뇌경색으로 쓰러진 이후, 연구소에 얼굴을 내미는 것은 고작 일주일에 한 번 정도다. 조교수였던 남자는 올봄에 독일의 대학에 객원교수로 초빙되어 연구소를 떠났다. 하즈키는 현재 두 명의 조교 중 나이가 어린 쪽이었기 때문에 연구실의 온갖 잡무를 떠맡고 있었다. 일을 하는 틈틈이 학생을 지도하거나, 실험용 시약을 보충해야 했다. 그리고 기계가 고장 나면 수리를 하기도 하고, 안되면 기술자에게 연락해 방문을 요청하는 것도 하즈키의 담당이었다. 잡무는 한도 끝도 없었다. 그 때문에 최근 큰 실험은 아예 손도 대지 못하고 있었다. 당장 눈앞에 닥친 일들을 하나씩 처리해갈 수밖에 없었다.

조교수가 새로 오면 조금은 부담이 줄 것으로 생각하는 한편, 어쩌면 자신이 조교수로 승진할지도 모른다는 약간의 기대감도 있었다. 올해로 서른다섯 살. 어느새 조교수가 되어도 이상할 것 없는 나이에 접어들고 있었다. 그런 지위를 손에 쥐려면 지금이 제일 중요한 때다. 연구소에 있는 동안은 게스케의 일을 마음 한 구석으로 몰아내고 일에 집중해야 한다고 자신을 타이른다.

하즈키는 바이러스 연구부서 직원들과 학생이 공동으로 쓰는 대기실 문을 열고는 고개를 갸우뚱했다. 문 입구 쪽에 있는 낡은 소파에 처음 보는 젊은 여자가 앉아 있었던 것이다.

"저……."

말을 걸자 여자가 고개를 들었다. 쌍꺼풀진 커다란 눈이 거침없이 자신을 바라본다. 부드러운 웨이브의 밤색 머리카락을 손가락으로 쓸어 올리며, 여자는 밝은 핑크색 립스틱을 바른 입술을 열었다.

"난 사쿠라기 에이코라고 해. 가을부터 이 연구실에서 실험하게 되었거든. 나카자와 조교 선생님이 어디 있는지 알아?"

그러고 보니 최근에 교수님이 제1외과에서 연구생을 받는다고 말했던 기억이 났다. 아마도 그 연구생인 듯했다.

하즈키는 사쿠라기라는 여자를 다시 한 번 찬찬히 관찰했다.

반짝이는 소재의 황토색 니트. 옆 트임이 깊게 파인 스커트 아래로 매끈한 다리가 쪽 뻗어있다. 하즈키의 시선을 의식했는지 에이코는 익숙한 동작으로 다리를 꼬았다.

"당신, 못 들었어?"

하즈키는 아몬드 모양의 커다란 눈을 똑바로 바라보았다.

"제가 나카자와인데요."

에이코가 놀란 듯 입을 막았다.

"미, 미안합니다. 너무 어려보여서요."

하즈키는 근처 양판점에서 산 티셔츠 자락을 무심코 잡았다. 어려보인다는 말은 참 편리한 말이다.

에이코는 시원시원한 말투로 일 년 동안 이 연구실에 다니게 됐다고 말했다.

"구체적인 실험내용은 나카자와 씨와 의논해서 결정하라고 교수님이 말씀하셨어요. 전 줄곧 임상을 해 왔기 때문에 기초부터 배워야 합니다."

"그래요……."

잡무가 또 하나 늘어나는 것이지만 거절할 수도 없었다.

하즈키는 대기실 구석에 있는 냉장고에서 우롱차 페트병을 꺼내 두 개의 종이컵에 따르고, 하나를 에이코에게 건넸다.

"임상의들은 논문 몇 편 쓰는 것만으로 박사학위를 딸 수 있다고 생각하는 모양인데, 그렇게 만만하지 않아요."

무심코 퉁명스러운 말이 나오고 말았다. 하즈키는 금세 후회했다. 에이코의 표정이 확 변했기 때문이다. 눈초리가 획하고 올라간다.

"훈계 따위 듣고 싶은 마음 없는데요. 그보다 빨리 실험을 시작하고 싶습니다. 구체적인 지시를 해주세요."

하즈키는 넌더리를 내며 고개를 흔들었다. 이러한 스타일의 여자는 상대하기 가장 어려운 타입이다. 이유는 명확하다. 하즈키 자신이 예전에 바로 그런 성격이었기 때문에 그녀가 생각하는 것을 대부분 가늠할 수 있다. 강렬한 출세 욕구를 가슴에만 담아두지 못하며, 자신이 옳다고 생각하면 주저 없이 남을 공격한다. 그런 사람과 함께 실험을 해야 한다니 마음이 내키지 않았다.

"나 말고 조교가 또 한 사람 있어요. 마나베 씨라고 하는데, 그에게 지도받는 게 나을 수도 있겠군요."

"마나베 씨요?"

방 안쪽에서 작은 헛기침소리가 들리더니, 누군가가 느릿느릿 일어나는 모습이 보였다. 에이코는 어리둥절한 듯 시선을 움직였다.

"여어."

방을 나눈 칸막이 뒤에서 마나베 야스유키가 모습을 나타냈다. 약품 얼룩이 군데군데 나있는 흰 가운을 걸치고 맨발에 샌들을 신고 있었다.

에이코의 입술이 일그러졌다.

"내 이름이 들린 것 같던데."

마나베는 셔츠 목덜미에 손을 집어넣어 어깨 근처를 긁더니, 저러다 입이 찢어지는 게 아닐까 싶을 정도로 하품했다.

"이분은 사쿠라기 에이코 씨, 연구생이에요. 가을부터 이곳에서 실험한다고 하는데 마나베 씨에게 지도를 부탁해도 될까요? 저는 와카바야시 군과 하야사키 군의 박사 논문을 봐줘야 하기 때문에 시간이 없어서요."

마나베는 기름기로 얼룩진 안경을 고쳐 쓰고는, 선 채로 에이코를 훑어보았다. 검푸르고 두툼한 입술을 혀로 살짝 적시고 굵은 목을 빙글빙글 돌렸다. 목덜미에서 우두둑 소리가 난다.

"나도 한가하지 않아."

"그럼 실험내용으로 정할까요?"

하즈키는 오늘의 실험일정을 떠올리면서 말했다.

"오늘 저녁이나 내일 아침, 셋이서 의논해보죠. 사쿠라기 씨는 실험을 빨리 시작하고 싶대요."

부탁한다는 듯이 에이코가 고개를 숙였지만 마나베는 혀를 차면서 고개를 저었다.

"난 하지 않겠다고 했어."

이쯤에서 한 번 확실하게 말해둘 필요가 있었다. 하즈키는 마나베를 노려보았다.

"그렇게 말씀하시면 안 되죠. 이 연구실의 수석조교는 마나베 씨니까 교수님이 없을 때는 책임을 져주셔야죠."

"상관없어."

마나베는 비웃는 듯한 미소를 지었다.

"그리고 너 말이야, 자신이 수석이라고 생각하잖아. 어쨌든 성적은 우수하니까. 더구나 남편은 의학부장의 직속 부하에다 실력도 최고인 조교수잖아. 미국에서 공부했다는 훈장도 떡 하니 있고 말이야. 그런 사람의 마누라니 학부장도 신경 쓸 수밖에 없겠지."

하즈키는 얼굴이 화끈거리는 것을 느꼈다. 뭔가 대꾸를 해야 한다고 생각하면서도 말이 잘 나오지 않는다. 게스케와의 관계에 대해 그런 식의 이야기는 듣고 싶지 않다. 그러나 주위에서는 게스케와 자신을 별개로 봐주지 않았다. 직접적으로 그런 말을 들은 것은 처음이지만 차가운 시선은 항상 느끼고 있었다.

마나베가 어깨를 흔들며 웃었다.

"어째 아픈 곳을 찔러버린 것 같네. 여하튼 나는 아가씨에게 신경 쓸 틈이 없어."

"마나베 씨!"

에이코가 사나운 기세로 마나베를 제지했다.

"전, 쓸데없는 얘기에 응할 시간이 없어요. 지도는 나카자와 씨에게 부탁할 테니 이제 됐어요."

마나베는 어이없다는 듯이 입을 벌리고 에이코를 보았다. 그러나 곧바로 볼을 씰룩거렸다.

"잘난 척은 일이나 제대로 할 수 있게 된 다음에 하시지. 뭐, 당신 같은 아가씨가 도움될 거라는 생각은 하지도 않지만 말이야."

마나베가 안경 너머로 에이코를 쏘아봤다. 노려보는 두 눈이 심술궂게 번뜩였다. 에이코도 지지 않았다. 매력적인 입술을 꼭 다문 채 물러서려고 하지 않았다.

먼저 시선을 돌린 것은 마나베였다. 에이코가 하즈키에게 눈짓을 하면서 기세등등한 미소를 지었다. 그러나 하즈키는 같이 웃어줄 마음이 들지 않았다.

"나, 실험실에 갔다 올게."

마나베는 불쾌한 목소리로 말하고, 가운 앞자락을 여미며 샌들을 끌고 대기실을 나갔다.

"의논은 내일 아침 9시에 부탁합니다. 이제 됐죠?"

에이코는 의자에서 벌떡 일어나 부드러워 보이는 가죽 숄더백을 어깨에 메고, 하이힐 소리를 크게 울리며 나갔다.

우롱차를 비운 하즈키는 녹초가 된 기분으로 자신의 책상으로 향했다. 어째서 이렇게 성가신 일만 생기는 것일까.

흰 가운을 걸치자 다시 마음이 긴장되는 것이 느껴진다. 어쨌든 열심히 일하자고 하즈키는 생각했다. 논문을 통해 누가 보더라도 확실한 성과를 이루어내면, 게스케와 관계된 이런저런 말을 들을 필요도 없고 지위도 저절로 따라오게 된다. 지위는 꼭 필요한 것이다. 마나베를 보고 있으면 그런 생각이 든다. 마나베는 예전에 외과에 있었다. 전문분야가 다른 이 연구실로 옮겨온 것은 어차피 지위를 둘러싼 경쟁에서 졌기 때문일 것이다. 그런 식으로는 되고 싶지 않았다.

하즈키는 책상 서랍을 열어 실험노트를 꺼내고 P3이라고 불리는 실험실로 향했다. 감염성이 있는 바이러스 같은 위험한 시료試料를 취급할 때 사용하는 방이다. 문은 이중구조로 되어 있으며 공기압도 외부에 비해 낮아서 위험한 바이러스가 외부로 누출될 위험은 없었다. 하즈키는 어제부터 간염 바이러스 실험을 하고 있었다.

P3 앞에 왔을 때 하즈키는 고개를 갸웃했다. 와카바야시라는 대학원생이 시험관을 들고 문 앞에 서 있었다. 안으로 들어가려는 것 같지는 않았다.

"왜 그래?"

하즈키가 묻자 와카바야시가 돌아보았다. 우는 것인지 웃는 것인지 애매한 표정을 지으며 P3 문을 가리켰다.

'출입 금지, 실험 중.'

종이가 붙어 있었다. 검은색 매직펜으로 쓴 글씨를 보고 하즈키는 혀를 찼다. 마나베의 필석이었다.

"잠깐 비켜봐."

하즈키는 와카바야시를 제치고 문 손잡이로 손을 뻗었다. 아니나 다를까 잠겨 있었다.

"어떻게 하죠? 전, 실험 도중에 시약을 가지러 아래층에 갔었는데, 돌아와 보니 이런 종이가 붙어 있어서……."

와카바야시가 애원하듯 작은 목소리로 말했다.

하즈키는 주먹으로 문을 두드렸다.

"마나베 씨!"

큰 소리로 불러봤지만 안에서는 대답이 없었다.

"이러면 곤란해요. 우리도 여기를 써야 하잖아요."

안쪽 문이 열리는 소리가 났다. 마나베가 문가에 다가온 듯했다. 이윽고 바깥문을 따는 소리가 들렸다.

마나베는 불쑥 얼굴을 내밀더니 안경 속에서 눈을 부라리며 하즈키를 노려보았다.

"종이 붙여놨잖아. 여긴 지금 내가 쓰고 있어."

"실험대는 여러 개잖아요."

"흥, 너희가 주위에서 얼쩡거리면 집중이 안 돼."

"마나베 씨!"

하즈키는 문을 잡았다. 그러나 그보다 빨리 마나베가 문을 닫았다. 그리고는 문을 잠그는 소리가 들렸다.

"오후까지는 끝낼게."

거만한 목소리와 함께 다시 슬리퍼를 끄는 소리가 들렸다.

뒤에서 와카바야시가 한숨을 크게 쉬었다. 와카바야시는 박사 과정 3년차를 하고 있으므로 이미 서른에 가까운 나이였다.

"전, 포기하겠습니다. 실험은 오후에 다시 하면 되니까."

와카바야시는 말했다.

"이번에 교수님이 오시면 주의 좀 주라고 할게."

"소용없어요"라며, 와카바야시는 조금 구부정한 모습으로 걸어갔다.

오전 중에는 세포배양액을 교환하는 작업을 하기로 했다. 작업을 끝내고 대기실로 돌아오니 이미 점심때가 되었다. 책상 앞에 앉아 담배에 불을 붙였다. 마나베는 여전히 P3에 틀어박혀 있는 모양이었다. 도대체 무엇을 그렇게 열심히 연구하는 것일까. 학회까지는 아직 두 달이나 남아 있었다.

그때 전화가 울리기 시작했다. 공교롭게도 학생들은 모두 나가고 대기실에는 하즈키 혼자뿐이었다. 하는 수 없이 전화기를 들었다.

"바쁘신데 실례합니다." 전화 상대는 쾌활한 목소리로 말했다. "전, 마이아사 신문의 와타나베라고 합니다."

하즈키는 전화기를 고쳐 잡았다.

"가쓰지?"

"뭐야, 너였어? 먼저 아는 척 좀 해라."

와타나베 가쓰지는 그렇게 말하고 쩌렁쩌렁한 목소리로 웃었다.

가쓰지는 대학 시절 동급생이었다. 의대 졸업을 앞두고 자퇴를 하더니, 법대에 다시 들어가고는 신문사에 취직했다.

"어쩐 일이야? 오랜만이네."

"궁금한 게 있어서 말이야. 오늘 저녁, 시간 좀 낼 수 있어?"

하즈키는 전화기 코드를 손가락으로 감았다.

"뭐가 그렇게 급해."

"부탁한다."

거절당한다는 생각은 전혀 하지 않는, 일방적인 어투였다. 와타나베 가쓰지는 늘 그런 식이었다. 그래도 급우들 사이에 인기가 있었던 것은 쾌활한데다 남을 잘 돌봐주는 성격 때문이었다.

"도심까지 나가는 건 귀찮은데."

"기치죠지라면 괜찮지?" 가쓰지는 역 건물 지하에 있는 중국 음식점의 이름을 댔다. "시간은 8시면 되지?"

혹시 몰라서 가쓰지의 휴대전화 번호를 적어둘까 하고 하즈키는 입을 열었지만 전화는 이미 끊겨 있었다. 성급한 성격은 여전했다. 하즈키는 전화기를 제자리에 놓으면서 쓴웃음을 지었다.

03

기치죠지에 온 것은 오랜만이었다. 집과 학교가 있는 미타카 바로 다음 역이지만, 젊음의 거리라는 분위기가 자신과 맞지 않아 그다지 오지 않는다.

동쪽 출구 근처에는 머리를 형형색색으로 물들인 젊은이가 너덧 명 무리지어 모여 있었다. 그들이 큰 소리로 떠드는 말이 외국어처럼 들린다. 그들 사이를 뚫고 비집듯이 헤치면서 지하로 내려가는 계단을 찾았다.

역 건물 안에는 한낮의 열기가 남아있어서 습한 공기가 살갗에 휘감기고 있었다. 티셔츠 자락을 잡아당겨 슬쩍 가슴께에 바람을 보냈다.

그때 인파 속에서 낯익은 얼굴을 발견했다.

하즈키는 걸음을 멈추었다. 멈췄다기보다 몸이 경직되어 움직일 수가 없었다.

뒤에서 걷고 있던 샐러리맨 같은 중년남자가 부딪힐 뻔하자 고함을 질렀지만, 하즈키는 그 자리에 그대로 선 채 가슴에 손을 얹었다. 그렇게 하지 않으면 호흡이 멈출 것만 같았다.

그 사람은 하라시마 기미코였다. 게스케의 전처 얼굴을 못 알아볼 리 없었다. 기미코는 예전에 하즈키가 알고 있던 여자와는 전혀 다른 사람처럼 보였다. 생김새가 변한 것은 아니지만 표정이 다른 사람처럼 어두웠다. 눈에 띄게 부스스한 머리를 어깨 부근에서 아무렇게나 묶고 있었으며 립스틱도 바르지 않은 듯했다.

하즈키의 가슴이 아파져 왔다. 비유가 아니라 실제로 아팠다.

하즈키가 알고 있던 기미코는 고가의 유명브랜드 옷을 입은, 윤기 있는 머릿결을 갖고 있던 사람이었다. 마치 부유한 가정의 젊은 주부를 대상으로 하는 잡지의 모델 같았다. 그때가 언제쯤이었을까. 게스케를 마중 나온 기미코를 병원에서 우연히 본 적이 있었다. 자신은 도저히 상대가 안 된다고 진심으로 생각했었다.

그런데 지금 몸을 웅크리고 개찰구로 걸어가는 기미코의 모습에는 피로감이 짙게 배어 있었다. 마치 생활에 찌든 가정주부 같았다.

하즈키는 손에 든 가방을 가슴에 안았다.

기미코는 거의 휘청거리는 걸음걸이로 개찰구를 빠져나가 플랫폼으로 가는 계단을 오르기 시작했다. 좁은 등이 보이지 않을 때까지, 하즈키는 기미코의 뒷모습을 지켜보았다.

자신이 이 세상에 없었다면 기미코는 지금도 눈부신 미소를 짓고 있었을지 모른다.

'내 탓일까.'

샘솟기 시작하는 괴로운 생각을 하즈키는 떨쳐낸다. 그런 생각을 해서는 안 된다. 위선으로 가득 찬 감상은 추하다.

하즈키는 힘차게 걷기 시작했다.

역 건물 지하에 있는 붉은 간판이 걸린 가게에 들어서자, 안쪽

자리에 있던 가쓰지가 일어섰다. 절반쯤 비운 맥주잔을 한 손에 들고 얼굴이 일그러지도록 크게 웃어 보였다. 하즈키는 가볍게 손을 들어 응수하고 캔버스 천으로 만든 가방을 고쳐 안았다.

"매일같이 더워 미치겠다."

가쓰지는 구겨진 물수건으로 얼굴을 닦고, 듣기 좋은 저음으로 웨이트리스를 불렀다.

"생맥주 하나와 슈마이. 소고기피망볶음, 닭튀김 그리고 전채 요리로 해파리 무침도 부탁합니다. 아, 이 부추만두라는 것도 부탁해요."

"그걸 다 먹을 수 있어?"

"끄떡없어. 나중에 볶음밥과 탕면도 시킬 거야."

웨이트리스가 어이없다는 듯 어깨를 으쓱했지만 가쓰지는 신경도 쓰지 않고 한 손으로 능숙하게 메뉴판을 덮었다.

하즈키는 생맥주 잔을 들어 건배하고는 시원스럽게 맥주를 들이켰다. 맥주는 시릴 정도로 차가웠다. 관자놀이 부근이 뻐근해지는 듯했다.

"넌 여전하구나. 결혼해서 조금 변했나 싶었는데, 안심이다."

"맥주를 마실 때, 첫 잔은 숨이 막힐 때까지 마셔야 한다고 가르쳐 준 건 너잖아."

"그랬나?" 하면서 가쓰지는 콧등을 긁었다.

"그래도 너, 정말 안 변했다. 나는 완전히 뚱뚱해졌는데."

가쓰지의 턱과 목 언저리에 학생 시절에는 없었던 살이 잔뜩 붙어 있었다. 꽉 조이는 와이셔츠를 보니 가슴께에도 두툼한 지방이 윤곽을 드러내고 있었다.

"뭐, 그럴 수도 있지."

"쳇, 여유 부리는군."

하즈키는 소리 내어 웃었다.

연이어 날라 오는 요리를 왕성한 식욕으로 모조리 먹어치우면서, 가쓰지는 자신의 근황을 얘기했다. 사회부에서 의료분야를 맡고 있다고 한다.

"학교에서 배운 건 몽땅 잊어버렸지만 의대출신이라는 명함은 꽤 편리하더라."

하즈키도 자신의 최근 연구에 대해 이야기했다. 최신 의학지식을 아는 것도 아닌데, 가쓰지는 절묘한 타이밍에서 핵심을 찌르는 질문을 해왔다. 하즈키는 훌륭한 대화상대를 만났을 때, 자신이 의외로 말이 많아진다는 것을 알게 되었다.

접시가 거의 다 비어갈 즈음 가쓰지는 냅킨으로 입가를 닦고 두 손을 무릎에 얹었다. 하즈키도 따라서 젓가락을 내려놓았다.

"먹으면서 들어도 괜찮아"라고 말하는 가쓰지의 표정에는, 그러나 조금 전까지의 웃음은 사라지고 없었다.

"네가 있는 도토대학병원 말이야. 외국에서 장기이식을 받고 싶어 하는 아이들의 편의를 봐주고 있잖아."

"어, 그래?"

"뭐야, 너 몰랐어?"

가쓰지는 표정을 망가트리며 일부러 의자에서 떨어지는 시늉을 한다.

"병원 일에는 별로 관심이 없거든."

"너, 그런 게 학자 나부랭이라는 거 아니야?"

"병원과는 거의 교류가 없단 말이야. 하지만 필요하면 남편에게 물어봐 줄게. 그이는 제1외과 의사인데다, 미국에서 유학할 때 몇 번인가 직접 이식수술도 해본 적이 있거든."

"야, 그거 잘 됐네." 가쓰지는 테이블 위로 몸을 쑥 내밀고 목소리를 죽였다. "실은 의학부장 기시카와 씨에게 여러 번 취재를 부탁했는데 도무지 응해주지 않더라고. 면담 약속도 하지 않고 의학부장실에 그냥 밀고 들어가 봤지만 예쁜 비서에게 곧 쫓겨나고 말았지. 기시카와 씨뿐 아니라 다른 교수들 집에도 찾아가 보았지만 문전박대만 당했다니까. 함구령이라도 내린 게 아닐까."

"흠, 그래서 뭘 알고 싶은데?"

하즈키는 비어 있는 생맥주 잔을 높이 처들어 웨이트리스에게 맥주를 주문했다.

"장기이식에 관한 연재기사가 나가고 있는데, 난, 아동 이식 문제를 맡았거든."

"어린이 뇌사자의 장기이식을 허용하라는 캠페인이라도 벌이려는 거야?"

"뭐, 그런 셈이지. 일본 아이들이 외국에서 이식받는 사례가 늘고 있고, 문제가 되고 있으니까. 너희 대학에서 어떤 경로를 통해 외국의 이식 장소를 찾는지 알고 싶어. 다른 병원은 대충 알 수 있는데, 도토대학만큼은 뭐 하나 확실한 게 없거든."

"우리 남편은 언론을 별로 좋아하지 않아서 장담할 수는 없는데."

"어쨌든 한 번 부탁해봐. 만일 거절하면 내가 직접 네 남편에게 말해 볼게. 네가 대학을 무사히 졸업할 수 있었던 것은 내가 노트를 빌려준 덕분이잖아."

"무슨 말이야! 노트를 빌려준 건 나잖아."

가쓰지는 쩌렁쩌렁한 목소리로 웃으며 손을 들어 웨이트리스를 불렀다.

아파트 앞에서 택시를 내리자 갑자기 취기가 몰려왔다. 머리를 세차게 흔들어보았지만 시야가 흔들려 똑바로 서는 것조차 힘들었다. 도로에서 아파트 현관까지의 거리가 너무나도 멀게 느껴졌다. 하즈키는 한 걸음씩 신중하게 발을 내디뎠다.

엘리베이터 버튼을 누르고서 손목시계를 보았다. 이미 1시가 넘었다.

중국음식점을 나와서, 도큐백화점 뒤에 있는 바에서 위스키를 마셨다. 몇 잔을 마셨는지 확실히 기억나지 않지만 두 세잔은 아니었다. 가쓰지의 이야기에 끌려 그만 여러 잔을 마셔버렸던 것이다. 최근에 일 때문에 방문했던 지방 병원의 열혈의사 얘기, 밤새 본 프랑스 영화의 내용, 동급생들의 소식. 가쓰지의 입은 쉴 새 없이 움직였다. 담배를 피우며 그 얘기들을 듣는 것이 즐거웠다. 꽤 오랜만에 진심으로 웃어본 듯싶어 자리에서 일어날 마음이 들지 않았다.

생각대로 움직여주지 않는 손가락으로 힘겹게 집 열쇠를 주머니에서 꺼냈다. 자물쇠가 열리는 소리에 취기가 약간 가시는 듯하다.

게스케는 아직 들어오지 않은 것일까.

소리가 나지 않게 주의해서 문을 열었지만 그럴 필요가 없었다. 현관에는 백열등이 켜져 있었다. 한쪽 발로 다른 쪽 신발 뒤축을 밟아 스니커즈를 벗고, 벽을 짚어 몸을 지탱하면서 거실로 향했다.

잠옷차림의 게스케는 얼굴을 천장으로 향한 채 소파 깊숙이 앉아 있었다. 눈을 감은 채. 자고 있나 생각했지만 그렇지 않은 모양이다. 소파 팔걸이에 올려놓은 검지가 초조한 리듬을 두드리고 있다.

탁자에는 마시다 만 위스키 잔이 놓여 있었다. 얼음이 녹아 잔에 있는 술이 옅은 색을 띠고 있다.

"나 왔어요."

잘 돌아가지 않는 혀로 말하면서 하즈키는 가방을 바닥에 떨

어트렸다. 지갑이 열려 있었는지 안에서 동전 부딪치는 소리가
났다.

게스케는 천천히 눈을 떴다.

"왜요, 뭐 할 말 있어요?"

게스케가 비난하는 듯한 눈으로 하즈키를 보았다.

"당신 말이야, 빨리 들어오라고 한 건 당신이잖아. 그래서 일
도 대충 끝내고 퇴근했는데."

하즈키는 말문이 막혔다. 깜빡 잊고 있었다. 그래도 솔직히
사과할 마음은 들지 않았다. 되도록 노력해보겠다는 말은 약속
도 뭐도 아니었으니까.

하즈키는 탁자 위에 있는 잔을 집어 남아있던 위스키를 다 마
셔버렸다. 물맛밖에 나지 않았다. 너무 묽어진 탓인지, 미각이
마비돼버린 것인지 알 수 없었다. 입술에 묻은 물방울을 손가락
으로 닦으며 잔을 탁자에 내려놓았다. 의외로 큰 소리가 났지만
신경 쓰고 싶지 않았다.

"더구나 오늘은 나도 할 얘기가 있었거든."

"얘기?"

"응. 이종이식異種移植에 관한 특집을 민영방송에서 해주고
있거든. 함께 보면서 당신 의견을 듣고 싶어 일찍 퇴근 한 거
야."

"이종이식이라면 돼지의 장기 같은 것을 사람에게 이식하는
거 말이죠? 당신 일과 관계있어요?"

"그렇게 취했는데 무슨 얘기를 하겠어."

게스케는 언짢은 듯 말하고 팔짱을 꼈다.

"할 수 있어요. 얘기 정도는. 내가 하고 싶은 말은 뻔하니까."

하즈키는 벽에 몸을 기대었다. 게스케의 몸이 앞뒤로 크게 흔
들리고 있었다. 벽도 바닥도 커튼도……. 집 안의 모든 것이 흔

들리고 있었다.

게스케는 뭔가 말하려는 듯 입을 열었지만, 금세 다시 원래의 무표정으로 돌아갔다. 마치 가면을 쓴 것 같았다. 어째서 이토록 무관심할 수 있을까.

"무리야. 얼른 자."

그 말에 하즈키는 요 며칠, 맺혀 있던 감정이 단숨에 불거져 나왔다.

"뭐예요! 다른 여자가 생긴 주제에 잘난 척하지 마요."

비로소 게스케의 얼굴에 표정다운 것이 나타났다.

게스케는 소파 등받이에서 몸을 일으켜 하즈키를 똑바로 바라보았다. 하즈키는 비틀거리는 몸을 벽에 기대고 눈에 힘을 주었다.

"어제 밤늦게 갑자기 나갔을 때. 그거 여자한테 온 전화잖아요. 대체 무슨 일이에요?"

그렇게 말한 순간 몸에서 힘이 빠졌다. 위장 근처에서 불쾌한 것이 올라오더니 핏기가 빠져나간다. 하즈키는 화장실로 달려갔다. 변기를 부여안고 위 속에 있는 것을 토하기 시작했다. 기괴한 소리와 함께 아까 먹은 것이 거의 소화되지 않은 채 변기 속으로 모조리 쏟아져 들어갔다. 그것을 보고 있으니 다시 욕지기가 일어났다. 하즈키는 다시 한 번 변기를 두 손으로 안았다.

더는 물 같은 위액밖에 나오지 않고 위가 경련을 일으킬 때까지 하즈키는 계속해서 게워냈다. 위 속이 가벼워지자 안개가 덮인 듯 몽롱했던 의식도 조금 선명해지는 듯했다. 가까스로 일어나 변기 물을 내렸다.

화장실에서 나오자 젖은 수건을 손에 든 게스케가 서 있었다.

"정말 못 말릴 사람이네."

게스케는 하즈키의 얼굴을 거칠게 닦았다. 젖은 수건의 차가운 감촉이 기분 좋았다.

"아파……."

"호강에 겨운 소리 마."

느닷없이 게스케가 팔을 뻗어 하즈키의 머리를 껴안았다. 게스케의 체온이 잠옷의 얇은 천을 통해 얼굴로 전해져왔다. 심장이 일정한 리듬을 새기는 소리 그리고 비 갠 뒤의 흙냄새. 하즈키는 게스케의 가슴에 얼굴을 묻었다.

"전화를 건 사람은 병원에 있는 여자야. 외과에도 여자는 있어. 바보 같은 생각 하지 마."

하즈키는 딸꾹질을 하면서 고개를 끄덕였다.

믿어도 될지 알 수 없었다. 그래도 마음 한구석에선 안도하고 있었다.

게스케는 달래 듯 하즈키의 어깨를 두드리며 말했다.

"이제 그만 자."

하즈키는 게스케에게서 몸을 떼고 그의 온화한 눈을 올려다보았다. 물에 잠긴 호수처럼 깊고도 고요한 빛이 길고 가느스름한 두 눈에 담겨 있었다.

따뜻한 것이 가슴 속에 차올랐다. 취한 탓인가 싶어 하즈키는 손으로 볼을 문질렀다. 취해서 제대로 생각할 수 없는지도 모른다.

그때 문득 가쓰지가 부탁한 일이 생각났다.

"저 말이에요. 당신, 장기이식을 받고 싶어 하는 아이들을 외국 병원에 소개하고 있어요?"

게스케가 눈썹을 살짝 찌푸렸다.

"왜 그런 것을 묻지?"

"오늘, 함께 술을 마셨던 친구가 신문기자거든요. 당신에게 물어보고 싶은 얘기가 있대요."

게스케의 눈이 차갑게 빛났다.

"언론 따위에 할 얘기 없어. 이식은 미묘한 문제야."

"하지만 당신이 핵심역할을 하고 있잖아요. 의학부장 기시카와 선생님은 이식이 전문분야도 아니니 말이에요."

게스케는 하즈키의 몸을 감고 있던 팔을 풀었다.

"이 얘기는 그만 하지."

어느새 게스케의 얼굴에서 표정이 사라졌다. 게스케는 하즈키에게서 등을 돌려 거실로 갔다. 게스케의 등이 멀어져가는 것을 보니 다시 취기가 올라왔다. 현관 벽에 걸려 있는 요트 석판화가 비뚤어져 보였다.

오늘 밤은 아무 생각도 하지 않고 자는 게 좋겠어. 그전에 샤워하고 싶은데.

하즈키는 벨트에 손을 갖다 대었다. 손가락이 생각대로 움직여주지 않아 버클을 풀 수가 없다.

"아, 참."

게스케가 소파에 앉은 채 말했다.

"당신, 작년 말에 내가 건네준 혈액 샘플, 아직 보관하고 있지?"

하즈키는 벨트의 버클을 풀면서 생각해보려 했지만 머리가 멍해서 기억을 더듬을 수 없었다.

"기억나지 않는 거야? 학회에 제출할 논문을 쓸 때, 당신에게 실험을 부탁했었잖아."

"아아……."

겨우 생각이 났다. 작년 말쯤이었던가. 게스케가 논문 데이터 작성에 필요한 실험을 도와달라고 부탁한 적이 있었다. 장기이식 후 감염증에 걸린 사람의 혈액을 조사하는 실험이었다. 이미 실험은 끝냈지만 논문에 첨부하기 위한 깨끗한 데이터가 필요하다는 설명과 함께 균과 바이러스를 검출하는 시약과 혈액 샘플을 받았다.

기억이 점점 선명해졌다. 이식을 받은 사람은 몇 가지 균에 감염되어 있었다. 면역억제제를 복용하고 있기 때문에 아무래도 쉽게 감염이 되는 것이다. 몇 가지 균이 발견되었다. 그리고 또 한 가지. 그때 조사한 혈액의 실험용 시트에는 묘한 위치에 간염 바이러스의 존재를 나타내는 밴드가 있었다. 그 바이러스의 크기로 볼 때 있을 수 없는 위치에, 아주 흐릿하게 나타나 있었다. 하지만 그런 이상한 위치에 밴드가 나타날 리 없었다. 실험을 하다 보면 먼지의 혼입이나 시약의 상태에 따라 배경에 노이즈가 생기는 일이 자주 있다. 그 밴드도 단순한 노이즈에 불과한 것이라고 생각했다. 그래서 하즈키는 결과를 사진으로 찍어 인화할 때 밝기를 조정해서 밴드가 보이지 않게 했다. 조작도 아니었고 불성실한 것도 아니었다. 노이즈의 원인을 자세히 조사하려면 시간이 걸려 정작 중요한 실험을 할 수 없게 된다. 게다가 실험을 다시 할 시간도 없었던 것이다.

그때 맡아두었던 혈액 샘플은 지금도 실험실 냉동고에 들어 있겠지만, 찾으려면 조금 고생할지도 모른다.

그때 갑자기 버클이 탁 열렸다. 하즈키는 조그맣게 탄성을 질렀다.

"기억이 나지 않나 보군……."

게스케의 중얼거리는 목소리가 들렸다.

04

연분홍색 배양액이 들어 있는 샬레(세균 배양 등에 쓰이는 뚜껑
달린 원형 유리접시—옮긴이) 바닥에 수천 개의 세포가 붙어 있다.
세포 하나하나가 마치 생물처럼 보인다. 중심에 있는 타원형의
핵은 눈동자 같다. 현미경 렌즈 너머로 이쪽을 마주 보고 있다.

당장에라도 눈동자가 움직일 듯한 기분이 들어 하즈키는 렌즈
에서 눈을 뗐다.

가쓰지와 만난 지 이틀이 지났다.

그날 밤 게스케의 감정 한 자락을 만진 듯한 기분이 든 것은
착각이었는지도 모르겠다. 게스케는 그제도 어제도 생기 없는
눈빛을 하고 있었으며, 이야기도 제대로 하지 않았다.

너무 취해서 확실하게 따지지 못한 것이 분했다. 오히려 취기
를 빌어 추궁할 기회였는데. 평소에는 절대 하지 못할 말을 알
코올의 힘을 빌려 말했으면 좋았을 것이다.

하즈키는 세포를 심어놓은 샬레 다섯 개를 겹쳐서 배양장치를
돌리고, 실험노트에 데이터를 기록한 다음 실험실을 나왔다. 작

업이 아직 남아 있었지만 마음이 심란해 집중할 수 없을 것 같았
다.

대기실로 돌아오자 회의용 탁자에 마나베가 있었다. 깨알 같
은 글씨로 데이터를 써넣은 노트를 응시하며 컵라면을 후루룩거
리고 있었다. 창문을 닫아놓아서인지 방에는 간장과 화학조미료
가 섞인 인공적인 냄새가 가득했다.

마나베는 하즈키를 힐끗 보고 곧바로 시선을 노트로 향했다.

요즘 그의 일하는 모습에 내심 놀라고 있었다. '만년 조교'라
는 험담을 들어도 전혀 개의치 않고 교수님에게 주의를 받아도
흘려들을 뿐이었는데, 무슨 심경의 변화가 있었는지 최근 한 달
가량은 실험실에 틀어박혀 있는 일이 많았다.

"무슨 흥미로운 데이터라도 나왔나요?"

마나베는 무시하기로 작정한 듯했다. 그러나 하즈키가 마나베
의 뒤를 지나면서 두툼하게 살찐 등 너머로 노트를 들여다보려
하자, 놀라울 만큼 재빠른 동작으로 노트를 가렸다.

"네가 무슨 상관이야!"라면서 마나베는 눈을 부라렸다.

하즈키는 흰 가운의 단추를 풀면서 마나베를 똑바로 바라보
았다.

"연구실 동료의 실험에 관심 없는 게 오히려 이상한 거 아녜
요?"

마나베는 코웃음을 치더니 일부러 그러는 것처럼 느긋한 동작
으로 노트를 덮었다. 라면용기를 들어 올려 국물을 후루룩 마셨
다. 용기를 90도 각도로 기울여 마지막 국물 한 방울까지 다 마
시고 트림을 했다. 벨트 위로 불거져 나온 배를 문지르며 만족
스럽다는 듯 후, 하고 숨을 뱉어냈다.

"마나베 씨!"

마나베는 콧등에 주름을 지으며 두툼한 입술을 씰룩거렸다.

"너무 우쭐대지 마. 잘난 척하기는. 너야말로 제대로 된 실험도 안 하고 있잖아. 논문은 쓰고 있는 모양이지만 내용이 의심스러워."

"무슨 말이에요?"

"너, 데이터를 날조하는데 선수라며?"

하즈키는 얼굴로 피가 몰렸다. 마나베에게 그런 말을 듣고 싶지 않다.

"배경을 지워 깨끗한 데이터를 만들기는 했지만 날조 따위는 하지 않았어요. 보기 좋은 데이터가 아니면 논문심사에 통과하기 어렵다는 것은 상식이잖아요."

퍼붓고 싶은 마음을 억누르며 말한다.

마나베는 빈 용기를 던졌다. 용기는 활 모양을 그리며 휴지통으로 들어갔다.

"오, 나이스!"

마나베는 손가락으로 딱, 소리를 내더니 문득 생각났다는 듯 하즈키를 쳐다보았다.

"나보다 그 사쿠라기라는 여자 좀 어떻게 해야 할걸."

"사쿠라기가 왜요?"

에이코는 대학원생에게 기초적인 실험기술을 배우고 있을 터였다.

"그 아가씨, 남의 사정은 아랑곳없이 막무가내로 실험방법을 가르쳐달라고 억지를 쓰는 통에 학생들이 곤란해 하고 있어."

"그래요?"

"어떻게 좀 해봐. 너, 조교수 자리를 노리고 있잖아. 연구실 멤버의 분쟁을 해결하는 것도 업무 중 하나야."

마나베의 볼이 씰룩였다. 웃는 듯했다.

'수석조교는 당신이잖아요.'

그렇게 대꾸하고 싶었지만 말해도 효과가 없을 것이 뻔했다.

하즈키는 가운을 거칠게 개고 다시 방을 나갔다.

여덟 대의 실험대가 놓인 대실험실의 문을 열자 에이코의 목소리가 날아왔다.

"와카바야시 군! 마이크로주입micro injection(미량주입법. 핵산이나 단백질 등을 세포 내에 직접 주입하여, 그 변화하는 것을 보고 주입한 것의 성질을 조사하는 것—옮긴이)의 사용법을 가르쳐달라고 했잖아요!"

실험대 앞에서 피펫(액량계. 일정한 액체를 받거나 적하하거나 할 때 쓰는 관—옮긴이)을 쥔 와카바야시가 고개를 숙이고 있었다. 에이코는 그 앞에서 허리에 손을 얹고 다리를 벌린 채 서 있었다. 체격이 큰 에이코·앞에서 몸을 움츠린 와카바야시는 여교사에게 야단맞는 중학생 같았다. 하즈키는 에이코 뒤로 조용히 다가갔다.

"제대로 가르쳐줘야 할 거 아녜요!"

"하지만 저도 실험이……. 논문도 써야 하고."

조그만 목소리로 와카바야시가 말했다.

"사쿠라기 씨."

하즈키가 부르자 에이코가 돌아보았다. 치켜 올라간 눈이 분노로 이글거리고 있다.

"마침 잘 오셨어요. 와카바야시 군에게 뭐라고 말 좀 해주세요. 제게 실험방법을 가르쳐주지 않아요. 나카자와 씨가 와카바야시 군에게 내 선생 역할을 해주라고 지시했잖아요."

도움을 구하는 듯한 표정으로 와카바야시가 하즈키를 쳐다보았다. 안경 속에 있는 작은 눈이 불안에 떨고 있었다.

"그도 한가한 건 아니거든요. 여유가 있을 때 가르쳐주라고 했던 거예요."

에이코는 입을 실룩거리더니 이마에 흘러내린 앞머리를 손가락으로 쓸어 넘겼다.

"이제 됐어요. 이래선 결말이 나지 않네요. 다른 사람에게 물어보겠어요."

"사쿠라기 씨!"

에이코는 하즈키 옆을 획하고 지나쳐 흰 가운 자락을 날리며 방을 나갔다. 그 뒷모습을 지켜보자니 씁쓸한 기분이 든다.

예전의 자기 모습을 보는 듯했다. 20대 중반 무렵, 아직 임상의로서 다른 대학병원에서 근무했을 때는 늘 다른 사람들과 충돌하기만 했었다. 분노를 가슴 속에 담아두는 법을 알지 못했다. 그뿐만 아니라 약삭빠르기까지 했다. 어떻게 해야 교수의 평가가 좋아지는지 늘 신경을 썼다. 그것이 화근이 되어 기초연구로 옮기게 된 것이다.

"선생님, 죄송합니다."

와카바야시의 말에 하즈키는 현실로 돌아왔다.

"사쿠라기 씨는 왜 그렇게 조급해 하는 거지?"

"잘은 모르겠지만, 꼭 해야 하는 실험이 있어서 이 연구실에 온 거니 협조하라며 막무가내로 달려들더라고요."

하즈키는 고개를 끄덕이며 다음 말을 재촉했다.

"아세요?" 하며 와카바야시가 목소리를 죽였다. "외과에 있는 친구한테 들었는데, 사쿠라기 씨, 미국인 애인이 최근에 죽었다나 봐요. 그래서 초조해하는지도 모르겠네요."

에이코에게 외국인 애인이 있었다는 말은 처음 들었지만, 뜻밖이라는 생각은 들지 않았다. 하지만 죽었다는 것은 안 된 일이었다.

와카바야시는 이야기를 계속하려 했지만 하즈키가 제지했다. 연구실 멤버의 사적인 얘기는 알고 싶지 않았다.

"그보다 자네 논문은 어떻게 되고 있어? 슬슬 정리에 들어가야 하지 않아? 가을이 되면 학회 준비로 꼼짝 못할 텐데."

와카바야시는 하얗고 가느다란 손가락으로 볼을 비볐다.

"일단 대충 써보기는 했는데, 영어에 자신이 없어서요."

"어쨌든 한 번 보여줘 봐."

"실험이 일단락되면 프린트해서 보여드릴게요."

하즈키는 고개를 끄덕이고 실험실을 뒤로했다.

그날 저녁, 게스케는 7시 넘어 귀가해 평상시처럼 소파에서 자기 혼자만의 세계에 빠져 있었다. 소파 등받이에 몸을 묻은 채 눈을 감고 한숨을 내쉬는 모습은 병석에서 막 일어난 사람 같았다. 생기가 전혀 느껴지지 않았다.

하즈키는 점점 빨라지는 심장의 고동을 억누르려고 천천히 숨을 내뱉었다.

오늘 밤이야말로 제대로 얘기를 해보자. 그리고 게스케의 마음을 되돌리는 것이다.

하즈키는 벗어놓은 앞치마에 손을 닦고 아무렇지도 않은 듯 게스케의 옆에 앉았다. 심장의 고동은 진정되기는커녕 더욱 격렬해졌다.

어깨가 닿을 만큼 가까이 앉았는데도 게스케는 눈썹 하나 까딱하지 않았다.

"저 말이에요."

게스케의 볼이 살짝 움직였다.

위축될 것 같은 기분에 자신을 다독이며, 가슴 속에 담아놓았던 말을 입술 밖으로 밀어낸다.

"당신, 요즘 이상해. 무슨 일 있어요?"

자신의 목소리에 책망하는 듯한 느낌이 섞여있다는 것에 당황하면서도 하즈키는 말을 이었다.

"매일 밤, 뭘 하는 거예요? 계속 병원에 있었던 건 아니죠?"

게스케는 감정이 실리지 않은 눈으로 하즈키를 보았다. 눈을 깜박거리더니 조그맣게 한숨을 쉬었다.

"아무 일도 아니야."

"전…… 보고 있을 수가 없어요. 당신이 매일같이 이런 식으로 처져있는 모습을요. 혹시 미국으로 가는 얘기가 나온 거예요? 그렇다면 당신 하고 싶은 대로 해도 돼요. 따라갈 테니까."

게스케는 미소 지었다.

"결혼할 때 말했지? 당신은 강하다고. 더구나 능력도 있으니까 군이 나한테 맞출 필요가 없어."

"하지만……."

"딱히 내 걱정은 하지 않아도 돼. 당신의 연구 내용도 공부되고. 여러 가지로 배우고 있어."

"결국 그 말뿐이네요. 내가 이렇게 걱정하는데도."

하즈키는 일어나 베란다 문을 열었다. 배기가스 냄새가 섞인 바람이 볼을 스쳐 방으로 들어왔다.

"조금 피곤해서 그래. 걱정하지 않아도 돼."

뒤에서 게스케가 말했다.

"정말로 그뿐이에요? 내게는 그렇게 보이지 않아요."

하즈키는 게스케의 눈을 피하며 입술을 깨물고 말했다.

"당신 혹시, 헤어지고 싶다는 생각을 하는 거 아니에요?"

그런 말을 해야 하는 자신이 비참하게 느껴졌다. 눈물이 한 방울 눈자위에서 흘러내렸다. 예전에 아버지가 말했다. 몹쓸 짓을 했다고. 하지만 게스케에게 아내와 헤어져 달라고 말한 적은 없었다. 그러니 자신은 나쁘지 않다고 생각했다. 그렇지만 하라시마 기미코와 그녀의 아들 처지에서 보면 자신은 약탈자인지도 모른다. 그 앙갚음을 지금 받는 것인지도 모른다.

침묵을 깨듯 전자음이 울리기 시작했다. 게스케는 천천히 바짓주머니에서 휴대전화를 꺼내 귀에 갖다 대었다.

하즈키는 살짝 창을 닫았다.

"뭐라고! 당장 그쪽으로 갈게."

게스케는 흥분한 목소리로 말하더니 전화를 끊고 일어났다.

"무슨 일이에요?"

게스케는 하즈키가 눈앞에 있다는 사실을 지금 깨달았다는 듯 시선을 움직였다.

"나갔다 올게"라고 짤막하게 말하고 게스케는 탁자 위에 던져 놓았던 열쇠꾸러미를 집어들었다.

"일 때문이 아니죠?"

게스케는 아무 말도 하지 않고 현관으로 걸어갔다.

일이 아니다. 일이라면 서재에 있는 가방을 가지고 갔을 것이다.

하즈키는 게스케의 팔을 잡았다. 그러나 그 순간 게스케는 하즈키의 손을 세차게 뿌리쳤고, 하즈키는 균형을 잃은 채 바닥에 주저앉았다.

감정이 사라진 게스케의 눈이 한순간 하즈키를 보았지만 단 1초도 시선은 마주치지 않았다. 게스케는 등을 돌려 현관에 아무렇게나 놓여있던 구두를 꿰고 어깨로 문을 밀었다.

"기다려요!"

하즈키는 소리쳤다. 대답이 돌아올 리 없다는 것은 알고 있었다. 그래도 하즈키는 게스케의 이름을 불렀다.

육중한 소리를 내며 문이 닫혔다. 멀어지는 발소리. 그리고 집 안은 거짓말처럼 조용해졌다. 마룻바닥이 차가웠다. 백열등이 이상하게 눈부셨다. 하즈키는 주먹으로 바닥을 힘껏 내리치고는 학질에 걸린 것처럼 떨림이 멈추지 않는 자신의 몸을 양팔로 껴안았다. 눈물이 흐르고 악물고 있던 입술 사이로 오열이 새어나왔다. 한 번 터지기 시작한 울음은 멈출 수가 없었다.

어쩌다 이렇게 되어버린 건지 아무리 생각해도 알 수 없었다. 게스케는 아이가 있는 기미코와 이혼하면서까지 자신을 선택해주었다. 그런데 지금은 어떤가. 더러워진 자루걸레처럼 현관 입구에 비참하게 쭈그리고 앉아 눈물을 멈출 수조차 없다. 그래서 헤어지고 싶은가 하고 묻는다면 그래도 고개를 저을 수밖에 없었다. 고집일지도 모르지만 자신이 먼저 헤어지자는 말을 꺼낼 수는 없을 것 같았다. 화가 나지만 결국 게스케를 좋아한다. 자신이 왜 이렇게 합리적이지 못한 생각을 하는지 알 수 없었다. 실험처럼 확실한 결과를 낼 수 있다면 얼마나 편할까.

하즈키는 손가락으로 눈가를 닦았다.

그때 전화가 울리기 시작했다. 거실에 있는 유선전화였다. 무시하려고 했지만 전화는 집요하게 울렸다.

전화기를 집어들자 가느다란 소리가 들려왔다.

"여보세요. 게스케 있나요?"

그 순간 괜히 받았다고 후회했다. 기미코였다. 게스케는 이혼 후에도 한 달에 한 번 정도 아들을 만나러 갔다. 그래서 약속 장소를 정하고자 기미코가 전화를 걸어오는 일도 가끔 있었다. 하지만 대개는 직장이나 휴대전화로 연락하는 듯했으며, 집으로 전화가 걸려온 것은 반년만이었다.

"외출했어요. 휴대전화로 해보세요."

쌀쌀맞게 말하고 전화를 끊으려고 하자, 하라시마 기미코가 "잠깐만!" 하고 소리쳤다.

"휴대전화로도, 병원에도 해봤지만 연락이 되질 않아. 실은… 히로시가 없어졌어."

하즈키는 전화기를 고쳐 들었다.

"어떡하지. 나, 어떻게 해야 하는 걸까?"

시계를 보니 8시 반이 조금 넘었다. 다섯 살짜리 아이가 돌아다닐 시간은 아니었다.

"유치원과 친구 집에 연락은 해보셨나요?"

"해봤어. 친구와 함께 공원에서 놀고는 한참 전에 집으로 돌아갔대."

"그렇군요……."

부모가 아니라도 걱정이 되는 법이다. 하물며 게스케의 아들이다. 생판 남이라고 할 수도 없다.

"당신이 지금 여기로 와줄 수는 없을까? 주변을 조금 찾아보고 싶은데, 그 사이에 히로시가 돌아오는 것은 아닐까 해서."

"제가요?"

기미코네 집에 가는 것이 꺼려졌다. 그녀의 생활을 눈으로 보고 싶지 않았던 것이다.

"저, 이웃사람에게 부탁해보면 어떨까요?"

"알고 지내는 이웃이 있을 리 없잖아. 어떻게 그럴 수 있겠어?"

그 말에 하즈키는 몹시 기가 죽었다.

"당신이 그이를 건드려서 이렇게 된 거니까."

기치죠지의 개찰구를 나가던 기미코의 모습이 뇌리에 스쳤다. 구부정한 등, 윤기 없는 머릿결. 그런 식으로 변하게 한 것은 자신일까. 동정은 위선적인 것 같아 싫었다. 그렇게 생각하면서도 양심의 가책을 떨쳐버릴 수 없었다.

"그쪽 주소를 가르쳐주세요."

하즈키는 서랍에서 메모지를 꺼내 기미코가 불러주는 주소를 받아 적었다.

기미코가 사는 아파트는 회색 타일로 장식된, 외관이 청결한 인상을 주는 건물이었다. 초라한 목조주택이 아니라는 것에 안도했다. 그러면서 한편으로는 이토록 가까운 곳에 기미코가 살고 있었다는 사실에 깜짝 놀랐다. 혹시 게스케가 계속 기미코의 집을 찾아갔던 것이 아닐까. 그런 느낌이 들었다. 하지만 지금은 그보다 히로시가 걱정이었다.

가르쳐준 대로 엘리베이터를 타고 5층으로 올라가 가장 안쪽에 있는 문 앞에서 걸음을 멈추었다. 심호흡을 한 번 하고서 초인종을 누르자 문이 열렸다.

눈꺼풀이 약간 붉어진 기미코가 서 있었다. 하얀 민소매 블라우스와 검은 스커트 차림 때문인지 오갈 데 없는 여학생처럼 보였다.

현관으로 들어서자 곧바로 식당 겸 주방이 있었다. 리놀륨을 깐 다다미 6장(약 9.9제곱미터—옮긴이) 정도의 공간으로 새하얀 형광등 불빛이 눈부셨다. 식탁과 싱크대에는 접시 하나 나와 있지 않았다. 새하얀 냉장고 문에는 보육원 행사일정표가 붉은 자석으로 고정되어 있었다.

"집을 보고 있을 테니 어서 찾으러 가세요. 히로시가 돌아오면 곧바로 연락할게요. 휴대전화, 가지고 있어요? 없으면 빌려드릴게요."

하즈키가 말하자 기미코는 의자 등받이에 걸쳐 있던 베이지색 카디건에 손을 뻗었다. 그러나 밖으로 나가려고 하지는 않았다. 바닥을 멍하니 바라보고 있을 뿐이었다.

손목시계를 확인하니 이미 9시가 넘었다. 하즈키도 걱정이 되기 시작했다.

"안 나가세요? 아니면 경찰에게 알릴까요? 그편이 안심일지모르겠네요."

기미코는 불안한 모습으로 바닥을 발끝으로 두드리고 있었다. 그 모습을 보고 있자니 짜증이 나기 시작했다. 이 여자는 사람을 불러놓고 대체 무슨 생각을 하는 것일까. 도대체 자신은 왜 이 여자를 돌봐줘야 하는 걸까. 하지만 생각을 다시 했다. 지금 문제는 히로시다. 게스케의 아들이 무사하다는 사실을 확인하는 일을 돕기 위해서라며 자신을 달랬다.

"제가 전화할까요?"

기미코는 생각을 하듯 눈을 감았지만 느린 동작으로 고개를 저었다.

그 순간, 기미코에게서 어딘가 이상함을 깨달았다. 두 눈의 초점이 맞지 않았고, 마치 혼이 빠져나가 버린 사람처럼 몸이 흔들리고 있었다.

"당신, 뭔가 숨기는 거 아니에요?"

하즈키가 묻자, 기미코가 몸을 크게 떨었다. 두 눈에는 눈물이 가득했다.

"왜 그러세요. 당신이 정신을 차려야 하잖아요."

하즈키는 기미코의 어깨를 잡고 흔들었다. 전혀 반응이 없었다. 커다란 인형을 상대하고 있는 것 같았다. 기미코는 입을 다물고 허공을 응시할 뿐 아무 대답도 하려 하지 않았다.

이대로는 아무것도 할 수가 없다. 가슴 속에 불안감이 소용돌이치기 시작했다.

하즈키는 주방 구석에 있던 전화기에 손을 뻗었다. 그 순간 기미코가 믿을 수 없을 정도로 재빨리 달려들었다. 그러고는 하즈키에게서 전화기를 빼앗아 가슴에 안았다. 기미코의 눈썹 양끝이 아래로 축 처지더니 당장에라도 울음을 터트릴 것 같았다.

"경찰에게 알리기로 해요. 그것이 제일 안전해요."

상대를 자극하지 않게 되도록 부드러운 목소리로 하즈키는 말했다.

기미코가 얇은 입술을 비틀더니 입술 사이로 쥐어짜는 듯한 목소리로 말했다.

"이제 전화는 할 수 없어요."

무슨 뜻일까.

기미코가 크게 흐느꼈다.

"제대로 설명해주세요!"

짜증 섞인 목소리로 하즈키가 말하자 기미코가 충혈된 눈으로 원망하듯 쳐다보았다.

"말해주세요."

되도록 다정한 어조로 말하자 기미코는 겨우 고개를 끄덕이며, 식탁에 놓여있던 휴지로 눈물을 닦고 소리 나게 코를 풀었다. 숨을 고르더니 하즈키의 눈을 매달리듯 바라보았다.

"히로시는 유괴됐어."

그 말에 하즈키는 말을 잃었다. 부어오른 눈을 감고 입술을 깨무는 기미코의 얼굴을 멍하니 바라볼 뿐이었다.

'유괴.'

갑작스런 그 말에 현실감이 느껴지지 않았다. 그런 일은 자신과 평생 상관없을 줄 알았다. 그러다 문득 생각이 떠올랐다. 최근 치바 현에서도 유괴사건이 있었던 것이다. 그 아이의 부모도 자신의 아이가 유괴되어 살해되리라고는 꿈에도 생각하지 않았을 것이다.

일단 유괴라는 말을 입 밖에 내자 현실과 마주할 각오가 생긴 것일까. 기미코의 떨림이 진정되었다.

"당신과 통화하고 나서 바로 전화가 왔어. 몸값 2천만 엔을 내일 오후까지 준비해놓으라고. 경찰에게 알리면 히로시의 목숨은 없다고 생각하라면서."

하즈키는 기미코가 가슴에 안고 있던 전화기에 손을 뻗었다. 기미코는 그것을 더욱 부둥켜안고 놓으려 하지 않았다.

"경찰이 아니에요. 게스케 씨에게 연락하려는 거예요."

"이미 몇 번이나 걸었어. 부재중 전화에 메시지도 남겼고."

기미코는 굳은 표정으로 하즈키에게 전화기를 내밀고 낮은 목소리로 중얼거렸다.

"어째서 나한테만 이런 일이 생기는 거야."

하즈키는 기미코에게서 시선을 돌렸다.

하즈키는 경찰에 맡기는 것이 좋다고 생각했다. 범인을 자극하고 싶지 않다는 마음은 알지만 알리는 것이 옳지 않을까. 경찰도 그런 사정은 잘 알고 있을 것이다. 함부로 움직일 리 없다. 보도협정을 맺어 극비리에 수사를 진행할 것이다.

너무 합리적으로 생각하는 걸까. 아이가 없어서 기미코의 마음을 모르는 것일까. 그래도 일반인이 할 수 있는 일에는 한계가 있다. 이런 사건에 대처하는 방법 따위 알 리가 없다. 어쨌든 지금은 냉정해야만 한다. 하즈키는 바짓주머니에서 휴대전화를 꺼냈다.

"게스케 씨에게 연락해볼게요."

기미코가 살짝 고개를 끄덕였다.

벨 소리가 다섯 번 울리자 부재중이라는 응답메시지가 흘러나왔다. "히로시의 일이니까 빨리 연락해 줘요." 그렇게 녹음하고 전화를 끊었다.

"경찰에게 알리기로 해요."

"안 돼!" 두 눈을 크게 뜨며 기미코가 소리쳤다. "요전에 치바에서 유괴당한 아이는 살해됐어. 그건 경찰에 알린 사실이 범인에게 들통났기 때문이 아니야? 그럴 게 뻔해."

"하지만 이대로 있을 수는 없어요."

기미코가 얼굴을 들었다. 눈빛이 이상하게 번뜩이고 있다. 하즈키는 등골이 오싹해지는 것을 느꼈다. 볼에 달라붙어 있던 머리카락을 쓸어 넘기더니, 조금 전과는 사뭇 다른 무서운 표정으로 하즈키를 쏘아보았다.

"당신의 지시 따위 듣고 싶지 않아. 히로시는 내 아이니까."

"부모님에게는?"

"두 사람 다 양로원에서 살고 있는데다가 나이도 많아. 의지가 되지 않아. 가깝게 지내는 친척도 없고······.

"게스케 씨 본가에 연락해볼까요?"

히로시는 그들에게 손자였다. 이혼한 전처와의 사이에서 낳은 아이라도 손자임에는 변함이 없는 것이다. 게스케의 부친은 아오모리 시에서 종합병원을 운영하고 있었다. 뭔가 좋은 방법을 생각해낼지도 모른다.

하즈키는 기대하는 눈빛으로 기미코를 쳐다봤지만, 그녀는 굳은 표정으로 고개를 저었다.

"믿을 수 없어. 이혼 얘기가 나왔을 때, 게스케를 말려달라고 부탁했지만 상대해주지 않았어. 히로시가 어떻게 되든 상관없다고 생각하는 게 틀림없어."

하즈키는 한숨을 쉬었다. 다시 한 번 게스케의 휴대전화에 전화를 걸고 나서, 혹시나 해서 병원에도 연락을 취해보았지만 게스케의 종적을 알 수 없었다. 이런 밤중에 어디에 간 것일까. 여자와 같이 있다면 자신도 기미코도 그를 용서할 수 없을 것이다.

하즈키는 바닥에 주저앉아 있는 기미코의 어깨에 손을 얹었다. 확실하게 말하는 수밖에 없었다.

"몸값을 건네준다고 해도 히로시가 무사히 돌아오리라는 보장은 없어요."

"그렇지 않아. 돈이 목적이니까. 돈이라면 어떻게든 마련할 수 있어. 부모님이 양로원에 들어갈 때 집을 처분했거든. 쓰지 않고 놔뒀으니까 괜찮아. 돈만 내면 히로시는 돌아올 거야."

자신을 설득하듯 기미코는 몇 번이고 고개를 끄덕였다. 허옇게 마른 입술이 애처로웠다.

그런 보장은 없다고 다시 한 번 말하려다 그만두었다. 지금의 그녀에게 그 사실을 깨닫게 하는 것은 너무나도 잔혹하다는 생각이 들었다.

"당신도 여기서 나하고 같이 기다려줘. 혼자서는 불안해."

기미코는 하즈키의 팔을 잡았다. 가느다란 손가락이 살갗으로 파고들었다. 그 통증이 슬프게 느껴졌다.

게스케를 위해 그녀와 함께 있자.

하즈키는 그렇게 마음먹고 고개를 끄덕였다.

05

잠 한숨 못 자고 아침을 맞이했다.

새벽녘 근처 편의점에서 사온 담배에 불을 붙이고 베란다로 나갔다. 수면부족으로 몽롱해진 머리가 맑아지기를 기대했지만, 쓰기만 할 뿐 기분은 조금도 가라앉지 않았다. 아니, 오히려 속이 메슥거렸다. 필터를 세 번 정도 입술에 대고는 베란다 바닥에다 비벼 껐다.

베란다 난간에 기대서 눈 아래 펼쳐진 무사시노 거리를 바라보았다.

아직은 희미한 햇살 속에서 거리가 서서히 잠에서 깨어나려하고 있었다. 이 일대는 주위에 높은 건물이 적어, 도로 하나하나까지 다 볼 수 있었다. 주황색의 중앙선이 신주쿠 방면으로 길게 뻗어 있다.

공기를 가슴 깊이 들여 마시자 머리가 조금 개운해졌다.

뒤돌아보니 벽에 기댄 채 무릎을 껴안고 앉아 있는 기미코의 모습이 보였다. 한참 전부터 그 자세 그대로였다.

기미코는 입을 꼭 다문 채 눈을 감고 있었지만 자는 것은 아니었다. 가끔 볼 언저리가 신경질적으로 경련을 일으키고 있었다.

하즈키는 다시 안으로 들어가 식탁 의자에 앉았다. 팔꿈치를 괴고 눈을 감았다. 그리고 관자놀이 부근을 손가락으로 세게 눌러 본다.

지금이라도 늦지 않았다. 경찰에게 알리는 것이 좋을 것이다. 그러나 그것을 결정하는 것은 자신이 아니라는 생각도 지울 수 없었다. 히로시라는 다섯 살짜리 아이의 생사가 걸려있는 문제였다.

게스케에게는 어젯밤 몇 번이나 전화를 걸어봤지만 통화가 되지 않았다. 병원에는 메모를 남겼다. 만일 게스케와 연락이 되면 기미코 집이나 하즈키의 휴대전화로 전화해달라고 부탁했다.

어쩔 수 없이 오늘은 결근할 수밖에 없다. 때를 봐서 와카바야시에게 전화를 해야겠다고 생각했다.

전화가 울린 것은 이미 점심때가 지나고 나서였다.

기미코가 스커트를 펄럭이며 일어났다. 전화기를 들기 전에 하즈키를 바라보았다. 하즈키는 힘차게 고개를 끄덕였다.

범인일까.

하즈키는 기미코에게 바싹 다가가 전화 목소리를 들으려고 했다. 상대의 목소리가 낮아서 아무 소리도 들리지 않는다. 적어도 게스케에게서 온 전화는 아니다. 기미코의 옆얼굴이 굳어지는 것을 보면 알 수 있다.

기미코는 작은 목소리기는 해도 의외로 확실하게 대응하고 있었다. 하즈키는 떨리는 마음을 진정시키려는 두 주먹을 꽉 쥐었다.

"기다려요! 히로시의 목소리를……."

기미코는 크게 소리치더니, 멍하니 전화기를 귀에서 떼었다.

하즈키가 그것을 빼앗아 귀에 대었지만 전화는 이미 끊겨 있었다. 전자음이 흘러나올 뿐이었다.

"뭐래요?"

"오늘 밤 11시, 신주쿠에 있는 도야마 공원으로 돈을 가지고 오래."

"경찰에……."

그렇게 말하는 하즈키를 기미코는 단호한 태도로 제지했다.

"당신은 잠자코 있어. 난, 지금부터 은행에 갈 거야."

하즈키는 침을 삼켰다.

초조함을 넘어서 화가 치밀었다. 어째서 이토록 고집을 부리는 걸까. 그렇다고 지금 여기서 기미코를 내버려 둘 수도 없다. 기미코가 아니라 히로시를 먼저 생각해야 한다.

"당신은 여기서 기다려줘. 게스케에게 연락이 오면 당장 여기로 와달라고 해. 그리고……."

기미코는 갑자기 하즈키를 응시했다. 조금 전까지의 약한 눈빛이 아니었다. 충혈된 두 눈에는 단호한 결의가 담겨 있었다. 흥분한 탓인지 볼에도 홍조를 띠고 있다.

"경찰에게 알리면 용서하지 않겠어. 만일 그래서 히로시가 살해된다면 나, 당신을 절대로 용서할 수 없어."

하즈키의 등줄기가 서늘해졌다. 몸이 경직된 것처럼 움직이지 않았다.

기미코는 어젯밤에 준비해두었던 은행 통장을 손가방에 집어넣은 후 허리를 꼿꼿이 세우고 집을 나갔다.

밤의 도야마 공원은 어둡고 조용했다. 도심이라 할 수 있는 곳임에도 밤에 이토록 조용한 장소가 있다는 사실을 처음 알았다.

가로등 불빛에 의지하면서 신주쿠 스포츠센터 뒤쪽에 있는 휴지통으로 향했다. 현금을 종이봉투에 담아 휴지통에 넣으라는 것이 범인의 지시였다.

하즈키는 치솟는 불안감을 누르고 벤치에 앉았다. 허리 백에서 수건을 꺼내 이마를 살짝 닦았다. 조금 전까지 주변을 조깅했기 때문에 심장의 박동은 빨라져 있었다. 그러나 자신이 조깅 애호가로 보일지 어떨지는 자신이 없다. 기미코에게 빌린 운동복을 입고 있지만 자신의 표정은 상당히 굳어있을 터였다.

벤치는 범인이 지정한 휴지통에서 20미터가량 떨어져 있었다. 금속제 휴지통 옆에는 종이상자가 방치되어 있었지만 그것 이외에 딱히 눈에 띄는 것은 없었다. 주변을 슬쩍 살펴봤지만 사람 모습은 보이지 않았다.

하즈키는 하늘을 올려다보았다. 도시의 밤하늘은 칠흑의 어둠이 아니었다. 잠들지 않은 번화가의 불빛이 어둠 속에 번져 하늘은 거무스름한 색을 띠고 있을 뿐이었다. 볼을 스치는 바람에는 온몸이 녹아드는 듯한 한낮의 열기가 완전히 사라져 가을의 기운마저 느낄 수 있었다.

몸값을 건네는 장소에 있다는 사실이 너무도 비현실적으로 느껴졌다. 그러나 마음과는 달리 몸은 계속해서 떨리고 있었다.

게스케에게 다시 한 번 전화를 걸어볼까.

허리 백에 손을 뻗었을 때, 두 손에 커다란 종이봉투를 들고 걸어오는 사람의 그림자가 보였다. 기미코였다. 의외로 안정된 걸음걸이였다.

범인에게 전화를 받고 나서 기미코는 우는소리 한마디 하지 않았다. 자신에게 주어진 소임만 제대로 하면 아들이 돌아온다. 그렇게 믿는 모습은 보기 애처로울 정도였다.

기미코가 하즈키를 발견한 듯했지만, 미리 의논한 대로 눈도 마주치지 않았다. 흥분한 탓인지 기미코의 눈이 이상하게 빛나고 있다. 어두운 가로등 불빛 아래서도 그것만은 분명히 알 수 있었다.

기미코는 곧장 휴지통으로 다가가 주저함 없이 현금을 채운 종이봉투를 떨어트렸다. 쿵하는 묵직한 소리가 들렸다. 무슨 생각을 하는지 기미코는 휴지통 앞에서 몸을 웅크리고 앉아 두 손을 모았다.

기미코가 일어섰다. 그러나 일어섬과 동시에 그녀의 움직임이 멈췄다. 하즈키는 벤치에서 일어나려다 마음을 바꾸었다. 범인이 어딘가에서 보고 있을 가능성이 있다. 섣불리 움직일 수는 없었다.

기미코는 다시 몸을 웅크리더니 휴지통 옆에 버려져 있는 종이상자를 열기 시작했다.

도대체 무엇이 들어 있는 것일까.

하즈키는 침을 삼켰다.

기미코가 종이상자에서 단지 같은 것을 꺼내 들자, 종잇조각이 한 장 떨어졌다. 그 종잇조각을 주워든 기미코의 입에서 비명이 터져 나왔다.

"히로시!"

기미코가 외쳤다. 그리고 하즈키 쪽을 보았다. 공포로 일그러진 표정을 지으며 기미코는 하즈키를 향해 뭔가를 호소하려고 했다.

하즈키는 주위를 둘러보았다.

더는 숨어있을 의미가 없다고 판단하고 하즈키는 기미코에게 달려갔다. 동시에 몇 개의 발소리가 다가왔다.

하즈키는 주먹을 꽉 쥐었다.

"무슨 일이에요? 하라시마 씨!"

양복차림의 남자 네 사람이 두 사람을 내려다보고 있었다.

"앗, 이것은⋯⋯."

남자가 기미코의 손에서 종잇조각을 빼앗았다. 하즈키는 남자의 손을 들여다봤다.

'하라시마 히로시의 유골을 돌려준다.'

종이에는 그렇게 쓰여 있었다.

기미코가 안고 있는 단지에 히로시의 유골이 들어 있다는 것인가. 하즈키의 심장 박동이 순식간에 빨라졌다.

기미코는 정신 나간 사람처럼 서 있었다. 상황을 이해하고 있는지 어떤지 의심스러웠다. 그녀에게 무슨 말을 해야 할지 알 수 없었다.

하즈키는 기미코의 어깨를 안았다. 기미코가 제정신이 든 듯 하즈키를 바라본다. 기미코의 표정이 순식간에 변했다. 눈이 치켜 올라가고 입술이 일그러지더니 하즈키를 노려보았다.

"당신⋯⋯."

하즈키는 땅 위로 시선을 떨어뜨렸다. 남자들의 그림자가 아스팔트 위에 길게 뻗어있다.

별안간 뺨에 뜨거운 통증이 일었다.

"부인!"

형사 한 명이 기미코를 껴안듯이 하며 제지했다.

"무슨 짓을 한 거야?"

기미코가 울부짖듯 말했다.

"경찰에게 알리지 말라고 했지!"

하즈키는 고개를 들 수 없었다. 어쩌면 돌이킬 수 없는 짓을 해버렸는지 모른다.

기미코가 은행에 간 사이 경찰에 전화해서 사정을 얘기했다. 그 후 일단 연구실에 잠시 가봐야 한다고 기미코를 설득하고, 직접 경찰서로 가서 사실을 알렸다. 그리고 경찰은 몸값을 건네는 현장을 감시하기로 했던 것이다. 히로시를 위해 그것이 제일 좋은 방법이라고 생각했기 때문이었는데 이런 결과가 되고 말았다.

"당신 때문에 히로시가 살해된 거야!"

울음 섞인 기미코의 목소리가 온몸에 꽂혔다.

"돈만 건네줬으면 히로시는 돌아왔을 텐데."

하즈키는 입술을 깨물며 아스팔트에 손을 짚었다. 몸의 떨림이 그치지 않았다.

경찰과 연락한 것을 범인에게 들킨 것일까. 게스케에게 뭐라고 하면 좋을까. 어쩌면 자신 때문에 히로시가……. 그러나 그렇게 단순하게는 생각할 수 없었다. 단지를 준비해두고 있었다는 것은 범인이 처음부터 히로시를 죽일 생각이었다는 얘기가 아니었을까.

기미코의 목소리가 점점 멀어져갔다. 차가 달리는 소리가 들리고 별안간 정적이 주위를 감쌌다. 자신의 심장 고동소리가 선명하게 들려왔다.

"나카자와 씨, 우리도 갈까요?"

차분한 목소리와 함께 등에 손바닥이 닿는 것이 느껴졌다. 돌아보니 초로의 형사가 주머니에 손을 넣은 채 서 있었다.

"여러 가지 이야기를 들어야 해서요."

형사는 주름이 깊게 새겨진 눈가에 힘을 주며 말했다.

"당신의 판단은 틀리지 않았어요."

하즈키는 눈물을 닦고 일어났다. 담배 생각이 간절했다.

형사는 하즈키의 어깨를 살짝 두드렸다.

"자, 갈까요?"

하즈키는 힘없는 다리를 한걸음 아스팔트에 내디뎠다.

06

나직한 목소리의 독경이 이어진다. 승려의 목소리에는 억양이 없었으며 불경의 뜻을 이해할 리 없었다. 그래도 마음에 스며드는 듯했다. 기둥에 여러 개의 조그만 쐐기를 박듯 마음속 깊이 무언가가 전해진다. 불경은 아픔을 완화하기도 하고, 증폭시키기도 하면서 하즈키의 마음을 심란하게 어지럽힌다.

방에는 선향線香 연기가 자욱해서 숨을 쉬기 어려웠다. 눈을 감으면 땅속으로 끌려들어 가는 것 같다. 손에 쥔 자수정 염주의 차가운 감촉이 하즈키를 현실로 돌아오게 한다.

검은색 옷을 입은 사람들 틈에서 승려의 자색 법의가 보였다. 독경 소리가 중단될 때마다 매끈거리는 광택을 띤 자색 등이 살짝 움직였다.

망설였지만 결국 오고 말았다.

손끝으로 염주를 굴렸다.

자신에게는 장례식에 참석할 자격이 없는지도 모른다. 그래도 오지 않고는 견딜 수 없었다. 조그만 생명을 결코 잊을 수 없었다. 사건이 일어난 지 나흘이 지났지만 히로시의 유골을 보았을 때의 기억이 끊임없이 마음을 괴롭혔다.

의대에 다닐 때 법의학 수업에서 참혹한 사진은 수없이 보아왔다. 교통사고를 당해 배에서 비어져 나온 내장, 독극물에 중독되어 고통으로 몸부림친 흔적이 선명히 보이는 얼굴, 화염에 화상을 입어 완전히 쪼그라든 육체.

경찰에 의하면 단지 안에는 히로시의 전신에 해당하는 뼈와 재가 들어 있었다고 한다. DNA 감정을 통해 히로시의 것이라는 건 확인되었다.

신문에서는 연쇄유괴살인사건이라며 떠들어대고 있었다. 치바현에서 일어난 사건과 성격이 유사했기 때문이다. 범인은 몸값을 받기도 전에 아이의 목숨을 빼앗았다. 주간지에서는 살인귀라는 타이틀이 난무하고 있었다.

방에는 오십 명 정도가 모여 있었다. 어린 아이도 몇 명 있었다. 아이들이 히로시의 죽음에 대해 정확히 이해하고 있다고는 생각할 수 없겠지만, 그럼에도 얌전하게 무릎을 꿇고 있었다.

하즈키는 등을 쭉 펴서 제단에 놓여있는 사진을 바라보았다.

하라시마 히로시는 총명한 빛이 눈에 가득 담긴 아이였다. 시원스런 콧날과 모양 좋은 입술이 히로시를 실제 나이보다 어른스럽게 보이게 한다. 살짝 올라간 눈썹이 게스케와 많이 닮았다.

게스케는 기미코와 나란히 맨 앞줄에 앉아 있었다. 허리를 꼿꼿이 세우고 제단을 집어삼킬 듯 뚫어지게 응시하고 있었다. 그 옆에서 고개를 숙인 기미코는 계절에 맞지 않는 두툼한 검은색 원피스를 입고 있었다. 죽은 한 쌍의 까마귀처럼 두 사람은 꿈쩍도 하지 않았다.

게스케는 히로시가 발견된 다음 날 아침 겨우 모습을 나타냈다. 게스케 본인의 입을 통해 다른 여자와 멀리 나가 있었다는 말을 들었음에도 냉정함을 유지할 수 있었던 것은 히로시의 죽음이라는 충격이 훨씬 컸기 때문이다. 그리고 지금 하즈키가 할 수 있는 일이라고는 히로시의 죽음을 현실로 받아들이고 마음속에서 소화시키는 것이 전부였기도 했다.

내 탓일까.

몇 번이고 자신에게 물었지만 결국 답은 나오지 않았다. 자신이 틀렸다는 생각은 들지 않았다. 사건을 담당했던 형사도 하즈키의 판단이 옳았다고 말했다. 그럼에도 쿡쿡 쑤셔대는 통증은 사라지지 않았다.

고개를 들자 연로한 시아버지의 모습이 눈에 들어왔다. 앞에서 셋째 줄에 앉아있는 게스케의 부친은 커다란 등을 구부리고 어깨를 축 늘어뜨리고 있었다. 연락을 받고 아오모리에서 급하게 달려온 탓인지, 게스케와 닮은 옆얼굴은 혈색이 좋지 않았고 드문드문 흰색이 섞인 덥수룩한 수염이 눈에 띄었다.

히로시를 죽인 범인은 아직 찾지 못했다. 사인조차 밝히지 못하고 있다.

독경이 중단되고 방의 공기가 느슨해진다. 그것을 신호로 분향이 시작되었다. 승려가 다시 나직한 소리로 경문을 읽기 시작한다. 그 소리에 이끌리듯 조문객이 한 사람씩 일어나 제단으로 가서 합장한다. 방 안 가득 자욱한 향이 한층 짙어진다.

하즈키는 눈에 띄지 않게 슬며시 자리에서 일어났다. 옆에 앉아 있던 중년 여성이 비난의 눈초리로 하즈키를 노려보았지만 하즈키는 아무 말 없이 방을 나갔다.

장례식장을 나오니 맹렬한 더위와 습기가 온몸을 휘감았다. 등과 가슴 언저리에서도 끈적거리는 땀방울이 솟아났다. 블라우스의 가슴에 손을 얹고 세게 눌렀다. 소재가 면이 아니어서인지 블라우스는 땀을 흡수하지 않고 오히려 살갗에 착 달라붙어 불쾌감만 더했다.

버스를 갈아타고 연구소에 도착했을 때는 이미 정오가 지나
있었다. 연구소에 온 것은 사건 이후 처음이었다. 일단 대기실
로 가서 옷걸이에 걸려있는 흰 가운을 입고 하즈키는 실험실로
향했다. 마음이 어지러울 때는 실험대로 향하는 것이 제일 좋은
방법이라는 것을 경험으로 알고 있었다. 게스케에게 끌리기 시
작했던 무렵이 그랬다. 자신의 마음을 주체 못하고, 그렇다고
어떻게 할 수도 없어 몹시 우울했던 때. 하즈키는 뭔가에 씌운
것처럼 실험에만 몰두했다.

실험실 문을 열려는 순간 고함이 들렸다. 하즈키는 문을 향해
뻗은 손을 거둬들였다.

"너 같은 아가씨가 뭘 할 수 있겠어!"

마나베의 목소리였다. 이어서 날카로운 여자 목소리가 들려
왔다.

"…아무것도 하지 않고 포기하는 무능한 사람보다는 나아요."

"그 시험관, 이리 줘. 정말이지 그냥 두고 볼 수가 없다니까.
도대체……. 여기는 일반연구실이란 말이야. 그런 것을 취급
하면 안 된다는 것쯤은 알고 있지 않나?"

"싫어요. 이것만큼은 맡길 수 없어요."

하즈키는 문 손잡이를 잡고 천천히 열었다.

마나베의 등이 경직되는 것이 느껴졌다. 에이코도 살짝 움찔
했다.

"…무슨 일이에요?"

두 사람의 얼굴을 번갈아 보며 하즈키는 말했다.

"아무 일도 아냐. 이 아가씨가 위험한 짓을 하고 있었거든."

마나베는 가운 주머니에 두 손을 찔러 넣은 채 하즈키의 눈을
보지 않고 말했다.

에이코는 굳은 표정으로 실험대에 몸을 기댔다. 흥분한 탓인지 볼이 장밋빛으로 물들어 있었다. 에이코의 눈에 반성의 기미는 전혀 없었다.

"실험이라면 상담해줄 수 있는데."

하즈키가 말하자 에이코는 볼에 달라붙은 갈색 머리를 거칠게 걷어 올리며 턱을 치켜들었다. 그것은 에이코가 곧잘 하는 동작이었다. 그리고 그 동작 뒤에는 늘 과격한 말이 튀어나왔다.

"나카자와 씨와 상담해도 소용없어요."

마나베만큼, 아니 그 이상으로 에이코는 다루기가 어려웠다. 한숨을 누르며 하즈키는 말했다.

"어쨌든 나중에 얘기해줘."

마나베가 혀를 찼다.

"쳇, 잘난 척하긴."

하즈키는 바닥으로 시선을 떨어트렸다. 지금 여기서 마나베와 언쟁을 벌일 마음이 들지 않았다. 장례식장에서 막 돌아온 탓인지 그럴 만한 기력이 없었던 것이다. 마나베 역시 그간의 사정을 아는 듯, 안경을 벗어 셔츠 자락으로 렌즈를 꼼꼼히 닦았다.

"나는 내 맘대로 하게 내버려 둬."

마나베는 하즈케에게 등을 돌리고 실험대 서랍에서 시약 병을 꺼냈다. 일부로 그러는 것처럼 보일 정도로 신중한 손놀림으로 저울 접시에 기름종이를 깔고 귀이개처럼 작은 숟가락으로 분말 상태의 시약을 측정하기 시작했다.

에이코는 하즈키를 힐끔 보고 잰걸음으로 실험실을 나갔다. 꼭 다문 붉은 입술에서는 변명 한마디 나오지 않았다. 이럴 때 한마디라도 좋으니까 사정을 이야기해준다면 인상이 꽤 달라질 텐데. 에이코에게 그것을 알려 주고 싶은 마음이 들었다.

"자, 그럼."

하즈키는 짧게 말하고 자신의 실험대로 갔다.

일을 끝내고 대기실로 돌아오니 슈트 차림의 남자가 문을 등지고 앉아 있었다. 조금 색이 바랜 베이지색 슈트와 딱 벌어진 어깨. 남자는 다리를 까닥거리면서 조급한 동작으로 담배를 피우고 있었다.

"어쩐 일이야?"

하즈키가 말을 걸자 와타나베 가쓰지가 돌아보았다.

"여" 하고 담배를 손가락에 끼운 채 한 손을 들었다.

"뭐야, 갑자기……."

가쓰지는 하즈키의 말이 끝나기도 전에 일어나서니 잠깐 밖으로 나가자고 말했다.

"하이어(일본의 콜택시-옮긴이)가 밖에서 기다리고 있어. 에어컨도 빵빵하고 담배도 피울 수 있어."

칸막이 속에서 헛기침소리가 났다. 마나베가 소파 근처에 있는 듯했다.

하즈키는 실험노트를 자신의 책상에 놓고 가쓰지와 함께 대기실 문을 밀었다.

연구소 뒤편에 있는 주차장에 하이어가 세워져 있었다. 가쓰지는 운전석 창을 두드리더니 운전사에게 밖으로 나오라는 손짓을 했다.

"잠깐 밖에서 기다려주세요. 전, 이 사람과 차 안에서 할 얘기가 있거든요."

"네. 알았습니다."

하얀 장갑을 낀 중년 운전사는 시원스런 동작으로 차에서 나오더니 뒷좌석 문을 정중하게 열었다. 가쓰지는 당연하다는 표정으로 하이어에 올라탔다. 감사의 말 한마디 건네지 않는 모습이 눈에 거슬린다.

"기사님, 됐어요. 문은 제가 닫을게요."

"아니, 괜찮습니다!"

가쓰지가 뭐 하는 거야, 하듯 턱을 치켜들었다. 하즈키는 문을 잡고 타기를 기다리는 운전사에게 인사하고 차 안으로 들어갔다.

차 안은 소름이 돋을 정도로 싸늘했다. 하즈키는 운전석 등받이에 있는 재떨이의 뚜껑을 열고 담배에 불을 붙였다.

"힘들었겠다."

가쓰지는 창문을 조금 열면서 말했다.

무엇을 말하는 것일까.

유골의 첫 발견자 중 한 사람이었던 것을 말하는 것일까. 아니면 게스케가 여자와 있었던 것을 말하는 것일까. 가쓰지는 신문기자다. 히로시의 죽음에 대한 정보는 어느 정도 알고 있을 것이다. 그러나 친구에게는 알리고 싶지 않은 일도 있다.

"그래도 그렇지, 너도 사람이 참, 나쁘다. 그때 가르쳐줬으면 좋았잖아."

무슨 말인가 싶어 가쓰지의 얼굴을 보니 가쓰지는 당황한 듯 눈을 껌벅거렸다.

"남편한테 못 들었어?"

무슨 말일까.

가쓰지는 주저하듯이 시선을 내리깔고 나지막한 목소리로 말했다.

"하라시마 히로시는 미국에서 이식수술을 받았었어."

담배 끝에서 재가 흘러 떨어졌다. 하즈키는 가쓰지의 얼굴을 물끄러미 쳐다보았다.

"뭐야, 정말로 몰랐나 보네. 히로시 군은 올봄, 미국의 병원에서 심장이식수술을 받았어."

하즈키는 담배를 재떨이에 비벼 껐다. 손가락이 심하게 떨려서 제대로 끌 수가 없었다.

가쓰지는 일목요연하게 말하기 시작했다.

외국에서 이식을 받은 아이들을 조사하던 중 하라시마 히로시가 미국의 세인트 찰스병원에서 이식수술을 받았다는 사실을 확인하려고 움직이기 시작한 그날에 히로시가 살해됐다는 것을 알게 됐다는 것…….

순간 자신도 모르게 주먹을 꽉 쥐고 있었다는 사실을 손바닥에 파고든 손톱의 통증으로 알게 되었다.

"경찰도 히로시 군이 이식수술을 받았다는 사실을 알고 있을 텐데, 아직 그 선에서 움직이는 낌새는 없어. 치바 현에서 일어난 사건과의 연결점을 찾는 데만 안간힘을 쓰고 있지."

"이식수술을 받았다니……. 어떻게 된 걸까."

"하라시마 히로시는 확장성 심근증이었어. 너도 알고 있지? 완치하려면 이식밖에는 방법이 없다는 건. 뭐, 좌우지간 그 아이가 이식수술을 받은 경위를 조금 더 조사해보려고 해. 기획으로 쓸 만한 기삿거리가 나올지도 모르잖아. 도입부 에피소드로 괜찮은 이야기지. '어렵게 이식을 받았는데 히로시 군은……' 라는 식으로 말이야."

가쓰지의 말이 하나도 귀에 들어오지 않았다. 하즈키는 무릎으로 시선을 떨어트렸다. 검은색 스타킹에 가려진 무릎이 보였다. 오랜만에 제대로 바라본 무릎은 도톰한 두께를 잃고 뼈만 앙상하게 보였다.

충격이었다. 히로시가 외국에서 이식수술을 받았다는 사실에 대해 게스케는 아무 말도 하지 않았다. 아니, 심각한 병에 걸렸다는 사실조차 알지 못했다.

게스케가 기미코와 이혼한 것은 히로시가 세 살 무렵이었다.

병은 그 후 발견됐으리라. 그전에 알았다면 이혼은 하지 않았을 것이다. 함께 살고 있음에도 게스케의 신변에 일어난 불운을 전혀 알아채지 못했다.

이식수술을 받을 수 있는 병원을 찾는 일은 간단했을 것이다. 게스케는 미국 유학시절 직접 이식수술을 해본 경험이 있으니까. 그러나 비용마련, 번잡한 수속 그리고 무엇보다 정신적인 고통을 혼자 감수하며 하즈키가 끼어드는 것을 허용하지 않았다. 자신과 게스케 사이에는 깊은 골이 가로놓여 있었던 것이다. 그것을 모르는 것은 자신뿐이었다.

그 사실이 하즈키를 무섭게 강타했다.

가쓰지는 목소리를 죽이며 말했다.

"아까 의학부장 기시카와 방에 갔었지만 역시 비서에게 쫓겨나고 말았어. 여전히 노코멘트로 일관할 셈인가 봐. 하지만 난, 이 이야기를 어떻게든 쓰고 싶어. 생생한 느낌이 있어서 아주 좋아. 실은 이 기획으로 신문협회상을 노리고 있거든. 그래서 되도록 현장의 소리를 담고 싶어."

"나는 아무것도……."

"알고 있어. 나중에 네 남편에게 얘기를 들어보려고 해. 그전에 한 번 너를 만나고 싶었을 뿐이야. 그럼 나, 갈게."

"일부러 나를 만나러 온 거야?"

"아니, 하라시마 씨 집에 가는 길에 들린 거야."

"뭐? 오늘 장례식이었잖아."

"나도 가려고 했는데 아침부터 바빠서 시간을 맞추지 못했어. 그래서 지금 가보려는 거야."

하즈키의 가슴 속에서 분노가 조그만 물거품이 되어 솟아오르기 시작했다. 물거품은 순식간에 부풀어 올라 폭발했다.

"그녀의 심정도 생각해야지. 이런 때 가는 사람이 어디 있어!"

"그야, 뭐……."

가쓰지는 잠시 말문이 막혀 우물거렸지만, 금세 자신감을 찾은 것처럼 두툼한 가슴을 뒤로 젖혔다.

"주눅이 들면 이 일은 감당할 수 없어. 게다가 기자라는 직업은 남과의 경쟁이란 말이야. 경쟁은 이기지 않으면 의미가 없어. 학자 선생은 이해할 수 없을지 모르겠지만."

가쓰지의 얼굴에서 예전의 모습은 찾아볼 수 없었다. 이상하게 번뜩이는 눈을 하고 있다. 눈앞에 있는 사람은 친구가 아니었다.

하즈키는 아무 말 없이 차에서 내렸다. 내리자마자 끈적거리는 공기가 살갗에 달라붙었다. 이미 해가 지고 있어서인지 주위는 어스름해져 있었다. 그러나 주차장의 아스팔트가 낮 동안 흡수했던 열기를 내보내고 있어서 기온은 내려가지 않고 있다.

문을 세게 닫자 가쓰지가 당황한 것처럼 창문을 열고 얼굴을 내밀었다.

"어이, 잠깐 기다려봐."

"너와는 할 말 없어."

하즈키는 잰걸음으로 걷기 시작했다.

07

다음날 아침 하즈키는 혼자서 눈을 떴다. 어젯밤, 새벽 2시까지 깨어 있었지만 게스케는 돌아오지 않았다.

어디서 무엇을 하는 것일까. 몹시 신경이 쓰이면서도 한편으로는 안도하는 마음도 있었다. 조금 더 마음을 정리하고 나서 게스케와 이야기하고 싶었던 것이다. 게다가 설마 아들의 장례를 치른 날 밤에 다른 여자와 함께 있지는 않았을 것이다. 아오모리에서 올라온 부친과 함께 시내 호텔에서 숙박한 것일까.

샤워를 한 뒤, 커피 잔을 한 손에 들고 담배를 피우고 있는데 현관 초인종소리가 났다. 장식장에 놓인 시계의 바늘은 9시를 가리키고 있었다. 이렇게 이른 시간에 방문자를 맞는 일은 처음이다. 좋지 않은 예감이 가슴을 스친다. 다시 초인종소리가 울렸다.

인터폰을 들자 가벼운 헛기침 소리가 난 뒤, 남자의 목소리가 들려왔다.

"경시청에서 왔는데요."

사건에 대해 무언가 알아냈는지도 모른다. 하즈키는 조급해지는 마음을 진정시키며 티셔츠 위에 카디건을 걸치고 현관으로 뛰어나갔다.

스즈모리라는 형사는 땀투성이인 이마를 슈트와 비슷한 쥐색 손수건으로 쓱 문지르고, 얼굴을 정면으로 향한 채 고개를 앞으로 쑥 내밀어 보였다. 인사를 한다고 하는 모양인 듯했다. 하즈키는 어쩐지 느낌이 좋지 않은 남자라고 생각했다. 입술색이 거무스름한 것이 불결한 느낌이 들었으며 눈매는 이상하게 날카로웠다.

스즈모리 뒤에는 키가 큰 남자가 따분한 듯 서 있었다. 아직 20대 초반으로 보이는 그 남자는 스즈모리와는 대조적으로 정중하게 인사했다.

스즈모리가 눈을 가늘게 뜨고 하즈키의 어깨너머로 집 안을 살피듯 바라보았다.

"남편 분은?"

"어젯밤 들어오지 않았어요."

"어디에 계셨을까요?"

"글쎄요. 저, 사건에 대해서 뭔가 알아냈나요?"

"뭐, 조금요. 어쨌든 좀 실례해도 될까요?"

거절해서는 안 돼. 스즈모리의 가는 눈은 그렇게 말하고 있었다. 이 남자를 집 안으로 들이는 것이 어쩐지 마음 내키지 않았지만 상대는 경찰이다. 하즈키는 하는 수 없이 고개를 끄덕였다.

스즈모리는 거실로 들어오자 권하기도 전에 소파에 깊숙이 앉더니 주머니에서 담배를 꺼냈다. 젊은 형사가 죄송하다는 듯이 머리를 숙이며 스즈모리 옆에 앉았다.

하즈키는 주방에서 식탁의자를 끌고 와 스즈모리 앞에 비스듬히 앉았다.

"이렇게 아침 일찍 죄송합니다만, 하라시마 히로시가 유괴된 날 밤의 일에 대해 확인하고 싶은 것이 있어서요. 부인께 다시 한 번 이야기를 듣고 싶습니다."

"예에."

수사에 진전이 있었던 것은 아닌 모양이었다. 가벼운 실망감이 가슴에 퍼져 나갔다.

"나카자와 씨는 그날 밤, 전화를 받고 나갔다고 했죠?"

"네."

"부인도 이미 들었을 테니까 그대로 말하겠습니다만, 나카자와 씨 말로는 교제 중인 여성이 불러서 함께 하코네 호텔에서 묵고, 그 이튿날도 줄곧 그곳에 머무르고 있었다고 합니다. 부인의 전화를 받지 못한 것은 그곳이 산간 지역이어서 휴대전화의 전파가 닿지 않았기 때문이라고 설명하고 있습니다."

스즈모리는 팔짱을 끼고 하즈키를 힐끔 쳐다봤다. 젊은 형사가 슈트 안주머니에서 수첩을 꺼냈다.

"그 호텔 직원에게 사실을 확인하기는 했지만, 아무래도 증언에 미심쩍은 부분이 있어서 신경이 쓰이더군요. 그래서 어젯밤 다시 한 번 물어봤죠. 그랬더니 뜻밖에도 거짓말을 했더군요. 그 직원은 예전에 어려운 수술을 해서 자기 아버지의 목숨을 살려준 나카자와 선생의 부탁을 거절할 수 없었다고 말하더군요."

하즈키는 무심코 무릎 위에서 두 손을 마주 잡았다. 게스케가 거짓말을 했다는 사실을 믿을 수 없었다.

"나카자와 씨가 상대 여성의 이름을 한사코 밝히려 하지 않는 것이 이상합니다. 부인, 뭔가 짐작 가는 것이 없습니까?"

"저는 아무것도……."

"이상한 이야기라고 생각하지 않습니까? 아들이 유괴되어 살해되던 날 밤, 친아버지의 행적이 확실하지 않다……. 뭘 하고 있었던 걸까요, 남편 분은."

스즈모리는 거무스름한 입술을 일그러트렸다. 가는 눈이 심술 궂게 빛났다. 그것을 보고 있자니 불쾌한 감정이 일었다. 이 형사는 게스케를 의심하고 있는 것이다.

"나카자와 씨가 전처에게 히로시 군의 양육비로 얼마를 주고 있는지 알고 있습니까?"

갑자기 달라진 질문에 하즈키는 당황했다. 그런 것이 사건과 관련있는 것일까.

스즈모리가 얼굴을 확 찌푸렸다.

"매달 50만 엔입니다. 물론 병 치료에 드는 비용이 포함되어 있지만 말이죠. 나카자와 씨의 급료 절반 이상이 사라진다는 계산이죠. 그래도 부인과 살아가는 데는 문제가 없죠. 부인도 벌고 있으니까요. 게다가 보아하니 사치스런 생활을 하고 있는 것도 아니고 말입니다."

"무슨 말을 하고 싶은 거죠?"

"실은 말입니다. 남편 분이 젊은 여성과 자주 만나고 있다는 증언이 있었습니다."

스즈모리는 거무스름한 입술을 핥았다.

"상당히 화려한 여성인 모양입니다. 만약의 이야기입니다만, 나카자와 씨가 부인과 헤어지고 그 여성과 살고 싶어 한다면 매달 50만 엔의 양육비는 부담일 것이라는 거죠."

하즈키는 자신도 모르게 벌떡 일어섰다. 분노로 몸이 떨려오기 시작했다.

"적당히 하세요!"

스즈모리는 코웃음을 치며 윗옷 안주머니에서 지갑을 꺼냈다. 전화카드와 신용카드 사이에서 모서리가 구부러진 명함을 빼내 내던지듯 탁자에 놓았다.

"예를 들어 한 얘기일 뿐이니 그렇게 화내지 마세요. 나카자와 씨가 돌아오면 곧바로 연락해달라고 전해주시겠습니까?"

젊은 형사가 하즈키에게 살짝 인사했다. 얼굴에는 아직 어린 티가 남아 있고, 조그만 강아지를 떠올리게 하는 동그랗고 귀여운 눈동자를 하고 있었다. 이 남자도 나이를 먹으면 스즈모리처럼 되어 버리는 것일까.

얘기가 끝났다는 듯이 스즈모리는 양 무릎을 탁 치며 일어섰다.

"저……. 신문에는 치바에서 있었던 유괴사건과의 연관성을 조사하고 있다고 하던데요."

"분명히 그런 견해도 있습니다. 그러나 여러 가지 가능성을 조사하는 것이 우리들의 일이죠."

스즈모리는 천천히 걸어나가며 하즈키에게 오른손을 살짝 들어 보였다. 스즈모리가 나가자 젊은 형사도 허둥지둥 그 뒤를 따랐다.

현관 앞까지 배웅할 마음은 없었다. 문이 열리는 소리가 났다. 그리고 힘차게 닫히는 소리. 하즈키는 조금 전까지 스즈모리가 앉아있던 소파에 축 늘어지며 소파 등받이에 몸을 묻었다.

현관을 나오자 스즈모리는 젊은 형사에게 말했다.

"가와모토, 넌 어떻게 생각하나? 저 부인, 뭔가 숨기는 듯한 느낌이 드는데 말이야."

가와모토는 고개를 갸웃했다.

"글쎄요, 저는 도무지."

스즈모리는 혀를 찼다. 요즘 젊은 사람은 자기 의견이라는 것이 없다. 감이라는 것도 거의 없을 것이다. 그러나 자신에게는 확신이 있었다. 나카자와는 무언가 사건과 관련이 있다. 그렇게 밖에 생각되지 않는다. 자신의 아들이 살해됐다면 그 부모는 경찰에 찾아와 범인 체포를 의뢰하는 법이다. 그런데 나카자와는 경찰을 피하려고만 하고 있다. 장례식 후에 말을 걸었을 때도 얼굴을 외면하면서 급한 일이 있다며 사라졌다. 그 태도는 일반적인 부모의 모습이 아니었다. 행동을 철저히 감시하지 않은 것이 불찰이었다. 설마 장례식 다음 날에 종적을 감추리라고는 생각지도 못했던 것이다. 그것은 마치 자신에게 혐의가 있다고 고백하는 것이나 마찬가지다. 이제 와서 그런 말을 해봤자 소용없지만.

차에 올라타면서 처음으로 가와모토가 입을 열었다.

"스즈모리 부장님, 아까 좀 심하지 않으셨습니까? 여자 얘기나 양육비 얘기 같은 건……. 사생활에 관한 얘기는 하면 안 되잖아요."

"흥. 그렇게 원리원칙만 따지다가는 제대로 일을 할 수 없는 법이야."

"그래도 부인이 안 됐잖아요. 그녀는 사건과 관계없을 텐데 말이죠."

스즈모리는 거칠게 시동을 걸었다.

"뭐 하러 그런 걸 신경 써. 도대체 그 부부는 뭐야. 남편의 행방을 부인이 전혀 모른다니 정상이 아니야."

스즈모리는 차를 출발시켰다.

나카자와의 직장 동료에게 얘기를 들어봐야겠다고 생각했다. 특히 이식 관련 얘기를 중점적으로 물어봐야 한다. 그 부분이 아무래도 마음에 걸렸다. 관련 지식이 없는 만큼 뭔가 속는 듯한 기분이 들었다. 그건 형사로서의 감이었다. 아이가 살해되었다. 범인은 반드시 잡아야만 한다. 스즈모리는 액셀을 힘껏 밟아 속도를 올렸다.

연구소에 도착한 하즈키는 대기실 앞에서 크게 심호흡을 했다. 게스케가 거짓말을 하고 있으며 더구나 종적을 감춰버렸다니. 그것을 인정하는 것이 힘들었다. 게스케에게 몇 번이고 전화를 걸었으나 받지 않았고, 제1외과 의국에도 나오지 않는다고 했다. 혹시나 해서 아오모리의 본가에도 전화를 걸어봤지만, 게스케의 부친은 장례식 밤에 게스케와 헤어져 혼자서 아오모리로 돌아왔다고 했다.

도저히 가만히 있을 수 없어 기미코를 찾아가 초인종을 눌렀지만, 인터폰 너머로 게스케가 없다는 말만 들었을 뿐이다.

게스케가 갈 만한 곳이 더는 생각나지 않았다. 경찰에게 알릴까도 싶었지만 그럴 필요가 없다는 생각이 들었다. 스즈모리가 게스케를 찾고 있는데 수색요청을 할 필요는 없을 것이다.

집에서 게스케에게 연락이 오기를 기다릴 마음은 없었다. 혼자 있으면 쓸데없는 생각만 하게 된다. 달리 갈 데도 없어서 결국 연구소에 오고 말았다.

대기실 문을 여니 사쿠라기 에이코가 회의용 탁자에서 커피잔을 한 손에 들고 메모를 하고 있었다. 에이코는 하즈키의 얼굴을 힐끗 보더니, 다시 시선을 노트로 향했다.

"안녕하세요."

하즈키가 말을 걸자 에이코는 문득 생각났다는 듯이 다시 고개를 들었다.

"아까 기시카와 선생님한테 전화 왔었어요. 학부장실로 와 달라는데요."

"그래요."

분명히 사건에 대해 물어볼 것이다. 기시카와가 끈질기게 물어볼 것을 생각하니 기분이 우울해졌지만 호출을 무시할 수도 없었다. 그리고 어쩌면 기시카와는 게스케가 있을 만한 장소를 알고 있을지도 모른다.

자신의 책상 옆에 가방을 두고 흰 가운을 입었다. 청바지에 티셔츠 차림으로 학부장실에 가는 것이 조금 민망했기 때문이다.

"아, 참 잊고 있었는데요."

에이코는 벌떡 일어나더니 자신의 책상으로 갔다.

"도장 좀 찍어주세요. 요전에 실험용 시약을 주문했거든요. 전표에 나카자와 씨의 도장이 필요하다고 사무원이 그러더군요."

에이코는 서랍을 열어 옥색 전표를 꺼냈다. 그 순간 사진 한 장이 떨어졌다. 미국 유학 시절의 애인일까. 그러고 보니 일전에 와카바야시가 에이코의 애인이 죽었다고 했던 것이 생각났다. 사진을 못 본 척 해주는 것이 좋을 듯했다. 밝은 색 머리의 외국인 남자가 사진 속에서 웃고 있었다. 에이코는 허둥지둥 사진을 주워 서랍에 넣었다.

에이코가 약간 굳은 표정으로 전표를 내밀었다.

"나중에 찍어줄게요. 내 책상에 놔둬요."

하즈키는 그렇게 말하고 방을 나왔다.

의학부 건물 3층에 학부장실이 있었다. 두터운 나무문을 노크하자 핑크색 톤으로 우아하게 화장을 한 비서가 얼굴을 내밀었다. 미즈사와 유키코라는 이름일 것이다. 학교 안에서 손꼽히는 미인이라고 알려진 그녀의 이름은 하즈키도 알고 있었다.

"나카자와 선생님, 학부장님이 많이 기다리셨어요."

익숙한 미소를 지으면서 유키코는 문을 활짝 열어 하즈키를 방으로 들여보냈다.

기시카와는 와이셔츠 차림으로 소파에 앉아 신문을 읽고 있었다. 돋보기 같은 무테안경을 끼고, 학처럼 마른 몸을 잔뜩 구부린 채 신문을 들여다보고 있었다.

하즈키가 맞은 편 소파에 앉자, 기시카와가 거칠게 신문을 접었다.

"나카자와는 도대체 어떻게 된 건가?"

안경을 벗으며 기시카와가 말했다.

"무슨 말씀이신지?"

기시카와는 곤란하다는 듯이 얼굴을 찌푸렸다.

"뭐야, 몰랐단 말인가? 오늘 아침 제1외과에 팩스가 들어왔네. 나카자와가 대학을 그만두겠다고 했단 말일세."

하즈키는 소파의 팔걸이를 세게 잡았다. 그렇게 하지 않으면 몸을 똑바로 지탱할 수 없을 것 같았다. 온몸에서 힘이 빠져나갔다.

대학을 그만두다니. 게스케는 대체 무슨 생각을 하는 것일까. 그 말을 듣자 게스케가 어디 있는지 더욱 걱정이 되었다. 가슴속에서 불안감이 커졌다. 하즈키는 자신의 목덜미를 문질렀다.

"정식 사표는 우송하겠다고 팩스에 쓰여 있었네. 대체 무슨 생각을 하는 건지. 낙심하고 있다는 것은 알겠지만, 갑자기 대학을 그만두겠다니 제정신이 아니야. 자네에게는 아무 말도 없었나? 어젯밤 무슨 이야기라도 하지 않았느냐 말이야."

기시카와는 깔끔하게 바느질된 와이셔츠의 소매를 걷어 올렸다.

하즈키는 시선을 바닥으로 떨어트렸다.

털이 긴 베이지색 카펫에 가늘고 긴 머리카락이 한 올 떨어져 있었다. 그것을 무심코 발끝으로 차 보았다.

"어떻게 된 건가?"

있는 그대로의 사실을 말할 수밖에 없을 듯싶었다. 하즈키는 고개를 들었다.

"어젯밤에 집에 들어오지 않았어요. 장례식이 끝난 후부터 전혀 연락이 안 됩니다."

기시카와는 어이없다는 듯이 소파 등받이에 기대면서 팔짱을 끼고 천장을 올려다보았다.

"도대체 어떻게 된 건가, 자네 부부는."

그때 문을 노크하는 소리가 들렸다. 기시카와는 방문 근처의 책상에 앉아있는 유키코를 향해 두 손으로 X 표시를 만들어 보였다. 그러자 유키코가 일어나 문을 조금 열고는 방문자와 작은 소리로 무언가를 이야기했다. 문은 금세 닫혔다.

하즈키는 손톱을 깨물었다. 담배생각이 간절했지만 탁자 위에는 재떨이가 보이지 않았다. 갑자기 게스케가 무섭다는 생각이 들었다. 너무나도 숨기는 일이 많다. 함께 살고 있으므로 그에 관해서는 대체로 알고 있다고 생각했다. 그런데 자신이 아무것도 모르고 있었다니, 아연해지는 느낌이었다. 게스케는 히로시가 이식수술을 받았다는 사실을 숨기고 있었다. 그리고 이번에는 종적조차 감추었다. 자신이 모르는 부분이 게스케에게는 너무도 많다.

하즈키는 관자놀이 부근을 손가락으로 문질렀다.

어쨌든 게스케를 찾아야만 한다. 히로시가 살해된 일과 게스케의 실종에는 어떤 관계가 있는 것일까. 스즈모리처럼 게스케를 의심하는 것은 아니지만, 연관성이 있는 듯했다. 그리고 히로시가 이식수술을 받았다는 사실도 마음에 걸렸다. 게스케가 종적을 감춘 이유를 찾아내기 위한 실마리는 그 부분에 있는지도 모른다.

"기시카와 선생님."

하즈키는 고개를 들었다.

"하라시마 히로시가 미국에서 이식수술을 받았다면서요. 게스케가 그 일과 무슨 관계가 있었나요?"

기시카와는 소파 등받이에서 몸을 일으키더니 다리를 꼬았다.

"유감스럽게도 이식은 나 역시 잘 모르네."

"그럴 리가 없죠. 선생님은 제1외과 교수직도 겸임하고 계신데 말이에요."

기시카와는 힘없이 고개를 흔들었다.

"공교롭게도 나는 이식이 전문이 아니라서 말이야. 나카자와 군은 나와는 따로 일을 하고 있기도 하고."

"하지만 전혀 모르신다는 것은."

"그런 말을 들어도 말이야. 나 역시 곤란한 입장이라니까. 어쨌든 나카자와 군에게서 연락이 오면 곧바로 내게 알려주게. 나도 걱정하고 있으니까. 이상한 생각은 하지 말아야 할 텐데."

이상한 생각……. 하즈키는 침을 삼켰다. 게스케가 자살이라도 한다는 말일까. 불안감이 치솟았다.

기시카와는 하즈키에게 용기를 북돋아 주려는 듯 미소 지었다.

"미안하지만 나는 지금 외무성에 가봐야 해. 관청 심의회에 불려가는 거지. 무언가 곤란한 일이 있으면 내게 말해주게."

기시카와는 유키코에게 말했다.

"나카자와 선생 나가신다."

"선생님!"

기시카와는 오른손을 얼굴 앞에서 흔들었다. 유키코가 상냥한 미소를 지으며 하즈키의 팔에 손을 뻗었다.

"자, 나카자와 선생, 저기까지 배웅해 주겠네."

정중하지만 우격다짐의 어조였다.

오늘은 물러날 수밖에 없을 듯싶었다. 하지만 무슨 일이 있었는지는 알아봐야겠다. 하즈키는 마음속으로 그렇게 다짐하고, 유키코에게 떠밀리듯 복도로 나갔다.

건물 밖으로 나오자 강렬한 햇살 때문에 현기증이 일었다. 하즈키는 은행나무 그늘에 있는 벤치에 앉아 흰 가운을 벗고는 히로시의 이식수술에 대해서 생각했다. 기시카와는 학부장으로서 절대적인 힘을 가지고 있다. 따라서 제1외과 의국 사람들에게 묻는다고 해도 들을 수 있는 이야기는 아무것도 없을 것이다. 그러나 방법은 그 밖에도 있을 것이다. 마음만 먹으면 히로시가 이식수술을 받았는지의 여부 정도는 금세 알 수 있다.

기미코에게 물어보는 것이 제일 빠른 방법이겠지만, 그녀가 마음을 열어줄 것이라는 기대는 하기 어렵다. 기미코는 자신을 용서하지 않고 있다. 자신이 경찰에 신고를 했기 때문에 히로시가 죽었다고 생각하는 기미코가 협조적인 태도를 보여줄 리 없었다.

히로시가 이식수술을 받은 병원에 연락하는 것도 쉽지 않다. 아는 사람이라도 있으면 모르겠지만……. 역시 이 대학 안에서 단서를 찾는 것이 현실적인 방법이었다. 이식수술을 받은 후에도 환자는 병원에 다녀야 한다. 면역억제제를 처방받거나 정기적인 검사를 받아, 장기가 제대로 자리 잡았는지를 검사해야 한다. 이식수술을 받았다면 히로시는 이 병원에서 면역억제제를 투여받고 있었을 것이다. 거부반응을 억제하려면 평생 약을 복용해야 한다. 하라시마 히로시가 일부러 다른 병원에 다닐 이유가 없었다.

제약부다.

제약부에는 면역억제제의 사용기록이 있을 터였다. 사용기록에 히로시의 이름이 있다면 히로시가 이식을 받았다는 증거가 된다. 게다가 제약부라면 아는 사람이 없는 것도 아니다. 우선 거기서부터 시작하자. 하즈키는 숨을 짧게 내뱉어 자신에게 기합을 불어넣고, 벤치에서 일어났다.

구급차가 요란한 사이렌 소리를 내면서 의학부 건물 옆에 있는 병원 현관 앞으로 미끄러져 들어왔다. 현관에서 흰 옷을 입은 간호사와 의사가 달려왔다. 구급차 뒷좌석 문이 열리고 구급대원이 재빠른 동작으로 환자를 실은 들것을 운반했다. 그 위에 누워있는 환자는 꿈쩍도 하지 않았다.

"허둥대지 마!"

의사가 외치는 소리가 들렸다.

들것 옆에는 점적용액이 담긴 비닐 백을 높이 든 간호사가 따라가고 있었다. 그들에게 방해되지 않도록 하즈키는 병원 뒷문으로 향했다.

08

풀 먹인 가운을 입은 아이다 요코는 진지한 눈으로 컴퓨터 화면을 들여다보고 있었다. 강한 웨이브의 갈색 파마머리와 진한 아이라인을 보면, 그녀가 대학병원에서 일하는 사무원이라고는 아무도 생각하지 않을 것이다.

요코는 제약부 사무실에서 근무하기 전에는 감염증연구소 총무부에서 대학의 정보네트워크 관리를 맡고 있었다. 연구소 교수들은 요코의 화려한 모습에 눈살을 찌푸리며, 옷차림을 단정히 하라고 지적했지만 요코는 따르지 않았다. 그리고 그때 요코를 감싸준 사람이 하즈키였다. 요코는 일이 빠르고 확실했다. 단정한 차림새로 실수하는 사람보다는 화려한 옷을 입어도 정확하게 일 처리를 해주는 편이 훨씬 낫다고 생각했기 때문이다.

요코는 제약부로 이동하고 나서도 하즈키를 따랐다. 때때로 하즈키에게 상담을 하러 오기도 했다. 하즈키는 그런 요코를 이용하는 것 같아 마음이 꺼림칙했지만 그런 것을 따질 여유가 없었다. 게스케를 찾기 위한 단서를 어떻게든 알아내고 싶었다.

히로시의 병을 숨겼다는 사실을 생각하면 화가 나지만, 본인이 없으니 따질 수도 없다. 무엇보다 게스케를 만나고 싶었다. 무슨 일이 있었는지 모르지만 자신은 언제라도 게스케 편이라는 것을 말해주고 싶었다.

"아이다 씨."

하즈키가 부르자 요코는 의자 위에서 살짝 튀어 올랐다. 하즈키의 모습을 확인하자 아이처럼 볼을 부풀렸다.

"깜짝 놀랐잖아요. 아, 이번 일, 애도를 표……."

하즈키는 요코를 가로막으며 실내를 둘러보았다. 다른 두 명의 사무원은 방 가장 안쪽에 있는 탁자에 서류를 펼쳐놓고 작업을 하고 있었다. 눈치 채일 염려는 없을 듯했다.

"미안하지만 조금 조사해보고 싶은 일이 있어서."

요코가 어리둥절하다는 듯이 고개를 갸웃했다.

"살해된 하라시마 히로시. 그 아이가 면역억제제를 복용하고 있었는지 어떤지 확인 좀 해줄래?"

요코는 어깨를 움츠리고 하즈키를 올려다보았다.

"외부인에게 자료를 보여주지 말라는 상사의 지시가 있었는데요."

"그 아이, 이식을 받았지?"

"글쎄요, 그런 것은 저도."

"나도 확신하고 있는 건 아냐. 하지만 그렇게 말하는 사람이 있거든."

"혹시 이번 사건과 무슨 관계가?"

요코가 긴장한 목소리로 소곤거렸다.

"모르겠어. 하지만 우선 이식을 받았는지를 알아 둘 필요가 있어."

하즈키는 작지만 강한 어조로 말했다.

요코는 짙은 색 립스틱을 바른 입술을 깨물며 생각에 잠기더니, 결심한 듯 고개를 끄덕였다.

"나카자와 선생님은 우리 대학의 선생님이니까 외부자라고 할수 없겠죠."

짙은 핑크색 매니큐어를 칠한 손톱이 키보드 위에서 빠르게 움직이기 시작했다. 이 병원에서는 진료정보와 약제정보를 전부 전산화하고 있었다. 면역억제제를 복용하고 있는 환자를 검색하는 것은 그리 어렵지 않을 터였다.

"됐어요."

요코는 조그만 목소리로 말하며 손가락으로 화면을 가리켰다.

사이클로스포린이라는 대표적인 면역억제제를 복용하고 있는 환자는 세 사람. 그 가운데 한 사람이 하라시마 히로시였다. 역시 히로시는 이식수술을 받았던 것이다.

"고마워."

그렇게 말하다가 하즈키는 고개를 갸우뚱했다. 화면에 표시된 환자의 이름을 다시 한 번 보았다. 가와쿠보 시온, 미야와키 데쓰시라는 두 명의 이름이었다.

가와쿠보 시온······. 이 희귀한 이름을 어딘가에서 들은 기억이 있었다.

생각이 떠오른 하즈키는 조그맣게 소리를 질렀다. 안쪽 탁자에 있던 사무원이 고개를 들었다. 요코가 허둥지둥 컴퓨터 화면을 바꿨다.

심장의 고동이 빨라졌다. 하즈키는 다시 한 번 요코에게 고맙다고 인사를 하고 도망치듯 제약부 사무실을 나왔다.

미야와키 데쓰시라는 이름은 모른다. 하지만 가와쿠보 시온은 알고 있었다.

게스케가 나가서 돌아오지 않았던 날 밤, 미타카 시내의 화재로 사망한 사람은 가와쿠보 시온이라는 이름의 소녀였다.

09

JR선線의 요코하마 역에서 사가미 철도로 갈아탔다. 미야와키 데쓰시네 집은 요코하마 시 호도가야 구에 있었다. 자동차로 올까도 생각했지만 시간이 더 걸릴 것 같아 전철을 이용하기로 했다. 전철이라도 미타카에서는 웬만한 여행 정도의 시간이 걸렸다.

개찰구를 빠져나와 잡화점과 은행이 늘어서 있는 상점가를 따라 북쪽으로 갔다. 국도를 지나자 도로 폭이 갑자기 좁아지더니 양쪽으로 주택가가 보이기 시작했다. 크지도 작지도 않은 집. 도심으로 출근하는 샐러리맨과 그 가족이 살고 있다는 것을 한눈으로도 알 수 있었다. 어느 집이고 짜 맞춘 것처럼 현관 앞에 플랜터(식물 재배용 용기. 플라스틱 제품으로 사각형이 많다―옮긴이)를 장식해두고 있었다. 색이 선명한 해바라기와 터키도라지가 태양을 향해 꽃잎을 한껏 벌리고 있었다. 꽃봉오리를 꼭 닫고 힘차게 덩굴을 뻗어가는 나팔꽃도 있었다.

길은 꼬불꼬불 구부러지면서 점점 오르막길로 변하고 있었다.

하즈키는 멈춰 서서 손수건으로 땀을 닦고 바짓주머니에서 메모지를 꺼냈다. 요코에게 억지로 부탁해 환자의 주소를 알아낸 것이다.

전신주의 주소 표시를 확인했다. 4초메〔丁目〕 3번지. 거의 다 왔다.

길 바로 앞에 급경사의 계단이 있었다. 미야와키네 집이 계단 위가 아니기만 바랐다. 저 계단을 오를 생각하니 힘이 빠져나가는 기분이 들었다. 요즘 계속된 수면부족 탓인지 심장의 고동소리가 불규칙했다. 해가 기울고 있음에도 기온이 높고 습기도 많았다. 더는 부담을 주면 쓰러질 것 같은 기분이 들었다. 그러나 유감스럽게도 미야와키네 집은 좀더 가야 할 듯하다. 계단을 오르며 검붉게 물든 서쪽 하늘을 바라보았다. 연한 먹물을 풀어놓은 듯한 구름이 한줄기 길게 뻗어 있었다. 귀를 기울이니 창문을 열어놓은 집에서 설거지를 하는지 냄비와 접시가 부딪치는 희미한 소리가 들려왔다. 살인이나 실종과는 무관한 평화로운 삶이 존재하고 있다. 어느 집에서 새어나온 아이의 웃음소리를 듣는 순간, 이제껏 억눌러온 것들이 단숨에 쏟아져 나온다.

어째서 자신에게 이런 일이 생긴 것일까. 그저 게스케와 조용히 살기를 원했을 뿐인데. 계단을 다 오르니 곧바로 미야와키네 집이 있었다. 초인종을 누르자, 폴로셔츠에 면바지 차림의 남자가 얼굴을 내밀었다. 30대 후반으로 보이지만 머리는 완전히 대머리였다. 아마도 미야와키 데쓰시의 아버지일 것이다. 다행히 집에 있었다.

"저⋯⋯."

어떻게 말을 꺼내야 할지 고민하면서 머뭇거렸다. 미야와키는 사람 좋은 듯한 미소를 지었다.

"신문이라면 우리 집은 요미우리밖에 안 봐요. 자이언트 팬이거든요."

"아니요, 그런 게 아니라. 조금 이야기를 나눌 수 있을까요?"

가방에서 명함을 꺼냈다. 미야와키는 두 손으로 명함을 받아 들며 하즈키의 얼굴을 관찰하듯 쳐다보았다.

"도토대학 선생님이 저에게 무슨 일로?"

"데쓰시 군의 일로……."

안경 너머로 미야와키의 가는 눈이 경계하듯 번뜩였다.

"부탁합니다. 시간을 많이 빼앗지는 않을게요."

안에서 문 열리는 소리가 나더니 프릴frill이 달린 노란색 앞치마를 걸친 여자가 나왔다. 미야와키의 아내인 듯싶었다. 데쓰시도 집에 있는 모양으로 거실 부근에서 TV 만화의 주제가가 흘러나왔다.

"누구예요?"

미야와키의 아내가 하즈키와 미야와키를 번갈아 보았다.

"데쓰시의 일로 얘기를 하고 싶대."

미야와키의 아내가 눈썹을 찡그렸다.

"무슨 일인데요?"

"이봐, 조용히 해"라고 미야와키가 아내를 나무랐다. "데쓰시가 들을지 모르잖아. 우선 내방으로 모시지."

"하지만……."

"쫓아낼 수도 없잖아. 아무튼 당신은 식사준비나 해."

미야와키의 아내는 불만스러운 듯 콧소리를 내더니 주방으로 사라졌다.

"죄송합니다."

하즈키는 미야와키에게 머리를 숙였다.

"뭐, 저도 그리 내키지는 않습니다만."

2층에 있는 미야와키의 방은 다다미식 구조였다. 방에는 다리가 낮은 상과 방석이 하나 있었고, 한쪽에는 컴퓨터가 놓인 탁자가 있었다. 미야와키는 다다미에 책상다리를 하고 앉았다. 하즈키에게 방석을 권했지만 하즈키는 그것을 사양하고 다다미에 그대로 앉았다.

"그래서, 데쓰시 얘기라는 건?"

하즈키는 단도직입적으로 말을 꺼내기로 했다.

"데쓰시 군이 도토대학부속병원에 다니고 있죠? 그리고 미국에서 이식수술을 받지 않았나요? 피츠버그에 있는 세인트 찰스 병원에서 말이에요."

미야와키의 얼굴에서 미소가 사라졌다. 입술 끝이 신경질적으로 움직였다.

"그게 왜요? 일본에서는 심장이식을 받을 수 없어서 도토대학의 소개로 미국에 갔던 겁니다."

억누르는 목소리로 미야와키는 말했다.

"무례한 질문을 해서 죄송합니다만 어떤 수술을 받았나요?"

하즈키는 물었다.

순식간에 미야와키의 눈이 치켜 올라갔다.

"의학부장 기시카와 선생님에게 병원을 소개받았습니다. 저희 아버지가 기시카와 선생님과 친분이 있거든요. 무슨 문제라도 있는 건가요?"

게스케가 아니었다는 말인가. 뜻밖이었다. 기시카와가 미국 병원과 연관이 있다는 말은 들어본 적이 없었다. 무엇보다도 자신은 이식에 대해서는 전문분야가 아니라고 했었다.

"어째서 도토대학을 택했나요? 여기라면 요코하마에 있는 대학병원이 다니기 편할 텐데요. 이식으로 유명한 병원이기도 하고요."

"'아이들의 이식을 생각하는 모임'이라는 것이 있어요. 그 모임에 나갔을 때 미타카에 사는 한 여성이, 작년 말에 미국에서 아주 순조롭게 이식수술을 받았다는 소문을 들었다고 하더군요. 다른 경로보다 빠르고, 더구나 장기제공자도 확실하게 찾을 수 있다고요. 그 여성의 이름은 잘 모르겠지만 도토대학부속병원에 다니고 있다는 것을 알았지요. 도토대학이라면 기시카와 선생님이 있는 곳이라 부탁해보았습니다. 선생님은 쾌히 승낙해주었고요."

"그랬군요."

하즈키는 팔짱을 끼었다.

미야와키는 하즈키가 조금 전 건넸던 명함을 주머니에서 꺼내, 그것을 손끝으로 만지작거렸다.

"그래서 당신은 무엇을 알고 싶은 겁니까? 기시카와 선생님한테서 무슨 말이라도 들었습니까? 비용은 틀림없이 송금했고, 기시카와 선생님에게도 나름대로 사례를 했는데요. 병원도 정기적으로 다니고 있고요."

"비용은 수천만 엔 들으셨죠?"

미야와키는 고개를 끄덕였다.

"시골에 계신 부모님이 논밭을 팔아 마련해주셨죠. 8천만 엔 가량 들었습니다. 어찌 됐건 데쓰시의 목숨이 달린 문제니까요. 저도 괴로웠습니다만. 아니, 당연히 이 집을 내놓을까도 생각했죠. 하지만 노는 땅을 파는 게 좋겠다고 부모님이 말씀해주셨죠. 모금을 해볼까 생각했지만 시간상 여유도 없고 말이죠."

미야와키는 마치 변명을 하듯 말한 후, 갑자기 놀란 듯 표정이 굳어졌다.

"혹시 기시카와 선생님이 이상한 마음을 먹은 게 아닙니까?"

"무슨 말씀이신지?"

"사실 데쓰시는 심장뿐 아니라 태어날 때부터 다리도 좋지 않았거든요. 관절뼈에 문제가 있는 듯한데……. 이참에 다리도 치료할까 해서 가마쿠라에 있는 다른 병원으로 옮기려고 마음먹었죠. 선생님은 만류하고 있지만 역시 병원은 전문분야가 다르지 않습니까. 다리에 관한 전문의는 그쪽 병원에 있으니 어쩔 수 없다고 생각합니다. 게다가 기시카와 선생님에게는 사례도 이미 충분히 했고요."

"아, 네."

하즈키는 모호하게 수긍했다.

"그건 그렇고 당신은 무엇 때문에 우리 데쓰시 일을 물어보는 겁니까? 당신의 이 명함에 있는 감염증연구소가 이식과 관계있습니까?"

미야와키의 눈에는 경계하는 듯한 기색이 담겨 있었다.

하즈키는 숨을 크게 내뱉고 마음을 단단히 먹었다. 이런 모호한 질문만 해봤자 결말이 나지 않는다.

"댁의 아드님이 받은 장기이식 과정에 무언가 부정이 있지 않았나요? 장기제공자를 제때 찾다니 그렇게 쉬운 일이 아니잖아요. 게다가 비용도 너무 비싼 것 같고요."

미야와키의 얼굴이 살짝 붉어졌다.

"당신, 무슨 말을 하는 겁니까!"

"저는 다만……."

"웃기지 마쇼, 기껏 얘기해 주었더니."

미야와키는 일어나더니 하즈키를 노려보았다.

"무슨 목적으로 우리 아이 일을 캐묻는지 모르겠지만, 이 이상 무례한 말을 하면 경찰에게 알릴 겁니다."

하즈키는 순간 망설였다. 도토대학의 소개로 이식수술을 받은 두 명의 아이가 이상한 일로 목숨을 잃었다. 눈앞에 있는 이 남자에게 그 사실을 알리는 것이 좋지 않을까. 그러나 추측만으로 얘기해도 되는지 판단이 서지 않았다.

"자, 그만 돌아가 주세요"라고 미야와키가 말했다. 하즈키는 하는 수 없이 일어섰다.

10

같은 길을 대체 몇 번이나 온 것일까. 하즈키는 원망스런 마음으로 기시카와네 집을 올려다보았다. 불이 켜져 있었다. 하지만 기시카와는 아직 귀가하지 않았다. 아까 초인종을 눌러 기시카와의 부인에게 확인했기 때문에 그것은 확실하다. 집에서 기다리게 해달라고 할 용기가 없어 말하지 못한 것이 후회스러웠다. 이렇게 두 시간이나 길거리에서 헤매는 처지가 되리라고는 생각하지 못했다. 치토세카라스야마 역까지 되돌아가 찻집에라도 들어갈까 생각했지만, 역까지는 걸어서 20분은 걸린다. 그 거리를 왕복하느니 길에서 보내는 것이 낫다고 생각했는데, 그것이 실수였던 듯하다.

그때 하이어 한대가 다가오더니 문 앞에서 딱 멈췄다. 하즈키는 검은색 차를 향해 뛰어갔다.

문이 열리고 기시카와가 큰 키를 구부린 채 모습을 보였다.

"기시카와 선생님."

이름을 부르자 기시카와는 놀란 듯 두 눈을 크게 떴다.

"무슨 일인가. 나를 기다리고 있었나?"

"네, 드릴 말씀이 조금 있어서요."

"뭐야, 그렇다면 아내에게 말해 집 안에서 기다리지 그랬나. 아무튼 자, 안으로 들어오게."

기시카와는 현관에 나온 기모노 차림의 부인에게 하즈키를 부하직원이라고 소개하고, 자신의 서재로 하즈키를 데려갔다. 다섯 평 정도의 양실洋室로 벽에는 천장까지 닿을 듯한 책장이 있었다. 진열된 책 겉표지에 쓰여 있는 것은 대부분이 영어였다. 하지만 책을 자주 사용한 흔적은 보이지 않는다.

기시카와는 고급스러워 보이는 책상에 앉더니, 하즈키에게 방 한쪽에 있는 파이프 의자를 펴서 앉으라고 권했다.

"그래, 무슨 얘기인가? 나카자와 군이 있는 곳을 알아냈나?"

"아뇨, 그런 건 아닙니다만. 선생님, 우리 대학 말이에요. 외국에 아이들을 소개해 이식수술을 받고 있잖아요. 무슨 문제가 생긴 건 아닌가요?"

하즈키는 기시카와의 얼굴을 똑바로 바라보았다. 기시카와는 눈썹 하나 까닥하지 않았다. 팔짱을 끼고 무표정하게 바라볼 뿐이었다.

"일전에 화재로 가와쿠보 시온이라는 아이가 죽었습니다. 선생님도 알고 계시죠?"

"뭐, 그렇지."

"하라시마 히로시와 가와쿠보 시온은 제1외과를 통해 미국 병원에서 이식수술을 받은 아이들입니다. 그 두 사람이 죽었다는 것, 뭔가 이상하다는 생각이 들지 않으세요?"

기시카와는 후, 하고 숨을 내뱉었다.

"단순한 우연이야. 난 그렇게 생각하고 싶네."

"그런 우연, 선생님도 믿지 않으시죠? 가르쳐 주세요. 나카자와도 무슨 관계가 있는 게 아닌가요? 그래서 종적을 감추었다고 생각하니 어느 정도 앞뒤가 맞더군요."

어느새 자신도 모르게 무릎 위에서 주먹을 꽉 쥐고 있었다.

"확실히 자네 말대로 뭔가 이상하다는 건 느끼고 있어. 나도 나카자와를 만나 얘기를 듣고 싶은데, 대체 어디에 있는 거야. 나 역시 마음이 편치 않단 말일세."

"하지만 선생님도 무언가 아시지 않나요? 미야와키 데쓰시 군을 미국 병원에 소개한 것은 선생님이라고 들었어요."

"뭐, 그렇게 말하면 나일 수도 있겠지. 아는 사람에게 부탁받고, 나카자와 군과 연결해줬을 뿐이긴 하지만 말이네."

"정말입니까?"

기시카와가 곤혹스럽다는 듯이 고개를 저었다.

"내가 무엇 때문에 거짓말을 하겠는가. 어쨌든 나는 아무것도 모르는데다가 굉장히 성가시게 되어버렸어. 자네, 정말로 그가 어디 있는지 모르는 건가? 나도 여러 가지로 손을 써서 알아보고는 있네만. 어디 짚이는 데도 없느냐 말이야. 자네들, 부부잖아."

"아뇨, 정말로 저는……."

"이런 말은 나도 하고 싶지 않지만, 경찰도 나카자와 군을 찾고 있지 않은가?"

"네."

"자네를 생각해서 확실히 말하는데, 어설프게 감싸려고 하지 않는 것이 좋을 거야."

"무슨 뜻이죠?"

"경찰은 그를 용의자 중 한 사람으로 보는 모양이야. 내 방에도 오늘 스즈모린지 뭔지 하는 형사가 찾아왔네. 부부니까 감싸주고 싶어 하는 마음은 알겠지만, 자네 자신을 좀더 생각하는 게 좋을 거야."

하즈키는 얼굴이 확 달아오르는 것을 느꼈다.

"말씀이 지나치시네요. 선생님이야말로 숨기는 게 있지 않나요? 미야와키로부터 사례금을 받았잖아요? 아무것도 모를 리 없어요."

기시카와는 고개를 갸웃했다.

"감사 표시를 받은 것은 인정하네. 하지만 그것은 상식 안의 범위에서니까 문제 될 건 없어. 게다가 사례를 받은 일로 나를 비난하는 것은 틀려도 한참 틀렸어. 나카자와 군은 최근 아주 대놓고 사례를 받고 있었으니 말이야."

"네?"

기시카와는 기막히다는 듯이 숨을 내뱉었다.

"뭐야, 그런 것도 모르고 있었나? 역시 자네들 부부는 뭔가 이상하군."

기시카와의 페이스에 말려들어서는 안 된다. 하즈키는 입술을 깨물었다. 게다가 게스케를 믿지 않으면 어떻게 하겠는가. 하즈키는 기시카와의 얼굴을 똑바로 쏘아보았다.

"이식에 대해 말씀해주시지 않으면 경찰과 얘기하겠습니다. 도저히 이해할 수 없어요."

기시카와가 살짝 웃었다.

"자네 무서운 사람이군. 경찰에게 자신의 남편을 팔겠다니."

그렇다. 잘못 움직이면 게스케가 더욱 의심받게 된다. 경찰보다 먼저 게스케를 찾아내서 무슨 일이 있었는지 직접 들어보고 싶다. 꼭 듣고 싶다. 무슨 일이 생긴 것은 확실한 듯하다. 내버려두면 돌이킬 수 없는 무언가가…….

기시카와는 생각에 잠긴 것처럼 턱을 만지고 있었다. 그 표정은 얄미울 정도로 태연자약했다. 이 남자와 아무리 얘기해도

소용없을 듯했다. 하즈키는 기시카와에게 인사를 하고 방을 나
왔다.

기시카와의 집을 나서자 누군가가 하즈키의 이름을 불렀다.
소리가 난 쪽을 돌아보니 검은색 하이어가 멈춰 서 있었다. 아
까 기시카와가 타고 있었던 것과는 차종이 다른 듯하다. 뒷좌석
문이 열렸다. 하즈키는 얼굴을 찡그렸다.
와타나베 가쓰지는 뚱뚱한 몸집에 어울리지 않게 재빠르게 차
에서 내렸다.
"기시카와 씨, 벌써 집에 들어온 거야?"
엄지손가락으로 문을 가리키며 말한다.
하즈키가 고개를 끄덕이자 가쓰지는 한숨을 쉬었다.
"오늘도 허탕인가······. 일단 집에 들어가면 나오지 않는다니
까. 그런데 넌, 학부장에게 무슨 볼일이었어?"
"너하곤 상관없어."
"그런 말 하지 마. 요전 일은 반성하고 있어. 장례식 날에 들
이닥치는 것은 우리 같은 사람들에게는 흔히 있는 일이지만, 너
에게 할 만한 얘기는 아니었지. 기분 나쁜 것이 당연해."
하즈키는 무심코 가쓰지의 얼굴을 물끄러미 쳐다보았다. 대체
무슨 심경의 변화일까.
"아무튼 차에 타. 집까지 바래다줄게."
어깨에 올린 가쓰지의 손을 하즈키는 뿌리쳤다.
"하지 마. 너와는 얘기하고 싶지 않아" 라고 강경한 어조로 말
했다.
가쓰지가 놀랐는지 눈을 끔뻑거렸다.
"내가 뭐, 잘못 말한 거 있어?"
하즈키는 시선을 피했다.

가쓰지를 비난해봤자 아무 소용이 없다. 그는 자신과는 다른 세계에서 일하고 있다. 예전의 가쓰지였다면 게스케에 대해 뭐든지 털어놓았을 텐데. 그렇게 할 수 있다면 얼마나 속이 시원할까. 유괴와 살인, 무언가 미심쩍은 장기이식. 둘 다 자신에게는 버거운 문제다. 혼자서 감당할 수 있을 정도의 지혜가 자신에게는 없다. 대학 연구원에 불과한 자신으로서는 이 넓은 일본에서 사람 한 명을 찾아낼 방법이 없었다.

가쓰지가 걱정스러운 눈으로 하즈키의 모습을 살피고 있었다. 학창시절 실험 중에 깨진 시험관에 손가락을 베었었다. 자신을 의무실로 데리고 가줬을 때, 가쓰지는 이런 눈을 하고 있었다. 다정한 눈. 의지가 되는 눈.

하즈키는 입을 열려고 했다. 이제 한계다. 혼자서는 아무것도 할 수 없다.

그 순간 가쓰지의 눈에 번뜩이는 빛이 스친 듯한 기분이 들어, 하즈키는 말을 삼켰다.

하즈키는 가쓰지에게서 등을 돌리고 역을 향해 걷기 시작했다.

카라스야마 역에서 버스를 갈아타고, 미타카 시 아파트로 돌아왔을 때는 이미 한밤중이었다. 아파트 현관 입구에서 신문꽂이를 들여다보는데, 별안간 누군가 어깨를 두드렸다.

흠칫, 놀라 돌아보니 스즈모리 형사가 서 있었다. 쥐색 윗옷은 팔에 걸고, 가슴께를 향해 검은색 쥘부채로 열심히 바람을 보내고 있다. 스즈모리 뒤에는 요전에도 함께였던 젊은 형사가 죄송하다는 듯한 표정을 지으며 서 있다.

"어디 갔다 오시나 보죠? 연구소에 찾아갔더니 외출하셨다고 해서 여기서 기다리고 있었습니다."

"시내 서점에 갔었어요."

순간적으로 나온 거짓말은 그다지 설득력이 없었다. 식은땀이 났다. 스즈모리가 그 말을 곧이곧대로 믿었는지는 알 수 없다. 표정을 파악하기 어려운 가느다란 눈이 탐색하듯, 하즈키의 눈을 응시하고 있다.

"그 후로 남편 분에게 연락이 있었습니까? 뒤쪽 주차장에 차는 있는 것 같던데."

하즈키는 고개를 저었다.

그때 쇼핑가방을 든 중년 여성이 현관 입구로 들어왔다. 형사 두 사람과 하즈키를 번갈아 보더니 의아한 표정을 지었다.

"어쨌든 댁에 좀 들어가도 괜찮습니까?"

집 안은 후덥지근한 열기로 가득했다. 베란다 문을 열어 공기를 순환시켰다. 한낮보다 바람은 꽤 서늘해졌지만 습기는 여전히 많았다.

"남편 분의 행적을 조사하고 있지만 쓸 만한 단서가 없더군요."

스즈모리가 소파에 앉으면서 말했다.

"집에는 들어오지 않았고 연락도 없었습니다. 할 얘기가 전혀 없네요."

"그러리라 생각했습니다. 하지만 오늘은 부인에게 한 가지 보고하고 싶은 일이 있어서요. 치바 현 경찰이 연락을 해왔습니다."

치바라면 전에 아이가 유괴되어 살해된 곳이다.

"치바 사건의 범인이 아까 체포되었습니다. 당연히 히로시 군의 사건에 대해서도 추궁했죠. 하지만 히로시 군이 유괴된 날에는 확실한 알리바이가 있더군요."

하즈키는 슬며시 침을 삼켰다.

"용의자가 한 사람 줄어들었다는 얘기인데, 이렇게 되면 점점 더 나카자와 씨가 걸리는군요."

"친자식을 죽일 만큼 모진 사람이 아녜요. 그리고 요전에 말씀하셨던 애인은 찾았나요? 그녀에게 물어봐 주시죠."

스즈모리는 제멋대로 수염이 자란 볼을 손으로 비볐다.

"실은 말이죠, 여자의 정체를 알 수 없어 곤란하던 참입니다. 게다가 여자 말고도 나카자와 씨에게는 의심스러운 점이 많습니다."

"무슨 말씀이시죠?"

"히로시 군이 이식을 받았을 때, 돈을 어떻게 마련했는지가 우선 마음에 걸립니다. 부인, 뭔가 알고 있나요?"

"돈 관리는 각자 하고 있어요."

"하지만 수천만 엔이라는 돈이 들지 않습니까? 부인이 전혀 몰랐다고는 생각할 수 없군요. 하라시마 기미코 씨는 나카자와 씨가 전액 부담했다고 하더군요."

"모르는 건 모르는 거예요!"

경찰은 가와쿠보 시온에 대해서도 알고 있을까. 알고 있겠지. 기시카와한테도 찾아갔다고 하니까 그 정도는 조사했을 것이다.

등줄기가 약간 서늘해졌다.

화재가 있었던 날 밤, 게스케는 전화를 받고 어딘가로 나갔다. 그 일을 자신이 먼저 경찰에게 알릴 마음은 없지만, 조사하면 끝까지 감출 수 있을까. 아니, 문제는 그런 것이 아니다.

하즈키는 입술을 깨물었다.

무서웠다. 진심으로 무섭다는 생각이 들었다. 게스케가 무슨 일을 했는지 전혀 알 수 없었다. 무슨 생각을 하고 있는지조차 알 수 없었다.

"그렇게 입을 꾹 다물 일은 아니라고 보는데요. 딱히 부인을 의심하는 건 아니니까요."

스즈모리는 말하고 주머니에서 명함 한 장을 꺼내 하즈키의 손에 쥐어 주었다.

"끈질기다고 생각하겠지만 나카자와 씨에게 연락이 오면 저에게 전화해주세요."

절대로 전화하고 싶지 않아. 하즈키는 마음속으로 그렇게 생각했다.

스즈모리가 하즈키의 눈을 들여다보았다. 시선은 1초도 마주치지 않았지만, 스즈모리는 하즈키의 마음속을 간파한 듯했다. 콧방울을 부풀리더니 분개한 것처럼 킁킁거렸다.

"그럼, 우리는 여기서 그만 실례할까?"

뒤에 서 있는 젊은 형사가 표정을 바꾸지 않고 고개를 끄덕였다. 스즈모리는 하즈키를 향해 한 손을 올리고 일어났다.

간단하게 샤워를 하고 하즈키는 소파에서 생각에 잠겼다.

게스케의 휴대전화에 몇 번이고 전화를 걸었지만 전원이 꺼져 있었다. 연락을 취할 방도가 없었다. 스스로 찾아내는 길밖에 없다.

하라시마 히로시와 가와쿠보 시온. 이식수술을 받은 두 명의 아이가 의문의 죽음을 당했다. 가와쿠보 시온의 경우, 살해된 것인지 어떤지는 아직 알 수 없다. 하지만 뉴스에서는 방화라고 했다. 살해됐다고 생각하는 것이 자연스러울 것이다.

두 사람을 미국의 병원에 소개해준 사람이 게스케라는 사실은 거의 틀림이 없다. 그 게스케가 종적을 감추었다.

게스케는 뭔가를 알고 있을 것이다. 두 아이의 죽음과 그가 어떤 관계가 있는지는 알 수 없지만, 뭔가 연관성이 있을 터이다. 경찰도 게스케를 찾고 있다. 자신과 똑같은 의문을 품고 있다는 것은 명백했다. 그러나 그들도 아직 진상을 알아내지 못하고 있다. 알아냈더라면 자신을 찾아오거나 하지는 않았으리라.

그리고 기시카와. 그도 뭔가 관계가 있는 것이 아닐까. 적어도 아무것도 모르는 것은 아니라는 생각이 들었다. 그러나 기시카와가 무언가를 말해주지는 않을 것이다.

뭐가 어떻게 된 것인지 도무지 알 수 없지만, 자신이 해야 할 일은 오직 하나다.

하즈키는 침실로 가서, 책장에서 시각표를 꺼냈다.

게스케를 누구보다도 빨리 찾는 것 말고는 자신이 할 수 있는 일은 없다.

11

아오모리 공항에서 시내로 가는 버스는 비어 있었다. 좌석 등받이에 몸을 기대자 잠이 쏟아졌다. 그럴 수밖에 없다. 어젯밤은 한숨도 잘 수 없었다. 어떻게든 게스케의 행방을 찾아야만 한다는 생각으로 머리가 꽉 차 있었다. 우선 게스케의 본가를 찾아가보기로 했다. 그 외에 길이 없었다. 자신이 게스케라는 사람을 너무도 모른다는 사실을 새삼 깨달았다. 게스케의 부친에게도 현재 상황을 숨김없이 털어놓을 작정이었다. 쓸데없는 고집은 버리는 것이 좋다.

아오모리 역에서 택시로 갈아타고, 시내에서 떨어진 변두리에 있는 나카자와 종합병원으로 향했다. 게스케의 부친은 진료는 다른 의사에게 맡기고 있지만, 이사장으로 병원을 경영하고 있었다. 아침에 공항에서 전화를 걸어 만날 약속을 정해두었다.

이사장실에 들어가자 게스케의 부친, 나카자와 다이조가 기다리고 있었다는 듯 의자에서 일어섰다.

"하즈키, 대체 무슨 일이야? 게스케가 없어졌다니."

"저도 어떻게 된 건지……."

"내가 아까 기미코네 집에 전화를 해봤지만, 그쪽에도 가지 않았나 보더라. 이틀 전쯤 도쿄경찰한테서 게스케가 여기에 오지 않았는지 확인하는 전화가 와서 이상하다 싶었더니."

다이조는 뚱뚱하게 살찐 몸집을 흔들면서 안절부절못하고 방을 걸어다녔다.

"게스케 씨가 일 관계로 사람을 만나러 간 게 아니라는 건, 경찰이 확인했을 거예요. 그의 주소록을 보고 대부분 연락을 해봤지만, 아는 사람이 아무도 없어요. 그래서 그의 옛날 친구나 그 비슷한 사람이 있는 곳에 있을지 모른다는 생각이 들어서요."

다이조는 고개를 끄덕이고 책상 서랍에서 주소록을 꺼냈다.

"게스케가 썼던 거다. 아까 집에서 가져왔지."

하즈키는 그것을 받아들고 빠르게 페이지를 넘겼다. 대부분은 집에 있던 게스케의 주소록과 겹치고 있지만, 본 적 없는 이름도 몇 개인가 있는 듯했다.

한 집씩 전화를 걸어볼 수밖에 없었다. 소용없는 일인지도 모른다. 게스케는 누구에게도 의지하지 않고, 혼자서 어딘가에 숨어있을 수도 있으니까. 그래도 무언가 하지 않고는 견딜 수 없었다. 집에서 기다린다고 게스케가 돌아오리라는 생각은 들지 않았다.

"그건 그렇고 하즈키, 이상한 일이 하나 있었다."

다이조가 소파에 앉으며 몸을 쑥 내밀었다.

"실은 말이다. 그 사건이 나던 날 밤에 당직을 서던 간호사가 여기서 게스케를 봤다는구나."

"네?"

"이 병원 뒤에는 다음 달에 철거하기로 되어 있는 오래된 건물이 있어. 그 건물 뒤에서 게스케와 비슷한 남자가 나오더라는 거야. 잘못 봤으리라는 생각은 들지만……. 이 일은 아직 경찰에게도 말하지 않았다."

어떻게 된 것일까. 나중에 그 간호사에게 물어보는 것이 좋을 듯했다.

"우선, 이 주소록에 적혀 있는 사람들에게 하나씩 전화를 걸어보자. 나도 거들어주마. 앞부분만 복사를 해뒀으니까. 너는 우선 거기서부터 시작해봐라."

다이조가 말했다.

하즈키는 고개를 끄덕이고 휴대전화를 꺼냈다.

주소록을 한 장씩 넘기며 한 사람씩 전화를 걸었다. 대부분 게스케의 학창시절 친구인 듯했다. 그들 대부분은 집에 없었다. 당연한 일이다. 평일 한낮에 집에 있으리라고는 생각하지 않았다. 그래도 하즈키와 다이조는 계속해서 전화를 걸었다.

"하즈키, 외국에 전화를 걸려면 어떻게 해야 하냐?"

다이조가 전화기를 손에 들고 물었다.

"이 미카미라는 사람은 게스케의 고등학교 동급생인 듯싶은데, 주소가 독일로 되어 있구나."

게스케가 독일에 있을 것이라는 생각은 들지 않았다. 여권이 집에 있는 것을 확인했다. 그러나 만에 하나라는 것도 있다. 유럽은 이른 아침일 것이다. 하즈키는 다이조의 손에서 주소록을 받아들고 국제전화 통화번호를 눌렀다.

"여보세요."

상대는 순간적으로 당황한 듯싶었지만, 곧바로 "누구십니까?"라는 남자의 목소리가 났다.

"전, 나카자와의 안사람입니다만."

"아, 이런. 미카미입니다. 부인되십니까? 아, 다행이다."

하즈키의 손에 땀이 배어 나왔다. 상대에게서 반응이 있었던 것은 처음이었다.

"열쇠는 도착했나요? 연락이 없어서 걱정하던 참입니다."

"열쇠?"

"어! 그 일이 아닌가요?"

미카미가 말했다.

하즈키는 망설였지만 미카미에게 털어놓기로 했다.

"실은 나카자와가 행방불명이라서……."

미카미가 숨을 삼키는 기척이 전화기 너머로 전해져 왔다.

"그래서 갔을 만한 곳을 찾고 있습니다. 그런데 열쇠라는 것은?"

"한 달쯤 전이었는데, 나카자와에게서 제 집을 잠시 빌려달라는 전화가 걸려왔어요. 시모키타 반도에 있는데, 지금은 아무도 살고 있지 않을 겁니다. 재작년 동창회에서 만났을 때, 별장용으로 사지 않겠느냐고 물었다가 거절당했거든요."

그곳이다!

심장의 고동이 빨라졌다. 다이조가 걱정스럽게 하즈키의 표정을 들여다보고 있었다. 하즈키는 다이조에게 손가락으로 동그라미 표시를 만들어 보여주었다.

"장소를 가리켜주세요."

하즈키는 미카미가 말하는 주소를 받아 적었다.

"괜찮습니까? 뭔가 도울 일이 있으면 말씀해주세요."

미카미가 말했다.

"어쨌든 그곳에 가보겠습니다."

전화를 끊고 하즈키는 다이조에게 종이를 보여주었다.

"여기에 있을지도 모르겠어요. 전, 곧바로 가볼게요."

"나도 같이 갈까?"

"아녜요. 우선 저 혼자 가보겠어요."

"그럴래. 뭐라도 알게 되면 곧바로 연락해라. 곧장 달려가
마."

하즈키는 고개를 끄덕이고 가방을 들었다.

스즈모리는 나카자와 게스케의 아파트 문을 주먹으로 두드
렸다.

"부인! 안계십니까?"

큰 목소리로 불렀다.

가와모토가 뒤에서 손을 얹었다.

"이러면 안 되잖아요? 이웃 사람에게 다 들려요."

"그딴 거 신경 안 써!"

스즈모리는 불안한 마음이 들었다. 설마 하즈키까지 종적을
감추리라는 생각은 하지 못했다. 행선지는 남편이 있는 곳이라
고밖에 생각할 수 없었다.

역시 뭔가를 숨기는 것 같아 신경에 거슬렸다. 이렇게 될 줄
알았으면 부인을 좀더 단단히 감시할 것을. 나카자와의 애인이
라는 여자의 정체를 알아내려고 기를 쓰는 동안, 부인에 대한
감시가 소홀해졌던 것이다. 사람이 부족하다는 것은 변명밖에
되지 않는다.

"제길."

스즈모리는 문을 발로 걸어찼다.

둔탁한 소리가 났다. 동시에 발끝에서 통증이 느껴졌다.

"그보다 스즈모리 부장님, 이식 관련 문제를 다시 한 번 조사
해보죠. 그 기시카와라는 학부장, 보통내기가 아닌 것 같지 않
습니까?"

가와모토도 가끔은 쓸 만한 얘기를 하는군.

"좋아, 가보자."

스즈모리는 엘리베이터를 타지 않고 계단으로 내려갔다.

아오모리 역에서 시모키타 반도로 가는 쾌속 전철 좌석에 몸을 묻고, 하즈키는 창밖을 바라보고 있었다. 눈 아래 펼쳐진 무쓰 만은 짙은 쥐색이었다. 비구름이 낮게 깔린 하늘도 음산한 색을 띠고 있었다.

흰 물마루 사이로 어선 한 척이 보였다. 고기잡이를 끝내고 아오모리 항으로 돌아가는 것일까. 어선은 꽤 빠른 속도로 남쪽을 향해 가고 있었다. 작은 선체 뒤에는 흰 물결이 팔八자를 그리고 있었다.

한 량짜리 기차는 맥 빠질 정도로 비어 있었다. 승객으로는 농부로 보이는 나이 든 여인 몇 명과 여행을 하는 듯한 사람이 커다란 가방을 내던져놓고 있었고, 역시 여행 가방을 내려놓은 채 낡은 점퍼를 입고 있는 중년 남자가 전부였다. 한 량짜리 기차라고 해도 제법 속도감이 느껴졌다. 아니면 삐걱거리는 차체 탓에 실제 이상으로 빠르게 느껴지는 것일까.

종점인 타나부 역에서 내려 택시를 찾았다. 크림색과 빨강 두 가지 색으로 되어 있는 택시가 딱 한대 서 있었다.

아오모리 역 관광안내소에서 알아본 바로는, 미카미의 별장은 반도의 중심부에 있는 야겐이라는 마을의 변두리에 있다고 했다. 타나부에서 택시로 가는 것이 가장 손쉬운 길인 듯했다.

택시에 올라타 미카미에게서 들은 주소를 이야기했다. 차가 출발하기를 기다리면서 무심코 차창 밖을 보니, 점퍼 차림의 아까 그 남자가 분하다는 표정으로 택시를 보고 있었다. 그도 택시를 타려 했었나, 짐작을 해본다. 남자와 시선이 마주쳤다. 남자는 멋쩍은 듯이 시선을 피하고 등을 돌렸다. 역 안에 있던 공중전화로 택시를 부르려는 것일까. 작은 마을이라서 기다려야 할지 모른다. 하즈키는 남자가 조금 안 됐다는 생각이 들었다.

바닷바람 탓에 보닛이 붉게 녹슨 택시는 노송나무 원시림 사이로 뻗어있는 일차선 도로를 빠른 속도로 빠져나갔다. 도중에 소형트럭이 한 대 스쳐 지나갔을 뿐, 마주 오는 차는 없었다. 양옆으로 길을 향해 뻗은 나뭇가지들이 어쩐지 음산한 분위기를 자아내고 있었다.

"손님, 어디서 오셨습니까?"

운전사가 물었다.

"도쿄……. 이쪽은 처음인데요. 주소만으로 찾을 수 있나요?"

"제가 아는 건물인 것 같은데요. 분명히 사람은 살고 있지 않았는데. 손님, 그 주소 틀림없겠지요?"

"네."

"흠, 그럼 됐습니다만. 그보다 오늘 밤은 야겐에서 숙박하실 겁니까?"

"아마도요. 하지만 아직 결정한 건 아니에요."

"이왕 오셨으니 온천이라도 들렀다 가세요."

"네."

하즈키는 모호하게 고개를 끄덕였다.

한가롭게 탕에 들어가 있을 기분은 도저히 들지 않았지만, 운전사는 야겐이 천 년의 역사를 가진 온천이라고 자랑스럽게 말했다.

"손님, 천 년이라고 하면 자그마치 헤이안 시대(794~1192년)라고요. 그런 옛날부터 이렇게 춥기만 하고 아무것도 없는 곳에 사람이 살고 있었다니 놀랍지 않습니까?"

운전사는 얘기하기를 상당히 좋아하는 모양이었다. 적당히 응대해주다 보니 여관 같은 건물이 대여섯 채, 나란히 서 있는 마

을로 들어섰다. 이곳이 야겐의 온천가인 듯했다. 택시는 속도를
줄이는 일 없이 마을을 그대로 빠져나갔다. 곧바로 울창한 노송
나무숲으로 들어갔다. 이 길은 어디까지 이어진 것일까. 그런
생각으로 불안해지기 시작했을 때, 갑자기 시야가 트였다. 노송
나무숲 한 귀퉁이가 열려 있었다.

"휴, 다 왔다. 이 집인 듯싶은데요."

무너지다 만 석조 문 앞에 택시가 섰다. 하즈키는 문에 걸린
오래된 나무 문패의 글자를 읽으려고 시선을 집중시켰다. 혹독
한 풍설風雪에 시달린 탓인지 글자는 희미해져 있었다. 그래도
창문을 열고 주의 깊게 들여다보니, '가미'라고 쓴 듯한 글자가
어렴풋이 보였다.

"여기예요."

하즈키는 지갑을 꺼냈다.

석조 문 안쪽에는 낡은 목조 단층집이 있었다. 새로 인 지붕은
거무스름해졌고, 꽉 닫혀있는 현관문은 한눈에도 알 수 있을 만
큼 뒤틀려있다. 툇마루 쪽으로 나있는 창에는 덧문이 달렸다.
언제 지은 집인지 모르겠지만, 적어도 전쟁 전인 듯했다.

"볼일이 끝날 때까지 기다릴까요? 여긴 택시를 부르기도 어려
운 곳이거든요."

운전사가 말했다.

"온천가까지 걸어서 돌아갈게요."

"거리가 꽤 멉니다."

조금 망설였지만 운전사의 말에 따르기로 했다. 만일 게스케
가 있다면 그때 택시를 돌려보내면 된다.

"그럼, 잠깐 갔다 올게요."

숨쉬기 힘들 정도의 숲 냄새가 하즈키의 온몸을 감쌌다. 하늘
을 찌를 듯 솟아있는 원시림이 뿜어내는 공기 속에는 사람의 마

음을 불안하게 하는 무언가가 함유된 듯하다. 바람이 볼을 스칠
때는 섬뜩하면서도 약간의 뜨뜻미지근함이 느껴졌다. 다른 세계
에서 불어오는 바람 같았다.

고요했다. 바람이 나뭇가지를 흔드는 소리, 숲에 서식하는 새
들의 지저귐. 소리가 없는 것도 아닌데 몹시 조용하게 느껴졌다.

단층집 안에서는 아무 소리도 들리지 않았다. 불투명 유리의
두꺼운 문을 당겨보았지만 꿈쩍도 하지 않았다. 유리를 주먹으
로 두드리자 낮게 울리는 소리가 났다. 문에다 귀를 바싹대고
집 안 상태를 살폈다. 공기가 움직이는 기척조차 없었다.

현관에서 벗어나 툇마루로 갔다. 닫혀있는 덧문 가장자리에는
먼지가 잔뜩 쌓여 있었다. 오랫동안 사람이 손대지 않았음이 분
명했다.

그때, 기둥 부근에 수도가 있는 것이 눈에 들어왔다.

콘크리트 개수대가 젖어있다. 주위를 둘러보았지만 정원의 흙
은 말라 쩍쩍 갈라져 있었다.

가슴의 고동이 크게 울리기 시작했다.

"게스케 씨!"

불러보았지만 반응이 없다. 뒤뜰로 돌아가니 주차공간이 있었
다. 지면을 바라보았다. 젖어있는 것처럼 검고 부드러운 흙에
바퀴자국이 선명하게 남아있다.

역시 게스케는 이곳에 있었다. 하즈키는 어깨에서 흘러내린
여행 가방의 끈을 꽉 쥐었다. 여기서 기다릴까. 순간 그렇게 생
각했지만 게스케가 언제 돌아올지 알 수 없었으며, 아예 돌아오
지 않을 수도 있었다. 일단 야겐 마을로 가는 것이 좋겠다는 생
각이 들었다. 여관에서 게스케에 대해 물어보자. 하즈키는 다시
여행 가방을 어깨에 메고 택시로 돌아왔다.

기쁜 것 같기도 하고 서글픈 것 같기도 한 복잡한 느낌이 가슴

에 퍼져 나갔다. 그 느낌을 음미하면서 하즈키는 흔들리는 차에 몸을 맡겼다.

여전히 차가 없었다. 온천가에 도착하기까지 택시 한 대가 스쳐 지나갔을 뿐이었다.

"제일 큰 여관으로 가 주세요."

하즈키가 말하자 운전사는 힘차게 대답하고, 베이지색 건물의 여관 앞에 차를 세웠다.

유리문을 열자 시멘트바닥으로 되어 있는 현관이 있었다. 그 정면에 프런트가 있고 감색 제복을 입은 여자가 앉아 있었다. 두터운 화장을 했지만, 피부가 거칠다는 사실은 멀리서 봐도 알 수 있었다. 여자는 프런트에 턱을 괴고 입을 반쯤 벌린 채 라디오에서 흘러나오는 엔카를 듣고 있었다. 두툼한 턱이 음악에 맞춰 조금씩 흔들리고 있다.

"실례합니다."

말을 걸자 여자는 깜짝 놀라 등을 펴고, 곧바로 영업용 미소를 지었다.

"어서 오셔유."

여자의 어투에는 희미하게 간사이 사투리가 섞여 있었다.

"오늘 밤 묵었으면 하는데요."

"혼자셔유?"

여자가 수상쩍다는 얼굴로 하즈키를 보았다. 이런 산속 온천 여관에 혼자서 숙박하는 여자는 흔치 않기 때문이리라. 여자의 표정에는 성가신 일이 생기면 곤란하다는 생각이 그대로 드러났다.

"예, 여기서 조금 볼일이 있어서요. 빈방 있겠죠?"

하즈키가 말하자 여자는 고개를 끄덕였다.

"선금인데유."

하즈키는 1박 2식에 1만 4천 엔이라는 요금을 냈다.

방에 가방을 두고 하즈키는 곧바로 프런트로 돌아왔다. 프런트의 여자가 어이없다는 듯 하즈키를 쳐다보았지만, 그런 것에 신경 쓸 여유가 없었다. 주머니에서 게스케의 사진을 꺼냈다. 몇 년 전인가 둘이서 이즈 온천에 갔을 때 찍은 사진이었다. 회색 폴로셔츠를 입은 게스케는 부두의 말뚝에 기대 눈썹을 조금 찡그리고 있었다. 둘이서 여행간 것은 그때 딱 한 번뿐이었다.

하즈키는 다시 정신을 차리고, 사진을 여자 앞에 내밀었다.

"이 근처에서 혹시 이 사람을 보신 적 없나요?"

품속에서 돋보기를 꺼내더니 여자는 눈을 가늘게 뜨고 사진을 쳐다보았다. 그리고 고개를 크게 끄덕였다.

"아까도 여기에 왔었시유. 주유소가 어디 있는지 물었는데."

"주유소……."

"이런 촌에 있을 리가 있겠어유. 오오하타까지 나가야 한다고 했더니 난처해하는 것 같아서, 우리가 보관하고 있던 휘발유를 조금 나눠줬지유."

"행선지에 대한 말은 없었나요?"

여자는 작은 눈을 깜빡거리며, 짙은 핑크색의 입술을 오므렸다.

"실례지만 댁은?"

"남편이에요, 이 사람이."

여자의 얼굴에 안됐다는 표정이 떠올랐다. 자신은 지금 동정을 받고 있다. 그렇게 생각하자 순식간에 볼이 화끈거렸다. 황급히 볼을 누르며 자신을 타일렀다. 쓸데없는 자존심은 버리는 게 좋다. 그런 것은 이제 의미가 없다.

"무언가 아시는 게 있으면 가르쳐주세요."

하즈키는 사진을 되돌려받으며 여자를 향해 머리를 숙였다.

"글쎄유. 확실히 말하지는 않았지만 오소레잔이 아닐까 싶은데. 여기에서 나가는 길은 오오하타나 오소레잔 밖에 없거든유."

"그런가요……. 그 사람, 최근에 이 근처를 자주 왔나 보죠?"

"네. 처음 본 것은 몇 주일인가 전이여유. 식료품 가게랑 가구점을 물어봤지만 이런 곳에 그런 것이 있을 리 없지유. 무쓰까지 가야 한다고 내가 가르쳐줬지유."

하즈키는 다시 한 번 고개를 숙였다.

"폐를 끼쳐 죄송합니다만 택시 좀 불러주시겠어요?"

여자는 딱하다는 시선으로 하즈키의 얼굴을 보더니 몇 번이고 고개를 끄덕였다.

"지금 곧 전화할게유. 행선지는 오소레잔으로 하면 되겠지유?"

하즈키는 볼이 굳어지는 것을 느끼면서도 확실하게 고개를 끄덕였다.

"그리고 그가 다시 여기에 오면 전화 좀 해주시겠어요?"

여자가 프런트 안에서 꺼낸 메모지를 내밀었다. 하즈키는 그곳에 휴대전화 번호를 적고 지갑을 열었다. 1만 엔짜리 넉 장과 1천 엔짜리가 두 장. 조금 망설이다가 1만 엔을 꺼냈다.

"저, 전화 값……."

여자는 지폐를 흘끔 보더니 고개를 저었다.

"그건 됐구유. 그보다 힘들었겠어유."

메모지를 받아들면서 여자는 말했다. 의외라고 느껴질 정도로 정이 담긴 목소리였다. 터져 나오려는 울음을 꾹 누르며 하즈키는 여자에게 미소를 보였다.

영지靈地 오소레잔은 코발트색 물에 잠긴 호수 부근에 있었다. 자연이 만들어냈다고는 믿기지 않는 청록색 수면이 약간 흐린 하늘과 선명한 대조를 이루었다.

수면에는 잔물결이 일었다. 물결이 일정한 리듬으로 밀려왔다가 밀려나갔다. 서늘한 바람을 맞으면서 하즈키는 잠시 물결의 수를 헤아렸다.

산 어귀에 있는 식당과 기념품 가게를 한 바퀴 돌아도 게스케의 모습은 어디에도 보이지 않는다는 것을 확인하고, 입장료를 내고 경내로 들어갔다.

관광지 같던 산 어귀와는 달리 경내는 딴 세계처럼 정적에 휩싸여 있었다. 참배로의 끝에 있는 본전은 기둥과 지붕 모두 검은빛을 띠고 있었다. 여러 해 동안 한겨울 폭설을 맞은 목재에서 볼 수 있는, 풍취 있는 색조는 보는 사람에게 장엄한 기분을 느끼게 했다. 발치에는 마치 표백한 것처럼 새하얀 모래가 펼쳐져 있고, 주변에는 유황냄새가 그득했다.

오소레잔에는 죽은 자의 혼령이 모인다고 한다. 옛날 사람들이 그렇게 생각해도 이상할 것 없는 묘한 분위기가 이곳에는 분명히 있었다. 게스케가 이곳에 와 있다면, 그것은 히로시의 영혼과 만나고 싶어서가 아닐까.

본전 계단을 올라가 새전(신불 앞에 바치는 돈—옮긴이)을 올렸다. 하즈키는 합장한 채 머리를 숙였다. 지금까지 간절한 마음으로 신불에 기도를 올린 적은 없었다. 하지만 지금은 인간의 지혜가 미치지 못하는 불가사의한 힘에 매달리고 싶었다.

계단을 내려가려고 하는 순간, 오른쪽에 있는 바위 부근에서 검은 그림자가 얼핏 움직이는 것이 눈에 들어왔다. 검은색 점퍼의 낯익은 뒷모습. 하즈키는 어깨에 멘 가방 끈을 고쳐 잡고 계단을 뛰어 내려갔다.

새하얀 모래와 바위. 저승을 생각나게 하는 듯한 살풍경한 바위들 곳곳에 선명한 색깔의 풍차가 세워져 있었다. 바람을 맞아 풍차 날개가 메마른 소리를 내고 있었다. 그러나 그보다 더 큰 소리가 자신의 심장에서 들려오는 듯한 기분이 들었다.

하즈키는 발소리를 죽인 채 게스케에게 다가갔다.

게스케는 풍차 앞에 쭈그리고 앉은 채 머리를 숙이고 있었다. 풍차의 핑크색 날개가 바람을 맞아 찢어질 듯한 기세로 돌아가고 있다.

두 사람 사이의 거리가 가까워졌을 때 게스케가 불쑥 돌아보았다. 게스케의 두 눈이 커졌다.

겨우 만났다. 안도감이 드는 한편, 참을 수 없는 슬픔이 가슴 속에서 치밀어 올랐다. 어째서 이렇게까지 해야만 만날 수 있는 것일까.

게스케는 당황했는지 시선이 이리저리 불안하게 흔들렸다. 그러고는 체념한 듯 천천히 일어섰다.

"대체 어떻게 된 거예요!"

하즈키는 게스케의 팔을 잡았다. 게스케는 미동도 하지 않았다.

"얼마나 찾았는지 알아요?"

"미안해. 여러 가지 사정이 있어서……."

"웃기지 마세요!"

게스케의 모습은 완전히 달라져 있었다. 볼은 홀쭉해지고 눈은 움푹 들어가 있었다. 흰머리도 눈에 띄게 늘었고, 입술도 군데군데 갈라져 있었다. 단숨에 5년은 늙은 것처럼 보였다.

"이봐요." 하즈키는 떨리는 목소리를 진정시키며 말을 꺼냈다. "히로시 군은 이식을 받았죠? 당신이 소개한 세인트 찰스병원에서. 그 일과 히로시가 살해된 것과 무슨 관계가 있는 거죠?"

게스케는 눈을 내리깔았다.

"우선 어딘가 앉아서 얘기하지."

"미카미 씨네 집으로 가요. 렌터카, 있죠?"

게스케는 놀랐는지 볼이 굳어졌다.

"그런 것까지 알고 있었나?"

대답할 기분도 들지 않았다. 하즈키는 게스케의 팔을 잡은 채 걷기 시작했다.

미카미의 집 안은 오래된 목재 냄새가 났다. 낡은 외관과는 달리 안은 깨끗하게 정리되어 있었다.

현관 바로 왼쪽에 있는 손님방으로 들어갔다. 방 한구석에 이불 두 채가 놓여 있었다.

다다미 위에 무릎을 껴안고 앉아 하즈키는 게스케에게 물었다.

"자, 설명해주세요. 대체 무슨 일이 있었는지. 오해하지 마세요. 당신을 책망하려는 건 아니니까. 도울 일이 있다면 돕고 싶어서 그래요."

"그렇게 말은 해도."

게스케는 거무스름한 기둥에 등을 기대고 앉았다.

"히로시 군과 가와쿠보 시온이 이식을 받은 것은 사실이죠? 그리고 두 사람은 살해됐고."

게스케는 고개를 끄덕였다.

"당신이 사건과 관계가 있나요?"

게스케는 긍정도 부정도 하지 않았다. 부정하지 않는다는 것은 긍정하는 것이나 마찬가지다. 그가 죽인 것일까. 가슴이 저며 왔다.

설사 그렇더라도 나는 이 사람을 돕고 싶다. 도와주겠다. 하즈키는 단호하게 생각했다.

"그래서 당신은 여기서 뭘 하려는 건가요?"

게스케는 망설이는 것처럼 눈을 감았다.

"자, 말 좀 해봐요. 난 무슨 말을 들어도 놀라지 않아요."

게스케는 마음을 정한 듯 눈을 뜨고 하즈키를 쳐다보았다.

"그럼, 한 가지 부탁할 일이 있어. 그러잖아도 부탁하려고 생각했거든."

"뭔데요? 내가 뭘 하면 되는데요?"

"작년 말에 내가 건네준 혈액 샘플, 아직 가지고 있나?"

하즈키는 고개를 끄덕였다.

"냉동고에 보존되어 있을 거예요. 찾으면 나오겠죠."

"도쿄로 돌아가 그것을 분석해줘. 간염 바이러스를 검출하기 위한 시약이 있겠지? 그것을 써서 바이러스를 검출해 줘."

"무슨 일인데요?"

"당신이 직접 확인하고 난 다음 얘기하고 싶어."

"무슨 말을 하는지 도무지 모르겠어요. 정상인의 혈액 속에 바이러스가 있다고 해서 그것이 어떻다는 거예요?"

게스케는 입을 다물었다.

"제대로 얘기해줘야 해요. 경찰도 당신을 찾고 있단 말이에요. 한가하게 실험이나 하고 있을 때가 아녜요. 그것 말고 꼭 해야만 하는 일이 있잖아요?"

게스케는 고개를 저었다.

"어쨌든 분석해줘. 그 후에 시료를 처분할지 어떨지는 당신 판단에 맡길게."

"하지만……."

"내가 검거되는 것은 시간 문제야."

하즈키의 가슴에 통증이 일었다. 검거된다……. 역시 게스케는 무언가 법을 어긴 것이다. 그것을 받아들여야만 한다. 그리고 그를 돕고 싶다. 그러려면 여기서 정신을 차려야만 한다.

"하지만 그전에 꼭 해야 할 일이 있어. 혈액 분석도 그 중 하나야. 증거를 남겨야 하거든. 나는 이제 대학에 돌아가지 않아. 그러니 당신에게 부탁할 수밖에 없어."

하즈키는 심호흡을 하고 마음을 가라앉혔다.

"그런 것보다 이식에 대해 설명해줘요. 그 아이들은 왜 살해당한 거죠?"

게스케의 표정이 일그러졌다. 무언가를 억누르는 것처럼 이를 악물고 있었다.

"분명히 내가 한 것은 옳은 일이 아니야. 하지만 아들이 죽어가는 것을 그냥 두고 볼 수만은 없었어. 나는 의사야. 히로시를 살릴 수 있는데, 그것을 주저할 이유가 없었어."

하즈키는 오열을 참았다.

"하지만 히로시는 죽었어. 더구나 참혹하게 죽었지. 전부 내 책임이야. 기미코의 손에 유골을 건네준 것이 그나마 다행이지만, 결국 나는 그 녀석을 살릴 수 없었어. 아무것도 하지 못한 거나 마찬가지야."

게스케는 붉게 충혈된 눈으로 하즈키를 매달리 듯 쳐다보았다.

"하즈키, 제발 좀 가르쳐줘. 어째서 아이의 장기이식은 허용되지 않는 거지? 아니, 애당초 장기를 제공해주는 사람이 왜 그렇게 적은 거지? 나는 도무지 모르겠어. 뇌사에 빠지면 잘못된 판정이 아닌 한, 살아날 가망성은 없어. 그런데 이놈이고 저놈이고 하나같이 심장과 간을 그냥 재로 만드는 거야."

게스케는 자신의 손바닥을 지그시 바라보았다.

"내 이 손은 무엇을 위해 있는 거지? 나는 수술을 잘할 자신이 있어. 심장만 제공해준다면 몇 명이라도 목숨을 구할 수가 있어……. 견딜 수가 없었어. 환자가 죽어 가는데, 태연히 보고만 있을 만큼 난 강하지 않다고."

게스케는 울고 있었다. 버석거리는 볼을 눈물이 적셨다. 하즈키는 게스케를 안아주려고 팔을 뻗었다.

"나는 당신을 믿고 있어. 당신이라면 내가 한 일의 의미를 알
아줄 거야. 도움받고 싶은 일도 있고. 하지만 지금은 자세히 말
할 수 없고 경찰에 잡혀서도 안 돼."

게스케의 볼이 약간 붉어졌다. 호소하는 듯한 눈으로 하즈키
를 바라보았다.

"부탁해. 조금만 기다려 줘. 지금 경찰에 잡히면 안 돼. 한 가
지 꼭 처리해야 할 일이 있거든. 그 일이 끝나면 반드시 당신에
게 모든 얘기를 해줄게. 그러고 나서 경찰에 출두할 거야."

"언제? 언제 연락해줄 건데요?"

"앞으로 이삼일. 도쿄에서 기다려줘. 꼭 전화할게."

게스케가 자신에게 이토록 절실하게 무언가를 부탁한 적이 있
었을까.

하즈키는 오열을 억누르며 고개를 끄덕였다. 믿어보자. 지금
게스케를 믿지 않으면, 그는 영원히 자신에게서 모습을 감춰버
릴 듯한 기분이 들었다. 무엇보다 우선 혈액을 분석해야 한다.
그것을 게스케가 바라고 있다. 결과가 나오면 다시 이곳으로 돌
아오면 된다.

게스케가 안도했는지 표정이 누그러졌다.

"역까지 데려다 줄게."

"여관에다 방을 잡아놓았어요."

"그럼, 여관에 들르자."

게스케가 일어났다.

12

아파트에 도착한 것은 밤이 되고 나서였다.

엘리베이터에서 내리자, 문 옆에 사람의 형체가 보였다. 스즈모리일까. 그렇게 생각하자 순간적으로 몸이 굳었지만, 스즈모리치고는 몸집이 너무 작았다. 그 사람이 돌아본다.

"아버지!"

하즈키는 무심코 소리를 질렀다.

보스턴백을 손에 든 아버지가 초췌한 얼굴로 미소 지었다.

"꽤 늦었구나. 대학에 전화해봤는데 없다고 해서 기다렸다."

"어쨌든 안으로 들어가요."

하즈키는 아버지의 등을 밀며 집으로 들어갔다.

소파에 앉자 아버지는 집을 둘러봤다. 아버지가 이 집을 방문한 것은 처음이었다. 재빨리 차를 끓이고 하즈키는 아버지 옆에 앉았다.

"게스케는?"

"그게……. 잠시 어디 갔어요. 오늘은 안 들어와요."

아버지에게 걱정을 끼치고 싶지 않았다.

"너, 앞으로 어떻게 할래? 이런 일이 생겨서 힘들지."

"하는 수 없죠, 뭐. 그럭저럭 지내고 있어요."

"뭐, 한동안은 어쩔 수 없겠지."

아버지는 등을 구부리고 차를 마셨다. 뜨거웠는지 입술을 오므렸다. 그 모습이 정말로 노인 같아 보였다. 무리도 아니다. 올해로 예순일곱인 것이다.

"하지만 이런 일이 생겼는데, 너, 게스케와 잘해나갈 수 있겠니? 뭐, 나야 신문에 실린 정도밖에 사정을 잘 모르지만 말이다."

"괜찮아요."

"하지만 전 부인, 기미코라고 했나. 그녀를 저렇게 내버려둘수도 없잖아."

"그건……."

아버지가 살피듯 하즈키를 보았다.

"괜히 무리해서 게스케와 같이 있으려고 하는 건 아니냐?"

"네?"

"아니, 뭐. 나도 요즘 몸이 좋아져서 말이지. 진료소를 재개할 생각이란다."

그러고 보니 일 년쯤 전에 아오야마 진료소를 잠시 휴진한다는 이야기를 들었다. 시골마을의 조그만 진료소라도 혼자서 해나가기는 쉽지 않았던 것이다.

"초음파진단장치도 새로 들여놓으려고 하거든."

하즈키는 찻잔을 내려놓았다.

"혼자서는 힘드시다는 것은 알지만, 대학을 졸업할 때 분명히 말했죠? 그 마을에 돌아갈 마음이 없다고 말이에요. 저는 괜찮아요. 어떻게든 해나가고 있어요."

"그래도 너를 보고 있으면 어쩐지 딱해서 말이야. 네가 결혼했을 때, 두 번 다시 오지 말라고 했잖니. 그 말, 후회하고 있단다. 미안했다."

하즈키는 고개를 흔들었다.

"이제 괜찮아요. 하지만 말예요. 걱정 끼쳐서 죄송하지만 돌아갈 마음은 없어요."

"너, 그 일이 마음에 걸려서 그러는 거니?"

아버지가 작게 말했다.

"무슨 말이세요?"

"너, 딱 한 번 이와테에 돌아온 적이 있었잖아. 지금 대학으로 옮기기 전, 임상의를 그만두기 조금 전에 말이야. 그때, 네가 말했잖니. 자신의 쓸데없는 야심 때문에 환자를 죽게 했으니 이젠 환자를 볼 수 없다고 말이야."

잊고 있던 기억이 떠올랐다.

도토대학으로 옮기기 전, 하즈키는 다른 대학에서 임상의로 근무하고 있었다. 의사로서 성공하겠다며 한창 의지에 불타 있었다. 그러나 그러려면 능력만이 아니라 담당교수의 신임이 필요했다. 그래서 교수가 내린 진단에 의문을 가지면서도 재검사를 하지 않았다. 자신이 함부로 검사를 해서, 교수의 눈 밖에 나고 싶지 않았던 것이다. 그것이 결과적으로 병의 전이轉移를 보지 못하고 놓치는 실수를 가져왔다. 그리고 환자는 고통 속에서 죽어갔다. 그 환자의 얼굴은 지금도 선명하게 기억하고 있다.

"그것과 이 일은 상관없어요."

하즈키는 간신히 말했다.

사실 자신은 환자로부터 도망치듯 기초연구로 옮겼다. 하지만 기초연구가 성격에 맞기도 했다. 게다가 지금은 자신이 꼭 해야 하는 일이 있었다.

"이불을 깔아드릴 테니 주무세요. 피곤하시잖아요."

하즈키는 일어나서 붙박이 이불장을 열었다.

한밤중의 대학에는 인기척이 없었다. 아버지가 잠든 것을 확인하고 나왔기 때문에, 시간은 이미 두 시가 넘었다. 복도를 걸어가는 자신의 발소리가 무척 크게 들렸다.

오늘 밤에 당장 혈액 분석을 시작하고 싶었다. 한시라도 빨리 일을 처리하고, 게스케에게 돌아가고 싶었다. 몸은 지독히 피곤했지만 머리는 맑았다. 이 정도의 상태라면 실험을 제대로 해낼 수 있을 것 같았다.

복도에 놓여있는 냉동고를 열었다. 가정용 냉장고와는 달리, 문이 뚜껑처럼 위에 달렸으며 샘플을 영하 80도로 보존할 수 있다. 자신의 이름이 붙어 있는 선반을 꺼내, 그 안에 들어 있는 작은 플라스틱 튜브를 일일이 확인하기 시작했다. 분명히 날짜와 게스케 이름을 적은 비닐테이프를 튜브에 붙여두었었다.

50개가량의 튜브를 모두 조사했다. 하지만 그 샘플은 보이지 않았다.

선반을 다시 넣어놓고 냉동고 문을 닫았다.

어떻게 된 것일까.

그 샘플을 처분한 기억은 없다. 누군가가 가져간 것일까. 또 하나 생각할 수 있는 것은 이 건물 뒤편에 있는 공용연구소의 보관창고에 샘플을 옮겼을 가능성이다. 냉동고를 청소할 때 튜브 몇 개를 옮겨놓았다. 그때 혈액 샘플이 섞여 들어간 것일까.

공교롭게도 밤에는 보관창고를 잠가놓기 때문에 들어갈 수 없다.

하즈키는 피곤한 몸을 이끌고 복도를 걷기 시작했다.

13

침실 창문을 활짝 열어놓자 열기와 배기가스를 머금은 공기가 들어왔다. 아파트 앞 도로를 오가는 자동차 소리가 무척 귀에 거슬렸다. 차 소리에 섞여 아이들이 재잘거리는 소리가 들려왔다. 하즈키는 창문으로 계단 아래를 내려다보았다. 통학용 노란색 모자를 쓴, 열 살가량의 여자아이 두 명이 빨간색 책가방을 나란히 하고 건널목을 막 건너려는 참이었다. 아이들이 걸을 때마다 등에 멘 책가방이 튀어오를 듯 흔들린다.

등교하는 아이를 본 것은 오랜만이었다. 그렇게 생각하다 문득 깨달았다. 오늘은 9월 1일. 여름 방학이 끝난 것이다.

9월에 접어들었음에도 강렬한 햇빛은 변함이 없다. 반짝이는 광선이 아스팔트에 사정없이 내리쬐고 있었다.

별안간 가슴 속이 죄어드는 느낌이 들었다. 최근 습관처럼 반복되는 느낌이다. 동시에 말할 수 없는 쓸쓸함이 밀려왔다.

아버지는 조금 전에 이와테로 돌아갔다. 거의 억지로 돌려보내다시피 한 것이 못내 마음에 걸렸지만, 아버지의 기분을 살필

여유가 없었다. 지금은 무엇보다 게스케가 걱정이다.

게스케의 부친에게는 미카미네 집에 게스케가 없었다고 거짓말을 했다. 그토록 자신을 굳게 믿고 있다고 말해준 게스케. 그를 배반할 수 없었다. 그러면서도 마음 한편으로는 게스케의 말을 의심하고 있는 자신이 싫었다.

연구소에 도착한 것은 10시 조금 전이었다.

에이코의 책상에는 검은색 에나멜 손가방이 팽개쳐 있었다. 마나베는 아직 오지 않은 듯했다.

하즈키는 가운을 입고 보관창고로 갔다. 그 튜브를 찾아야 했다. 복도를 걷고 있는데 뒤에서 부르는 소리가 들렸다.

"나카자와 선생님."

뒤돌아보니 와카바야시가 서 있었다. 와카바야시는 어찌할 바를 모르겠다는 표정으로, 어깨를 움츠리며 하즈키를 바라보았다.

"에이코 씨가 P3에 틀어박혀 있습니다."

연구실에 들어온 지 얼마 안 된 에이코가 P3을 사용할 만한 고도의 실험에 손댈 일은 없었다. 단백질 정제방법과 실험동물 취급법 등, 에이코가 꼭 배워야 하는 것은 아직 많이 있었다.

"미안하지만 지금 바쁘거든."

"하지만 저도 실험실을 사용하고 싶은데요……. 어떻게 좀 해주세요."

조그만 소리로 와카바야시가 말했다.

"알았어. 잠깐 상황을 보고 올게."

하즈키는 배양접시의 뚜껑을 닫고 P3로 향했다.

P3의 문에는 커다란 종이가 붙어 있었다.

'실험 중 출입금지'

그러고 보니 얼마 전에 마나베가 같은 짓을 한 적이 있었다.

에이코는 마나베의 흉내를 낸 것일까. 몹시 기분이 상한 하즈키는 종이를 떼고, 주먹으로 문을 세게 두드렸다.

"사쿠라기 씨."

다시 한 번 문을 두드렸다. 문 손잡이를 돌려보았지만 예상대로 안에서 잠겨 있었다.

"문 열어요!"

손잡이를 힘껏 잡아당겨 문을 흔들었다. 에이코가 제멋대로 행동하게 놔둘 수는 없다. 그녀에게 의욕이 있다는 것은 인정하지만, 연구실의 다른 멤버에게 폐를 끼치게 해서는 안 된다.

"열지 않으면 사무실에서 열쇠를 받아오겠어요."

큰 소리로 말하자 실험실 안에서 의자를 끄는 소리가 들렸다. 조용한 발소리가 문으로 다가온다.

잠금장치를 푸는 금속성 소리가 나더니 문이 안쪽으로 열렸다.

제대로 가운까지 입고 실험용 고무장갑을 낀 에이코가 싸늘한 눈을 하고 서 있었다. 하즈키는 에이코의 몸을 밀어젖히듯 하며 P3로 들어갔다.

소독용 알코올 냄새가 강하게 났다. 실험용 탁자에는 시약 병과 피펫 같은 실험기구가 마구잡이로 흩어져 있었다. 탁자 중앙의 목제선반에는 검은색 고무마개를 끼운 두 개의 시험관이 세워져 있다.

"뭘 하는 거죠?"

"실험이에요."

에이코는 시선을 바닥으로 떨어트리고 반항적인 태도로 팔짱을 꼈다.

"무슨 실험이냐고 묻는 거예요. 여기는 위험한 세균과 바이러스를 다룰 때 쓰는 실험실이라고 말하지 않았나요? 당신은 아직 그런 실험을 할 단계가 아니에요. 기초적인 실험방법을 먼저 공부하라고 말했을 텐데요!"

자신의 목소리가 생각지 않게 신경질적이라는 것을 깨달았다. 이래서는 역효과만 나고 만다. 냉정하게 얘기하는 것이 좋다.

"이건 뭔가요?"

하즈키는 시험관을 들어 올리더니 눈앞에서 가볍게 흔들어보았다. 열은 살구색의 배양액이 들어 있었다.

"돌려주세요."

날카로운 목소리로 에이코가 말했다.

"뭘 하는 건지 설명해주세요."

에이코가 번뜩이는 눈으로 하즈키를 똑바로 응시했다. 고개를 살짝 흔들어 볼에 달라붙은 머리카락을 떼버리고 에이코는 시선을 돌렸다. 불쾌하다는 듯 혀를 찼다.

그 태도가 하즈키의 신경을 건드렸다. 자신은 이 여자와 냉정하게 얘기할 수가 없다.

"이제 그만 좀 하세요!"

에이코는 밉살스러울 정도로 태연자약했다.

"제 나름대로 실험방법을 공부했기 때문에 괜찮아요. 내가 하고 싶은 실험을 할 수 있게 내버려두세요. 나카자와 씨가 지도해주지 않아도 괜찮으니까."

하즈키는 에이코를 노려보았다. 연구실 교수와 상의해서 에이코의 처우를 생각해보자. 상황에 따라서는 그녀를 제1외과로 돌려보내는 것이 나을 수도 있다. 연구실 전체가 연구생 한 사람에게 휘둘리다니, 어처구니없는 일이다. 에이코는 와카바야시만이 아니라 다른 학생에게도 폐를 끼치고 있을지 모른다. 학생들에게 호의를 갖고 있는 아니지만, 그들의 실험과 논문을 돕는 것은 자신의 일이었다. 게다가 이 연구실에는 마나베 같은 성가신 남자도 있었다. 문제아는 한 사람만으로도 충분하다.

그때 벽에 걸려있는 전화가 울리기 시작했다.

에이코는 전화 받을 생각이 없는 듯했다. 원망스럽다는 듯 하즈키의 손에 있는 시험관을 바라보고 있을 뿐이었다.

하즈키는 시험관을 왼손으로 바꿔 들고, 오른손을 전화기로 뻗었다.

"나카자와 선생님입니까?"

와카바야시의 목소리였다.

"사쿠라기 씨에게 실험실을 비워달라고 할 테니, 넌 실험준비를 하고 있어."

그렇게 말하면서 짜증이 일었다. 와카바야시도 문제다. 소심하다는 것은 알겠지만 자신이 옳다고 여기는 것을 어째서 강하게 주장하지 않는 것일까. 실험에 관한 의논이라면 얼마든지 응대해주겠다. 하지만 이런 일까지 일일이 의지하면 자신도 곤란하다.

"아니요, 그런 게 아니고"라고 당황하듯 와카바야시는 말했다. "선생님께 외부전화가 왔어요. 지금 돌려드리겠습니다."

전화를 돌릴 때의 뚝하는 소리에 이어 들려온 것은 남자 목소리였다.

"하즈키냐? 여기 아오모리다."

게스케의 부친이었다. 목소리가 이상하게 떨리고 있었다. 안 좋은 예감이 가슴을 스쳤다.

"아까, 이쪽 경찰에게서 전화가 왔었다."

전화기에서 들려오는 목소리가 한순간 끊어졌다. 심장의 고동이 급속히 빨라진다.

"게스케의 시신이 시모키타 반도에서 발견되었다는구나. 당장 이쪽으로 와줘야겠다."

"네?"

머릿속에서 섬광이 일었다.

"2시 하네다 발 비행기를 네 이름으로 예약해두었다. 아오모리 공항에는 요시오카 군을 내보내마. 기억하지? 네 시누이 야스코의 남편 말이야."

하즈키의 손에서 전화기가 스르르 떨어졌다. 온몸에서 힘이 빠져나갔다. 시험관을 들고 있다는 것도 잊고, 하즈키는 그 자리에 털썩 주저앉았다.

"나카자와 씨!"

에이코가 달려와 하즈키의 손에서 시험관을 빼앗았다. 그러나 그 순간 에이코의 발이 미끄러졌다.

시험관이 깨지면서 안에 있던 액체가 튀었다.

"앗."

에이코가 당황하며 외쳤다. 에이코의 손목 부근에 붉은 줄이 갔다. 시험관의 파편에 벤 듯했다. 하즈키는 초점이 없는 눈으로 에이코의 얼굴을 보았다. 평소 알미울 정도로 반듯했던 얼굴이 공포에 질린 듯 일그러져 있었다.

하즈키는 천천히 일어섰다. 이상하게도 눈물은 나오지 않았다. 대신에 위가 꽉 조여드는 것처럼 아프고 구역질이 났다.

다시 한 번 게스케 아버지의 말을 머릿속에서 되풀이해 본다.

게스케의 시신이 발견되었다.

갑자기 슬픔이 복받쳤다. 밀려오는 파도처럼 일정한 리듬으로 가슴이 억눌리면서 위가 조여들었다. 악 다문 이 사이로 소리 아닌 소리가 새어나온다.

문득 옆을 보니 에이코가 창백한 얼굴로 하즈키를 바라보고 있었다.

전화 내용을 들은 것일까.

그런 것은 지금 아무래도 좋았다. 어쨌든 아오모리로 가야 한다.

"나, 가야 해."

간신히 그렇게 말하고 하즈키는 걷기 시작했다.

바닥을 딛는 다리가 마치 자신의 것이 아닌 듯했다. 몸이 우주에 떠 있는 것처럼 도무지 감각이 없었다.

아오모리 현 경찰로부터 연락을 받은 스즈모리는 큰 소리로 혀를 찼다.

"빌어먹을!"

주먹으로 책상을 힘껏 내리쳤다. 스즈모리의 책상 위에는 아오모리행 표가 놓여 있었다. 나카자와의 아내가 아오모리에 갔었다는 사실을 막 알아낸 순간에 이런 전화를 받다니 자신도 어지간히 운이 없다.

스즈모리는 신음 비슷한 소리를 냈다.

"하지만 이것으로 사건이 끝난 게 아니야."

스스로에게 다짐하듯 말했다.

그렇다. 끝날 리가 없다. 왜냐하면 이식을 받은 아이가 또 한 명 있기 때문이다. 범인의 동기가 확실하게 밝혀진 것은 아니다. 그러나 이식을 받은 아이가 두 명이나 살해되었다. 또 한 명에게 아무 일도 없으리라는 보장은 없다. 범인을 체포하는 것만이 경찰의 소임은 아니다.

"가와모토, 나가자."

스즈모리는 의자 등받이에 걸쳐놓았던 윗옷을 집어들었다.

마이아사 신문 사회부의 데스크 자리에는 와타나베 가쓰지가 커다란 몸집을 앞으로 기울인 채 데스크에게 항의를 하고 있었다.

"왜 저를 아오모리로 보내주시지 않는 겁니까?"

침이 사방으로 튀었다. 담배를 입에 문 데스크가 얼굴을 찡그렸다.

"자네, 요전에 부장님이 하는 말 못 들었나? 경비 삭감차원에서 출장은 자제하라고 말이야. 현지 지국에 맡기면 돼."

"하지만……."

"좌우지간 안 돼. 그리고 자네 말이야. 용의자가 죽었는데 현지에 간들 무슨 소용이 있나. 살아있는 용의자를 취재하는 거라면 출장비가 아깝지 않겠지만 말이야."

가쓰지는 어깨를 축 늘어트리고 의자에 털썩 앉았다.

이 승부에서는 졌다. 하지만 다음에는 반드시 혼자서 해보이겠다. 그렇지 않으면 직성이 풀리지 않는다. 경찰과 관청에서 발표하는 것을 기사로 쓰는 것이라면 신입기자도 할 수 있다. 자신이 원하는 것은 특종기사 아니면 질 높은 기획기사, 둘 중의 하나뿐이다.

문득 나카자와 하즈키의 얼굴이 뇌리에 스쳤다. 하즈키는 지금쯤 아오모리로 가고 있을 것이다. 어떤 기분일까. 돌아오면 얘기를 해보아야겠다고 생각했다. 하지만 어떻게 말을 꺼내야 할지 가쓰지는 알 수 없었다.

14

게스케 아버지의 말대로 아오모리 공항에는 요시오카가 마중 나와 있었다. 시누이 남편인 요시오카와는 딱 한 번 만났을 뿐이지만, 게이트를 나온 순간 바로 알아볼 수 있었다. 쓰가루 반도에서 대대로 이어져 온 지주 집안 아들다운 풍모가 기억 속에 선명히 새겨져 있었다.

"현지 경찰서로 직접 가라고 장인어른께서 말씀하셨습니다. 서두르시죠."

요시오카는 사무적인 어투로 말하고, 하즈키에게 동정의 시선을 던졌다.

하즈키는 코를 훌쩍이면서 고개를 끄덕였다.

아오모리 공항에서 시모키타 반도 부근에 있는 무쓰 시까지 오는 동안 하즈키는 눈을 감고 있었다. 눈을 뜨면 울음이 터져 나올 것 같았다. 몸은 물먹은 솜처럼 무거운데 머리는 이상하게 맑았다. 차라리 반대였다면 얼마나 좋을까. 지금은 아무 생각도 하고 싶지 않았다.

신호 때문에 차가 설 때마다 심장의 고동이 빨라졌다.

게스케의 죽음을 실감할 수 없었다. 실감하고 싶지도 않았다. 하지만 그런 어린애 같은 감정을 계속 유지하는 것도 불가능하다. 시신을 보게 되면 싫어도 믿을 수밖에 없다.

요시오카는 아무 말도 하지 않았다. 기계처럼 정확하게 운전을 할 뿐이었다.

그의 배려가 고마웠다. 아무 말도 하고 싶지 않았다. 위로의 말도 듣고 싶지 않았다. 괜히 어설픈 동정을 받으면 큰 소리로 울부짖을 것 같았다.

차가 멈췄다. 핸드브레이크를 당기는 소리. 그리고 요시오카의 나직한 목소리가 들렸다.

"하즈키 씨, 도착했습니다."

천천히 눈을 떴다.

음침한 회색건물이 눈앞에 있었다. 하즈키는 느릿느릿한 동작으로 문을 열었다. 차 밖으로 나가려는데 몸이 말을 듣지 않았다. 온몸의 근육이 게스케의 죽음을 받아들이기를 거부하고 있다.

요시오카가 하즈키를 슬쩍 쳐다보았다. 그리고 차에서 내려 조수석 문을 열고 하즈키의 팔을 잡았다.

"자, 가시죠."

하즈키는 힘겹게 차에서 내렸다.

밖으로 나오니 도쿄와는 비교할 수 없을 정도로 서늘한 바람이 볼에 닿았다. 가을이 오는 모양이었다. 불과 사흘 전만 해도 여름의 기운이 남아 있었는데, 지금은 바람 속에서 가을이 확실하게 느껴진다.

하즈키는 하늘을 올려다보았다. 연푸른색 하늘에는 가늘고 긴 구름이 흩어져 있었다. 가슴 가득 공기를 들여 마시니 폐 속으로 찌릿한 자극이 전해진다.

"괜찮습니까?"

살짝 고개를 끄덕인 하즈키는 말없이 건물 입구로 걸어갔다.

게스케의 시신은 경찰서 지하실에 안치되어 있었다. 차가운 느낌의 파이프 침대. 그 위에 하얀 천으로 둘러싸인 가느다란 시신이 놓여 있었다.

담당자의 채근으로 하즈키는 침대로 다가갔다. 숨을 죽인 채 냅킨 크기의 하얀 천 조각을 벗겼다.

게스케는 무서운 얼굴로 누워 있었다. 자세한 것은 해부를 해 봐야 알겠지만 약물중독 같다고 했다.

약간 올라간 눈썹. 남자치고는 긴 속눈썹. 익숙한 얼굴인데도 딴 사람처럼 보였다. 피부색이 노란색을 띠고 있기 때문인지도 모른다. 의대시절 법의학 수업에서 사후 몇 시간이 지나면 피부가 노란색을 띠게 된다고 배웠던 것이 떠올랐다. 지금의 자신에게 그런 지식은 아무 도움도 되지 않는다는 사실이 슬펐다.

하즈키는 게스케의 볼을 두 손으로 감싸보았다. 딱딱하게 굳은 얼굴에는 약간의 온기도 느껴지지 않았다. 마치 고무를 만지는 듯한 감촉이었다. 살짝 돋은 수염이 하즈키의 손끝에 느껴졌다.

바닥에 무릎을 대고 다시 한 번 게스케의 얼굴을 바라보았다.

뒤에서 담당자가 조그맣게 헛기침을 했다.

"별실에서 가족분들이 기다리고 계십니다."

그때 턱 오른쪽 관절 부근에 면도하다 남은 수염 한 올이 눈에 띄었다. 5밀리미터 정도의 길이였다. 형광등 불빛 탓인지 유난히 새까맸다. 하즈키는 손가락을 뻗어 그것을 살짝 어루만졌다.

순간 뜨거운 것이 눈에서 스며 나왔다. 하즈키는 눈을 감았다. 복받치는 감정에 몸을 맡겼다.

처음 만났던 무렵의 일들. 그리고 둘이서 지낸 주말의 밤. 대학 구내에서 서로 스칠 때의 곤혹스러운 것 같기도 하고, 쑥스러운 것 같기도 했던 복잡한 표정. 여러 가지 영상이 뇌리에 스쳤다가 사라졌다. 하나하나의 추억을 마음속에서 반추해 본다.

당신은 비겁해요.

게스케에게 말을 걸었다. 마음속에 있는 것을 털어놓지도 않고 죽어버리다니……. 정말로 너무했다. 살아남아 주기를 바랐다.

함께 사는 일이 게스케에게는 그렇게 가벼운 것이었을까. 결국 인간은 혼자인지 모른다. 알고는 있지만 그렇게 생각하기에는 너무 쓸쓸하다. 그래서 같이 살고 싶었는데…….

초조한 듯한 헛기침이 뒤에서 들려와 하즈키는 정신을 차렸다. 게스케의 얼굴에 원래대로 하얀 천을 덮었다. 한 장의 천 조각에 불과한 그것이 자신과 게스케의 사이를 영원히 가로막는 것처럼 느껴졌다.

뒤돌아보니 담당자가 눈으로 끄덕인다.

"시신을 해부하기로 했습니다. 부모님의 승낙은 받았는데 부인도 괜찮으시겠죠?"

강요하는 듯한 어조였다. 반대할 이유도 없었다.

"네."

하즈키는 순순히 대답하고 일어났다. 다리가 휘청거렸지만 힘껏 힘을 주었다.

문을 닫기 전에 다시 한 번 침대에 누워있는 게스케의 몸에 시선을 던졌다. 자신이 알고 있던 몸보다 훨씬 작다는 생각이 든다.

담당자가 데려간 세 평 정도의 작은 방에는 게스케의 아버지와 여동생이 하즈키를 기다리고 있었다. 탁자에는 푸른 색 테두리의 찻잔이 두 개 놓여 있었다. 찻잔은 이미 비어 있었으며, 안쪽에는 차 앙금의 선명한 얼룩이 남아 불결해 보였다.

나카자와 다이조는 하즈키를 보자 눈을 내리깔았다.

"자, 앉아라."

피곤이 가득 담긴 목소리로 다이조가 말했다. 시누이는 입술을 꾹 다물고 있었다. 립스틱도 바르지 않은 입술이 오열을 참는 듯 조금씩 떨리고 있었다.

하즈키는 입구에서 가장 가까운 파이프 의자에 손을 뻗었다. 의자를 살짝 당길 셈이었는데 깜짝 놀랄 만큼 큰 소리가 났다.

"아까 경찰에게 설명을 들었다. 게스케는 독을 마신 모양이야. 자세한 것은 해부를 해봐야 알겠지만 청산가리 같다고 하는구나."

다이조가 나지막한 목소리로 말하기 시작했다.

"야겐 온천 근처에 있는 민가의 툇마루에 쓰러져 있었다는구나. 식료품을 배달하러 온 사람이 오늘 아침 시신을 발견했다는데 미카미네 집이 아닐까 싶다."

다이조는 하즈키를 살피는 듯한 눈으로 바라보았다. 무언가를 아는 것은 아닌지 묻고 싶은 표정이었다. 하즈키는 시선을 피했다.

"자살인가요?"

"그건 이제부터 조사할 모양이다. 청산가리는 대학병원이라면 쉽게 구할 수 있는 것이라 자살로도 볼 수 있다고는 하더구나."

다이조는 어깨를 늘어트렸다.

"게스케에게 죽어야만 하는 이유가 있었던 것일까. 히로시가 그런 식으로 죽어서 낙심했을 것이라는 건 알지만……. 너는 아무 말도 듣지 못했니?"

다이조가 하즈키의 얼굴을 똑바로 바라보았다. 시누이도 하즈키를 곁눈질하고 있다는 것이 느껴졌다.

감염

하즈키는 탁자로 시선을 떨어트렸다. 이 두 사람에게 무엇을 어떻게 설명해야 할지 알 수 없었다. 히로시의 유괴, 게스케의 실종과 죽음. 너무나도 많은 일이 단 보름 사이에 일어났다. 각각의 사건이 개별적으로는 이해가 되었다. 하지만 그것들이 어떤 관계가 있는지는 알아내지 못했다. 관계가 있음이 분명하지만, 자신에게는 아무것도 보이지 않았다.

탁자 아래에서 두 손을 꽉 잡았다.

"하즈키."

다이조가 불렀다.

"나는 게스케가 왜 죽었는지 그것만이라도 알고 싶구나. 일전에 우리 병원 간호사가 뒤쪽에 있는 낡은 건물에서 게스케와 비슷한 남자를 보았다는 말을 했었지. 그 일을 아까 경찰에게 얘기했다. 너도 뭔가 아는 게 있다면 모두 경찰에게 얘기해라."

온화한 목소리이기는 했지만 다이조의 목소리에는 강한 결의가 담겨 있었다.

목구멍 속에서 무거운 덩어리가 치밀어 올랐다.

"언니."

시누이도 불렀다.

하즈키는 눈을 꽉 감고 머리를 숙였다. 두 사람의 얼굴을 제대로 볼 수가 없었다.

15

캠퍼스에는 어느새 가을 기운이 물씬 풍겼다. 은행나무가 황금색으로 물들려면 아직 더 있어야 했지만 바람에는 어렴풋이 냉기가 섞여 있었으며, 학생들의 옷차림은 반소매에서 긴소매로 바뀌었다. 얇은 카디건을 걸친 여학생도 있었다. 곧 코트가 필요한 계절이 될 것이다.

계절이 바뀌든 말든 그것은 아무래도 좋았다. 게스케가 왜 죽었는지 확실히 알 때까지는 다른 일을 생각할 수 없었다. 해부를 통해 사인이 청산가리 중독이라는 사실은 밝혀졌지만 그런 것은 문제가 아니다. 누가 게스케를 죽였는지 그것을 알고 싶을 뿐이다. 자살설이 있기는 하지만 그 말을 믿고 싶지 않았다. 게스케에게는 꼭 해야 할 일이 있었다. 미카미네 집에서 그가 그렇게 말했었다. 그런 사람이 스스로 목숨을 끊을 리 없다. 그리고 무엇보다도 청산가리를 입수한 경로도 아직 확실하지 않았다.

대학에 나온 것은 마음을 가라앉히기 위해서였다. 실험실 창문을 닫고 새끼손가락 정도의 작은 플라스틱 시험관에 C형 간염 바이러스가 들어 있는 배양액을 따랐다. 피펫을 잡고 투명한 액체를 10분의 1밀리리터씩 시험관에 정확하게 투입했다.

단순한 작업에 몰두하다 보면 짧은 순간이기는 하지만 아픔이 덜해진다.

뒤에서는 냉정한 여자라고 손가락질하고 있다는 것은 알고 있다. 부끄러운 줄도 모른다고도 하겠지.

휴직신청서를 낼 마음은 없었다. 피펫을 잡고 약품냄새라도 맡지 않으면 제정신을 유지할 수 없을 것 같았다.

그럼에도 피펫을 잡은 손이 자신도 모르게 멈추는 순간이 있다. 그럴 때마다 뇌리에 스치는 것은 이주일쯤 전의 장례식이었다. 상주인 시아버지와 친족만 참여한 장례식은 아오모리 시내의 장례식장에서 담담하게 치러졌다. 모두 게스케의 죽음을 어떻게 받아들여야 할지 모르겠다는 듯, 참석자의 눈에는 슬픔이 아니라 당혹감이 어려 있었다. 노골적으로 성가신 표정을 짓는 사람조차 있었다. 의문의 죽음은 다른 사람의 마음속에도 석연치 않은 감정을 남긴다.

게스케의 유골은 핫코다 산의 산기슭에 있는 선조 대대로 이어온 묘지에 안치되었다. 장례식 이후 그곳을 한 번도 찾지 않았다. 검고 차가운 묘석을 만지면 어쩔 수 없이 게스케의 죽음을 실감하게 되기 때문이다. 게스케는 언젠가 돌아올 것이다. 그런 헛된 망상이라도 계속 갖고 싶었다.

망상이 현실로 바뀔 리 없다는 것은 누구보다도 자신이 가장 잘 알고 있다. 아침에 눈을 떠 게스케가 옆에 없다는 사실을 깨달을 때, 한밤중에 귀가해 간단한 식사를 마치고 밥그릇을 달랑 하나만 씻을 때, 그럴 때마다 가슴이 찢겨나가는 듯한 통증을 느꼈다. 통증이 옅어지는 날이 올 것이라는, 그런 날이 왔으면 좋겠다는 생각은 할 수 없었다.

아오모리 현 경찰서에서는 지금도 수사가 계속되고 있었다. 하즈키도 몇 차례 사정청취를 받았다. 미카미에게 전화를 해서 야겐에 있는 집에 대해 알아냈다는 것, 오소레잔에서 게스케를 만난 일 등을 숨기지 않고 얘기했다. 그 이상의 일은 하즈키도 알지 못했다. 형사는 게스케가 왜 깊은 산속에서 살려고 했는지 재차 물었지만 대답할 방법이 없었다.

이상한 일은 또 한 가지 있었다. 미카미에게 빌렸다는 집에는 모두 새것뿐인 생활용구와 진찰에 쓰이는 도구 한 벌이 남아 있었다. 그런데 이불과 베개, 의자 등이 모두 두 사람분이 마련되어 있었던 것이다. 그 의미도 알 수 없었다. 게스케는 그 집에 자신을 불러들일 생각이었던 것일까. 때가 되면 모두 얘기해주겠다고 했었으니까. 노송나무숲에 둘러싸인 낡은 집. 좀처럼 사람이 드나들지 않는 곳. 그런 장소에서 살려고 했던 것에는 무언가 의미가 있었던 것일까.

아오모리 현 경찰서뿐 아니라 경시청에서도 게스케의 죽음을 조사하는지 사흘에 한 번꼴로 찾아오고 있었다. 스즈모리에게도 아는 것은 모두 얘기했다. 그러나 수사에 조금도 진척이 없는 듯 스즈모리는 초조함을 노골적으로 드러내고 있었다. 그리고 스즈모리는 아직도 게스케를 유괴살인사건의 용의자 중 하나로 보고 있었다. 게스케의 죽음과 유괴살인사건. 두 사건 사이에 어떤 관련이 있는 것일까.

하즈키는 한숨을 쉬었다.

모든 것이 밝혀졌으면 좋겠다. 하지만 그때 자신이 사실을 받아들일 수 있을지 어떨지는 알 수 없다. 무서운 일이라면 차라리 알고 싶지 않다는 생각도 들었다.

50개의 시험관에 모두 바이러스 액을 투입하고, 하즈키는 일단 대기실로 돌아와 논문을 쓰기 위한 자료를 정리하기로 했다.

대기실에서는 사쿠라기 에이코가 진지한 표정으로 영어로 된 문헌을 읽고 있었다. 자신의 책상에서 등을 구부린 채 외국 연구자의 논문을 뚫어지게 바라보고 있다. 하즈키가 방에 들어왔는데도 알아차리지 못한 듯했다.

최근의 에이코에게는 소름끼치는 면이 있었다. 혼자서 실험방법을 알아내겠다는 말은 빈말이 아니었던 듯 열심히 실험실을 뛰어다녔다. 밤샘도 자주 하는 모양으로 눈 밑이 거뭇해져 있는 날도 드물지 않았다.

에이코와는 반대로 마나베는 완전히 의욕을 잃고 있었다. 예전처럼 무단결근도 밥 먹듯 했다. 오늘도 점심때가 지났음에도 아직 모습을 드러내지 않고 있었다.

하즈키는 자신의 책상 앞에 앉아 맨 아래 서랍에서 두툼한 파일을 꺼냈다. 최근 반년 동안의 실험 데이터를 모아놓은 것이다. 이 안에서 필요한 데이터를 정리해 미국 과학 잡지에 논문을 투고할 생각이었다.

그러나 지금은 아직 무리다. 하지만 언젠가는 마음을 정리하고, 새로운 생활을 향해 발을 내딛어야 한다. 평균수명까지 살게 된다면, 아직 인생의 절반쯤밖에 오지 않았다. 한탄하고 슬퍼하며 보내기에는 너무나도 긴 세월이 기다리고 있다.

하즈키는 서랍을 세게 닫았다. 생각지 않게 큰 소리가 났다.

그 소리에 겨우 하즈키의 존재를 깨달았는지 에이코가 고개를 들었다. 예쁜 입술에는 립스틱을 바른 흔적이 없었다. 파운데이션조차 바르지 않았다. 볼 언저리의 희미한 주근깨 때문인지 에이코의 얼굴이 어려보인다.

에이코는 펜을 내려놓으며 말했다.

"나카자와 씨, 저 다음 달쯤부터 쉬게 될지 모르겠어요."

"네? 왜요?"

"개인사정 때문에요."

에이코는 딱딱한 말투로 말하고 하즈키에게서 등을 돌렸다.

하즈키는 데이터를 정리하는 작업을 시작했다. 우선 논문에 쓸 만한 데이터를 뽑아내고 다른 파일로 옮겼다. 데이터는 숫자만이 아니었다. 유전자 샘플을 전기로 분리한 결과를 찍은 사진, 바이러스의 현미경 사진 등도 파일에 들어 있었다.

그 가운데 한 장의 사진을 본 하즈키는 깊은 한숨을 내쉬었다.

작년 말에 게스케에게서 의뢰받았던 혈액을 분석한 데이터였다. 보관창고의 냉동고도 조사했지만 결국 튜브는 나오지 않았다. 주위 사람에게도 물어보았지만 아무도 모르는 것 같았다. 실수로 버렸는지도 모른다. 중요한 것이라고 생각하지 않았기 때문에 가능성이 있는 일이다.

에이코는 한동안 논문을 읽더니 가운을 입고 대기실에서 나갔다.

하즈키가 의자 등받이에 막 몸을 기대려는 순간 연구실 문이 열렸다.

스즈모리 형사가 서 있었다.

"무언가 새로운 사실이라도 있나요?"

하즈키의 말에 스즈모리가 고개를 끄덕였다. 젊은 형사를 데리고 서슴없이 연구실로 들어왔다. 스즈모리는 양해도 없이 의자에 앉더니 말했다.

"오늘 아침 아오모리 현 경찰서에서 감정결과가 나왔습니다."

"무슨 감정 말인가요?"

"나카자와 씨 본가 병원의 낡은 소각로에서 나온 재를 감정한 겁니다. 분석 작업이 까다로워서 시간이 걸렸지만……."

스즈모리는 하즈키의 얼굴을 똑바로 바라보았다.

"재 안에 인체의 조직이 섞여 있었습니다. 하라시마 히로시 것이 틀림없다고 합니다."

하즈키는 이를 악물었다.

각오는 되어 있었다.

"히로시 군이 없어진 날 밤 새벽 무렵에 나카자와 씨와 비슷한 남자를 보았다고 간호사가 증언했었죠? 나카자와 씨가 부인과 말다툼을 한 후 집을 나간 것이 밤 8시가 조금 지난 시간. 속도를 내면 아오모리까지 가는 게 불가능한 일은 아니죠. 그리고 화장한 유골을 단지에 넣어 다음 날 도야마 공원까지 가는 것도 가능하죠. 나카자와 씨 것으로 보이는 자동차가 도호쿠 자동차 도로에서 한밤중에 주유소에 들린 사실이 밝혀졌습니다. 그가 아들을 죽인 것이 확실합니다."

"화장만 했을지도 모르잖아요."

"뭐, 그렇지요. 하지만 그보다 문제는 동기죠."

"그리고 그가 살해된 이유."

"아니, 그는 분명히 범행과 관련이 있습니다. 수사는 계속하겠지만 저는 자살이었다고 해도 이상할 게 없다고 생각합니다."

그럴 리 없다.

하즈키가 입을 열려고 했을 때, 스즈모리의 휴대전화가 울렸다.

스즈모리가 슈트 안주머니에서 전화를 꺼내 귀에 댔다.

"뭐라고!"

스즈모리가 소리쳤다. 그러자 옆에 있던 젊은 형사는 겁먹은 듯 몸을 움츠렸다.

"그것을 이쪽 팩스로 보내줘. 최대한 빨리!"

스즈모리가 휴대전화를 귀에서 떼고 하즈키에게 말했다.

"여기 팩스 번호는?"

스즈모리는 하즈키가 가르쳐준 번호를 불러주고 전화를 끊었다.

"무슨 일인가요?"

"잠깐 기다려 보세요. 지금 팩스가 올 겁니다."

스즈모리는 입을 다물고 방 한구석에 있는 팩스 앞으로 걸어 갔다. 잠시 후 전자음이 울리고 팩스가 들어오기 시작했다.

하즈키도 팩스 앞으로 갔다. 스즈모리와 나란히 종이가 나오 기를 기다렸다. 신문을 복사한 듯했다.

'히로시 군 사건, 의사인 친부의 유서발견'

'장기매매를 인멸'

삑 소리와 함께 수신이 끝났다. 스즈모리가 팩스용지를 잡아 뜯어 탁자 위에 놓았다. 머리기사 옆에 실린 얼굴 사진. 그것은 게스케가 틀림없었다.

하즈키는 신중하게 기사를 읽었다.

'마이아사 신문사는 1일 사망한 나카자와 게스케 전 도토대 학 의학부 조교수의 유서를 입수하는 데 성공했다. 유서에는 자신의 친아들이자 최근에 살해된 하라시마 히로시 군(5세) 을 미국 세인트 찰스병원(피츠버그 소재)에 소개하고, 남미의 업자를 통해 불법으로 매매한 심장으로 이식수술을 받게 했 다. 또한, 세인트 찰스병원의 장기매매가 세상에 드러나기 전 에 증거인멸을 꾀하고자 히로시 군을 살해했다는 내용이 쓰여 있었다. 나카자와 전 조교수는 지난달 아오모리 현 무쓰 시에 서 독극물 중독으로 사망했다.'

"빌어먹을! 어째서 이런 기사가."

스즈모리가 주먹으로 탁자를 쳤다.

"우선은 학부장의 얘기를 들어보아야 하지 않겠습니까?"

젊은 형사가 말했다.

"그렇군. 부인, 나중에 다시 오겠습니다."

스즈모리는 서둘러 복도로 나갔다.

하즈키는 의자에 앉았다. 몸이 붕 떠있는 것이 마치 자신의 몸이 아닌 듯했다.

유서? 그런 것이 발견됐다니 처음 듣는 이야기였다. 게스케가 히로시를 죽였다고? 그런 말도 안 되는 일이 있을 리 없다. 그리고 장기매매라니 대체⋯⋯.

여러 가지 의문이 서로 얽혀 머리가 제대로 돌아가지 않았다.

진정해야 해.

의식적으로 심호흡을 해보았지만 심장의 고동은 빨라질 뿐이었다.

게스케가 살인범이라니 믿을 수 없다. 그러나 눈앞에 있는 신문은 그것이 진실이라고 주장하고 있었다. 하지만 뭔가 석연치 않은 느낌이 들었다. 유서라고 하지만 그것을 누구에게 맡겼다는 것일까. 하즈키는 다시 한 번 기사를 읽어보았다.

기사에 따르면 게스케는 가와쿠보 시온도 세인트 찰스병원에 소개했다고 한다. 그리고 가와쿠보네 집에 방화한 것이 자신이라는 것도 고백하고 있다고 한다. 게스케는 장기매매의 살아있는 증거인 아이들을 살해하고, 그 죄책감에 못 이겨 스스로 목숨을 끊었다. 몇 번을 읽어도 그렇게 쓰여 있다.

아오모리지국의 기자가 쓴 기사도 실려 있었다. 게스케의 본가에서 경영하고 있는 아오모리 시내 병원의 소각로에서 인골 조각이 발견되었다고 한다. 경찰은 하라시마 히로시의 유골 일부로 보고 수사를 진행하고 있다는 내용으로 기사는 끝나 있었다.

말도 안 돼!

관자놀이의 혈관이 꿈틀거렸다.

용서할 수 없어. 이런 엉터리 기사 따위 용납할 수 없어.

장기매매가 있었는지 어떤지는 모른다. 아니, 오소레잔에서 게스케를 만났을 때의 일을 생각하면 가능성은 있다. 옳고 그름은 차치하고 게스케는 어떻게 해서든 히로시를 살리고 싶어 했다. 오소레잔에서 만났을 때, 자신이 한 것은 옳은 일은 아니었다고 말했었다. 장기를 샀다 해도 이상할 것 없었으며 실제로 그렇게 했는지도 모른다. 거기까지는 인정할 수 있다. 그러나 게스케가 아이들을 죽였다는 사실은 받아들일 수 없다. 게스케가 왜 그런 짓을 하겠는가. 장기매매의 살아있는 증거를 처리하기 위해서라는 발상은 너무나도 황당무계하다. 정상적인 인간이 생각할 수 있는 일이 아니다.

하즈키는 팩스를 탁자에 던지고 휴대전화로 가쓰지에게 전화를 했다. 다행히도 가쓰지가 전화를 받았다.

"그 기사 뭐야? 네가 쓴 거지?"

하즈키는 나직한 소리로 말했다.

"벌써 봤어? 진정해, 하즈키. 사실을 받아들여야 해."

"웃기지 마. 너한테 제대로 설명을 듣고 싶을 뿐이야. 경우에 따라서는 너를 고소할 수도 있어. 그런 엉터리 기사를 쓰다니 용서 못 해."

가쓰지가 마른침을 삼키는 소리가 들려왔다.

"내 취재는 틀림없어. 증거도 없이 기사를 쓸 수 있겠어?"

증거라……. 확실히 마이아사 같은 큰 신문사가 완전히 지어낸 얘기를 지면에 실을 리는 없다.

"그럼 설명해봐."

하즈키는 차갑게 말했다.

"오늘 점심때쯤 미국에서 세인트 찰스병원의 원장이 체포됐다는 속보가 들어왔어. 그리고 오늘 아침, 아오모리 현 경찰이 병원 소각로에서 인골을 발견했다는 특종을 아오모리지국 기자가 보내왔지. 원래 유서발견에 대한 기사는 기시카와 씨의 코멘트를 받은 다음에 내일 자 조간에 낼 예정이었는데, 뉴스는 타이밍이라는 게 있어서 말이야. 너에게 사정을 설명해야 한다는 생각은 했지만 그럴 시간이 없었어. 그 점은 사과할게."

"그런 말은 듣기도 싫어. 그 사람이 살인했다니, 그런 말도 안 되는 짓을 할 리가 없어."

'살인'이라는 말을 입으로 내뱉으니 눈물이 나올 듯했지만 울고 있을 때가 아니었다. 게스케가 범인 취급을 받는 것을 가만히 보고만 있을 수는 없었다. 하즈키는 배에 힘을 주며 눈물을 삼켰다.

"유서를 보여줘. 그의 필적인지 직접 봐야겠어."

가쓰지는 아무 말이 없었다.

"왜 보여주지 못하는 거지? 네가 유서를 날조했기 때문에? 너라면 얼마든지 그런 짓을 할 수 있을 거야. 네 머릿속에는 다른 신문사보다 먼저 특종을 터뜨리겠다는 생각밖에 없을 테니까. 특종을 위해서라면 무슨 짓이든 하겠지."

"아니야!"

가쓰지의 목소리가 거칠었다.

"유서는 정말 있었어. 워드프로세서로 작성된 것이지만."

"워드프로세서로 쓴 유서라면 얼마든지 위조할 수 있잖아. 그 거, 어떻게 입수한 거지?"

"정보제공자는 밝힐 수 없어. 그것이 신문사의 규정이야. 미안하지만 당사자나 친구라도 가르쳐줄 수 없어. 그리고 믿을 만한 소식통으로부터 받은 거야. 너에게는 안됐지만 우리는 기사에 대한 확신을 갖고 있어."

"그런 설명으로 내가 이해하리라고 생각해? 무엇보다 나한테 쓴 유서조차 없었어. 이상하다는 생각 안 들어?"

휴대전화를 복도에다 내동댕이치고 싶다. 아니, 가쓰지의 얼굴을 힘껏 때려주고 싶다.

"하즈키…… 괴로운 마음은 알겠지만 이건 사실이야."

"뭐가 사실이야? 진실이 사실이잖아. 그러니 그 기사는 사실이 아니야."

"하즈키!"

가쓰지가 계속해서 무슨 말인가를 했지만, 더는 얘기 해보았자 소용없다고 생각했다.

하즈키는 전화를 끊었다. 전화기를 바지 뒷주머니에 넣고 계단으로 향했다.

학부장실의 두터운 문을 노크하려고 하는 순간 방안에서 고함이 들렸다.

"대체 어떻게 된 일이야! 내일 조간이라고 말했잖아."

기시카와의 목소리였다.

하즈키는 귀를 기울였다.

"나도 준비라는 게 있는데 어떻게 할 거야. 다른 매스컴에서 기자회견을 하라며 몰려들고, 경찰도 곧바로 달려왔어. 할 얘기가 없다며 돌려보내기는 했지만 말이야. 도대체 어떻게 할 거야."

책상을 치는 듯한 소리가 났다.

하즈키는 문을 밀고 안으로 들어갔다. 비서인 미즈사와 유키코가 놀란 듯 일어났지만 개의치 않고, 방 안쪽에 있는 기시카와의 책상으로 걸어갔다.

책상 앞에 앉아있던 기시카와가 하즈키를 보고 두 눈을 크게 떴다.

"어쨌든 당신네 사장에게 항의하겠어."

기시카와는 전화기를 내던지듯 제자리에 놓고, 두 손을 깍지 끼며 하즈키를 쏘아보았다.

"그 모습을 보니 신문을 읽었나 보군."

하즈키는 눈으로 대답했다.

"나카자와는 참으로 어처구니없는 짓을 저질렀어. 장기매매에 손을 댄 것도 모자라 아이들을 죽이다니, 제정신이 아니야. 기르던 개에게 손을 물린 기분이야. 자네도 말릴 수 없었단 말인가?"

기시카와의 볼이 떨리고 있다. 이마에 배어 나온 땀을 닦으려고도 하지 않는다. 그 모습을 보고 있는 동안 하즈키의 마음이 냉정함을 되찾았다. 지금 해야 할 일은 분노를 터트리는 일이 아니다.

"선생님, 지금 전화한 사람 마이아사 신문기자죠? 기사가 나오는 것을 알고 있었나요?"

기시카와는 팔짱을 끼고 의자 등받이에 몸을 기댔다.

"오늘 아침, 갑자기 마이아사 신문에서 전화가 왔었네. 유서가 발견됐으니 그것에 대해 기사를 쓰겠다고 말이야. 놈은 나의 코멘트를 원한다고 했지. 그럴 필요는 없었지만 난 승낙했어. 사실관계를 확인한 다음, 저녁까지는 코멘트를 하겠다고 말했네."

"왜 그런 일을?"

"시간이 필요했어. 설사 사실이라도 그런 기사가 신문에 나가면 얼마나 성가시겠나. 아는 정치가에게 부탁해 마이아사 신문에 압력을 넣어 기사를 쓰지 못하게 할 셈이었지. 기자는 내가 코멘트를 하면 기사는 내일 자 조간에 싣겠다고 약속했거든. 그래놓고 말이야……."

기시카와는 으르렁거렸다.

"정말로 이게 무슨 꼴인가. 갑자기 이런 기사가 나오면 대학이 어떻게 대응할 수 있겠느냐고. 아까부터 학장실 전화가 불이 난 모양이야. 전화만이 아니야. 곧 있으면 매스컴 떼거지가 이리로 밀어닥칠 걸세. 경찰에서도 조사를 나올 테고 말이야."

"선생님, 유서가 어디에 있었습니까? 이제 와서 그런 게 발견되다니 이상하네요."

"내가 어떻게 알겠나. 경찰도 몰랐을 텐데. 대체 신문사가 어떻게 그런 것을 발견한 건지… 혹시 자네한테 보낸 유서는 아니겠지?"

"말도 안 돼요!"

그때 기시카와의 책상 위에서 전화가 울렸다.

"네, 곧 준비하겠습니다. 회의실을 이용하면 되겠습니까?"

겨우 한두 마디를 하고 기시카와는 전화를 끊었다.

"지금부터 학장과 기자회견에 관한 의논을 할 거야. 자네는 잠시 어디 호텔에라도 머물고 있게. 어차피 자네한테도 매스컴 떼거리가 찾아갈 테니 말이야. 그들에게 괜히 쓸데없는 얘기를 하지 말게. 끝까지 노코멘트로 밀고 나가란 말일세, 알겠나?"

"전……." 하즈키는 기시카와를 똑바로 바라보았다. "피하거나 하지 않아요. 그의 억울한 누명을 호소할 거예요."

기시카와가 어이없다는 듯 입을 벌렸다.

"자네, 말도 안 되는 소리 말게! 그런 것은 용납할 수 없어. 살인사건도 그렇지만 장기매매가 연관되어 있단 말일세. 대학이 관여했다는 의심만큼은 절대로 받을 수 없다고. 사실 나도 아무것도 모르고 말이야. 이렇게 되면 나카자와의 독단이었다는 것을 세상에 알릴 수밖에 없어."

"무슨 말씀이세요! 무엇보다 선생님 역시 장기매매에 관여하지 않았나요? 미야와키 데쓰시라는 아이……. 그 아이는 선생

님이 미국의 병원에 소개했잖아요. 그 아이 부모에게 들었어
요."

"그건……."

기시카와의 눈빛이 순간 흔들렸다. 그러나 곧바로 냉정함을
되찾고 하즈키를 쏘아보았다.

"난 나카자와를 믿었을 뿐이야. 장기매매를 하고 있을 줄은
꿈에도 몰랐지. 그가 아는 이식전문의를 소개받았을 뿐이라고.
뭐, 그런 놈을 믿은 내게 잘못이 있다고 한다면 그건 어쩔 수 없
지만."

하즈키는 말문이 막혔다.

정말로 그렇게 된 것일까. 게스케가 모든 일을 혼자서 처리한
것일까. 도저히 그렇게는 생각할 수 없었다.

"자, 이제 그만 가보게. 그리고 잠시 모습을 감추고 있어. 부
디 매스컴에 쓸데없는 얘기를 하지 않기를 바라네. 자네의 장래
를 생각하는 게 좋을 거야."

기시카와는 툭툭 불거진 손가락으로 하즈키를 가리켰다.

"자네나 나나 모두 피해자야. 나카자와라는 남자에게 속은 거
지. 그런 남자를 감싸줄 필요가 전혀 없단 말일세."

이래서는 얘기가 되지 않는다.

하즈키는 돌아서서 복도로 나갔다.

밖으로 나와 병원 뒤에 있는 벤치에 앉았다. 혼자가 되니 눈물
이 나왔다. 따뜻한 것이 볼을 타고 내려와 바지를 적신다.

게스케와 무관하다고 할 수 없다는 것은 알고 있다. 게스케의
죽음과 유괴살인사건에는 어떤 연관이 있을 것이다. 하지만 적
어도 친자식을 죽였을 리는 없다. 그렇게 생각하다가 하즈키는
숨을 삼켰다.

반대로 죽이지 않았다는 증거는 있는 것일까. 차분하게 생각

해볼 필요가 있었다. 아무도 도와주지 않는다. 납득할 만한 대답을 스스로 찾을 수밖에 없다.

장기매매와 두 아이의 죽음. 그리고 게스케의 죽음은 어떤 관계가 있을까.

게스케가 아이들을 죽였다고는 생각할 수 없다. 그 중 한 사람은 자신의 피를 나눈 아들이다. 아무리 그래도 친자식에게 손을 댄다는 것은 있을 수 없는 일이다. 게다가 장기매매가 세상에 알려질 위험성을 게스케가 생각하지 못했을 리 없다. 사실이 밝혀지기 전에 아이들을 이 세상에서 사라지게 한다는 무모한 방법을 게스케가 취할 리 없다.

가와쿠보 시온과 그 부모를 죽인 것도 게스케라고는 생각할 수 없었다. 그날 밤, 전화를 받고 게스케가 집을 나간 것은 사실이지만 느닷없이 집을 나가 방화 살인을 했다는 것은 너무 말도 안 되는 이야기다. 만일 자신이 방화하려고 한다면……. 하즈키는 이리저리 생각을 굴렸다. 좀더 일찍 나가서 가와쿠보네 집 주위를 살피며 치밀한 준비를 하겠지. 게스케도 그렇게 했을 것이다.

하즈키는 천천히 고개를 들었다. 떨리는 손을 진정시키며 담배에 불을 붙였다. 연기를 가슴 속까지 깊이 들여 마시고 눈을 감는다.

자신은 게스케를 믿고 있다. 기사의 내용이 사실이라고는 도저히 생각할 수 없다. 하지만 정말 게스케를 믿어도 될까. 만일 게스케가 살인자였다고 한다면……. 정말로 정신이 이상해질 것 같았다. 그러나 게스케가 살인자라는 오명을 쓰도록 놔둘 수는 없었다. 자신이 진실을 알아낼 수밖에 없다.

담배를 재떨이에 조심스럽게 끄고 하즈키는 심호흡을 했다.

지금 자신은 무엇을 할 수 있는 것일까. 진실을 알려면 무엇을 하면 될까.

하즈키는 휘청거리며 일어나 걷기 시작했다. 그때 택시가 한 대, 병원 현관으로 미끄러져 들어왔다. 낡아빠진 슈트로 몸을 감싼 중년 남자와 커다란 카메라를 안은 남자가 급하게 병원 안으로 뛰어들어갔다. 발 빠르게 신문사가 모여드는 모양이었다. 검은색 하이어가 한대 들어왔다. 신문사의 깃발을 보고 하즈키는 다가갔다. 마이아사 신문사의 경쟁사였다.

하즈키는 하이어로 다가가 막 내린 젊은 기자에게 말을 걸었다.

"저……."

기자는 노골적으로 귀찮은 표정을 지었다.

"무슨 일이죠? 좀 바쁜데요."

"나카자와 건으로 오셨죠? 전, 나카자와의 아내입니다. 할 말이 있어서요."

기자가 두 눈을 크게 떴다.

"잠깐, 하이어에 타시지 않겠습니까?"

기자는 다른 사람의 이목이 꺼려지는 듯 말했다.

하이어의 뒷좌석에 앉자 기자는 재빨리 수첩을 펼쳤다.

"이번 일에 대해 부인은 어떻게 생각하십니까?"

"그런 게 아니라요."

"역시 충격을 받으셨겠죠. 남편 분이 친자식을 죽이다니. 더구나 장기매매 같은 것을 하고 있었으니 말이죠. 아, 하지만 부인을 비난하는 건 아닙니다. 솔직한 심정을 듣고 싶을 따름입니다."

하즈키는 다그치듯 말하는 기자를 제지했다.

"그러니까 그게 아니란 말에요. 마이아사 신문의 기사는 엉터리에요."

기자가 어이없다는 듯 입을 열었다.

"대체 무슨 말씀을······."

"유서 따위, 전 본 적이 없어요. 게다가 마이아사 신문 기자에게 확인했더니, 워드프로세서로 작성한 거라고 하더군요. 그런 건 얼마든지 날조할 수 있잖아요."

"그, 그렇습니까? 그럼 진짜 유서를 부인이 가지고 계신 건가요?"

기자가 몸을 쑥 내밀었다.

"아뇨. 그런 것은 없지만 어쨌든 그것은 허위기사예요."

"그럼, 날조했다는 증거는요?"

"그런 건 없지만 조사하면 분명히 알 수 있어요. 내가 할 수 없으니까 당신에게 부탁하는 거예요. 조사해서 보도하는 것이 신문사의 일이잖아요."

"하지만, 증거가 없으면 말이죠. 뭐, 조사는 해보겠습니다. 그보다 코멘트 부탁합니다. 시간이 없거든요. 이제 곧 기자회견이 시작되니 가야 합니다. 게다가 날조했느니 어쩌니 그런 얘기는 쓰고 싶지 않으니, 우리 같은 신문 말고 주간지에 제보하는 것이 좋을 겁니다. 신문은 증거가 없는 단계에선 기사를 쓰지 않으니까요."

하즈키는 노여움으로 얼굴이 달아오르는 것을 느꼈다. 어째서 믿어주지 않는 것일까.

"이제 됐어요."

하즈키는 하이어 문을 거칠게 열었다.

아까부터 현관 초인종이 쉬지 않고 울리고 있었다. 전화도 수없이 걸려왔다. 하지만 대응할 마음이 없었다. 대학에서 몇몇 신문사 기자에게 말을 꺼내보았지만, 하나같이 처음에 얘기한 기자와 똑같은 반응을 보였다. 코멘트, 코멘트, 코멘트! 모두

한 가지밖에 모르는 사람들처럼 코멘트를 요구하는 것에 이제 질렸다. 자신의 얘기에는 제대로 귀를 기울여주지도 않았다. 모두가 하나같이 게스케를 살인범으로 생각하고 있었다. 마이아사 신문이 그토록 영향력이 있는 것일까.

하즈키는 텔레비전을 켰다.

뉴스는 모두 끝났다. 이제 텔레비전을 켜도 소용이 없다.

다른 방송국의 프로그램을 빠짐없이 살펴보았다. 도토대학에서 열린 기자회견 모습도 방영되었다. 화면에 비친 기시카와는 못마땅한 얼굴로 세인트 찰스병원이 장기매매를 하고 있었다는 사실을 몰랐다며, 모든 것은 나카자와 게스케가 단독으로 벌인 일이라고 말했다.

그럴 리가 없어. 당신은 회피하고 있을 뿐이야.

화면을 향해 침이라도 뱉어주고 싶었다.

어느 뉴스에서도 미야와키 데쓰시의 이름은 한 번도 나오지 않았다. 필시 기시카와가 의도적으로 언급하지 않았을 것이다.

뉴스는 세인트 찰스병원에서 무슨 일이 벌어졌는지도 상세하게 설명해주었다. 미국에서 보도된 내용을 재가공한 것이지만, 사실관계를 파악하는 데는 도움이 되었다. 세인트 찰스병원은 남미에서 아이들을 납치해 장기를 적출하고 있었다. 장기이식은 장기제공자와 이식대상 환자의 백혈구 유형이 비슷하지 않으면 거부반응이 일어난다. 그래서 그들은 현지에서 봉사활동을 가장해 건강검진을 무료로 해주고, 혈액을 채취한 다음 적당한 아이를 찾아냈다고 한다.

세인트 찰스병원에 입원하고 있던 아이가 무슨 병으로 사망할 때마다 뇌사였다고 신고하고, 자선사업을 가장한 근처 시설에 수용되어 있던 남미 아이를 한 사람씩 죽였다. 미국 경찰당국은 뇌사에 빠진 아이의 수가 세인트 찰스병원에서는 유달리 많다는 것에 의문을 시작으로 몇 개월 전부터 수사를 해왔고, 마침내 원장을 체포하기로 방침을 내렸다고 했다.

게스케의 마지막 말이 생각났다.

'어째서 이 손으로 이식할 수 없지?'

게스케는 그렇게 말했었다.

게스케가 이식에 필요한 장기를 원하고 있었던 것은 확실하다. 비상식적인 방법이기는 하지만 세인트 찰스병원은 장기를 확보하고 있었다.

하지만 뭔가 석연치 않은 느낌이 들었다. 건강한 아이를 죽이고 꺼낸 장기를 써서 이식수술을 하는 것을 게스케는 바랐던 것일까. 그런 일은 있을 수 없다고 생각했다. 장기를 제공해주는 사람이 적다는 데 분노를 느껴도, 사람을 죽여 장기를 꺼내는 일에 찬성할 리 없었다. 게스케의 생각 정도는 자신도 알 수 있다. 알고 있다고 생각한다. 그러므로 뭔가 조작이 있는 것은 분명한데 그것을 알 수가 없었다.

하즈키는 커피를 타려고 주방으로 갔다.

그때, 휴대전화가 울리기 시작했다.

가슴이 덜컹했다. 아까부터 집 전화는 계속 울리고 있었지만, 어차피 언론사일 것으로 생각해서 한 번도 받지 않았다. 현관 초인종도 무시했다. 기시카와의 권유에 따를 생각은 없었지만, 지금 기자들에게 무언가를 말할 심경이 아니었다. 그런 것보다는 먼저 해야 할 일이 있었다.

전자음이 계속 울렸다. 시곗바늘은 이미 12시를 지나고 있었다. 가쓰지라면 바로 끊어버리겠다고 생각하면서 발신자를 확인하니 등록되지 않은 이름이라고 표시되어 있었다. 하는 수 없이 통화버튼을 누르자 곧 여자 목소리가 들려왔다.

"나카자와 하즈키 씨?"

들어본 적 있는 목소리인데 생각이 나지 않았다. 약간 간사이 사투리가 섞여있는 이 목소리.

"저, 야겐 여관에서 전화번호를 받은 사람인디유."

겨우 생각이 났다. 여관의 프런트에 있던 그 여자다.

"너무 늦은 시간이라는 생각은 했지만, 아무래도 가만히 있을 수가 없어서……"

"무슨 일, 있나요?"

"댁 말이유……." 여자는 속삭이듯 말했다. "그때 누군가에게 미행당하고 있었어유."

"미행당하고 있었다니요?"

무심코 되물었다. 그리고 문득 떠올랐다. 같은 역에서 내려 택시를 기다리고 있던 남자가 있었다. 그 남자일까.

"실은 댁이 간 후에 중년 남자가 와서 말이유. 댁이 어디로 갔는지 이것저것 묻더라니까."

하즈키는 숨을 삼켰다.

"어째서 곧바로 알려주시지 않았나요?"

수초 간 침묵하더니 여자는 작은 소리로 말했다.

"그게 돈을 받아버려서 말이유……. 하지만 석간에 댁 남편의 유서가 나왔고, 뉴스에서도 여러 가지 얘기를 하니까, 어쩐지 무서워져서. 댁 남편이 죽었을 때는 마음이 조마조마했는데 결국 경찰은 여기 오지 않았지유. 이번에는 더는 숨기면 안 될 것 같아서 말이유."

"경찰에는?"

"아직 말하지 않았지만……"라고 여자는 순간 말을 우물거렸다. "나, 뭔가 죄를 저지른 걸까나. 이봐유, 내가 자진해서 경찰서에 가는 게 좋을 것 같수?"

"잠깐 생각 좀 해보고 나중에 다시 전화할게요. 알려줘서 정말 고맙습니다."

전화를 끊고 커피를 끓였다. 큼직한 컵에 커피를 충분히 따르고 소파로 돌아왔다. 컵을 기계적으로 입에 갖다 대며, 쓰기만 할 뿐 전혀 맛을 알 수 없는 액체를 조금씩 마셨다.

자신이 미행당하고 있었다. 그 의미를 여러 가지로 생각했다. 상대의 목적은 확실하다. 게스케가 있는 장소를 알아내려는 것. 그것 말고는 생각할 수 없다. 그리고 상대는 경찰관계자가 아니다. 경찰이었다면 여자에게 돈을 건네줄 리 없고, 게스케를 발견했다면 용의자로서 신병을 확보했을 것이다.

컵을 탁자에 놓고 눈을 감았다.

한 가지 확신을 얻을 수 있었다. 게스케는 살해된 것이다.

하즈키는 눈을 뜨고, 컵 바닥에 남아있던 커피를 마지막 한 방울까지 다 마셨다.

자신을 미행시킬 만한 사람이 한 사람 떠올랐던 것이다. 증거는 없다. 하지만 증거는 찾으면 된다.

하즈키는 컵을 개수대에 넣었다. 스테인리스 개수대는 형광등에 반사되어 희미하게 빛나고 있었다. 최근 사용하지 않아서인지 벽면에는 물방울 자국이 하얗게 남아있고, 물때 자국도 눈에 띄었다. 그래도 스테인리스는 빛나고 있었다. 그런 법이다. 거짓과 기만으로 단단히 도배해도 진상을 완전히 감출 수는 없다.

하즈키는 장식장에 놓여있던 차 열쇠를 집었다.

한밤의 대학은 쥐죽은 듯 고요했다.

하즈키는 경비실에서 일단 차를 세우고 머리가 반백인 경비에게 말을 걸었다. 오늘 밤 야근하는 사람이 낯익은 남자가 아니라서 다행이었다. 직원용 통행 스티커를 보여주자 경비는 문을 열어주었다.

"밤늦게 죄송해요. 실험실에 잠깐 볼일이 있어서요."

"열심이십니다."

졸린 듯 눈을 깜빡이면서 사람 좋은 미소를 짓는 경비를 향해 가볍게 인사를 했다. 자연스럽게, 끝까지 자연스럽게. 필사적으로 자신을 타일렀다. 미소를 지으려고 했지만 볼이 굳어있어서 잘되지 않았다.

"한 시간 정도 걸릴 거예요."

심장의 고동이 빨라졌다. 그러나 그것을 들켜서는 안 된다. 하즈키는 평상시처럼 짧게 경적을 울리고 액셀을 밟았다.

경비실에서 꽤 떨어진 장소까지 오자, 뒷좌석에서 아이다 요코가 몸을 일으키는 기척이 났다.

"나카자와 선생님……. 정말로 괜찮을까요?"

룸미러를 통해 아이다 요코가 몸에 덮고 있던 모포를 젖히고 손가락으로 앞머리를 가다듬는 것이 보였다.

"더 누워 있어. 누군가가 보면 안 되니까."

요코는 시위하듯 한숨을 내쉬고 누웠다.

"나카자와 선생님에게는 신세를 졌으니 어쩔 수 없지만."

모포 너머로 우물거리는 목소리가 들려왔다.

"미안하게 생각하고 있어. 하지만 꼭 아이다 씨 도움이 필요해."

혼자 사는 그녀의 아파트를 찾아가 학부장실에 같이 가달라고 부탁했을 때는 솔직히 도와줄지 어떨지 반신반의했다. 요코는 노골적으로 꺼렸다. 당연하다. 한밤중에 상사의 방에 침입하다니 정상적인 사무원이 할 짓은 아니었다. 그러나 결국 부탁을 들어주었다. 요코가 외모와는 달리 정이 많은 사람이라는 사실은 알고 있었다. 그것을 이용하는 것이 마음에 내키지 않았지만, 지금은 그런 것을 따질 때가 아니다. 부탁할 사람이 달리 없었다.

차를 주차장에 세워놓고 하즈키는 요코를 채근해 통용 출입구를 통해 건물로 들어갔다. 출입구 열쇠는 하즈키도 가지고 있었다.

먼저 야근 경비원이 있는 곳으로 향했다. 학부장실 열쇠가 필요했던 것이다. 유리창 너머로 안을 들여다보니 경비원은 파이프 의자에 앉아 졸고 있었다.

"잘해야 해. 부탁해."

하즈키는 계단 그늘에 숨어있는 요코에게 말하고 경비원에게 말을 걸었다.

"밤중에 죄송해요."

경비원이 벌떡 일어났다.

하즈키는 공손하게 머리를 숙였다.

"죄송하지만 잠깐 차 좀 봐주실래요? 돌아가려는데 시동이 걸리질 않네요. 어떻게 해야 할지 몰라서요."

"그거 참, 큰일이군요."

경비원이 의심하는 모습은 없었다.

"어디, 잠시 상태를 보러 갈까요. 이래 봬도 저, 차에 대해선 아주 잘 알거든요."

"아, 다행이네요."

안에서 나온 경비원을 재촉하듯 하즈키는 앞서서 출구로 향했다. 힐끗 뒤를 돌아보니 요코가 손가락으로 V자 표시를 하고 있었다.

이제 열쇠를 손에 넣을 것이다. 학부장실 열쇠가 걸려있는 곳에 다른 열쇠를 걸어두면 눈치 채일 염려는 없었다.

캄캄한 복도에 두 사람의 발소리가 울렸다. 형광등이 몹시 푸르게 보였지만 옆에서 걷는 요코의 볼은 그보다 더 창백했다. 평상시 입던 몸에 딱 붙는 옷이 아니라, 하즈키처럼 청바지와 티셔츠 차림에다 화장도 가볍게 했기 때문에 안색이 나빠 보이는지도 모른다.

손목시계를 확인했다. 새벽 2시가 넘어서고 있었다. 연구실이 있는 건물에는 아직 사람이 남아있을 가능성이 있다. 밤새워 실험하는 연구원은 어느 연구실이나 한두 사람 있게 마련이다.

병원에도 물론 당직 의사와 간호사가 있을 터이다. 그러나 학부장실과 사무실이 있는 이 건물에는 인기척이 없었다.

학부장실 앞까지 오자 요코는 겁먹은 눈으로 하즈키를 바라보았다. 막상 행동으로 옮기려고 하니 겁이 들었을 것이다.

"자, 서둘러."

미안한 마음이 들었다. 하지만 지금은 그런 것에 연연해 할 때가 아니다.

방으로 들어가자 요코가 불을 켰다. 갑작스런 불빛에 저절로 눈살이 찡그려진다.

"만일 경비원이 오면 기시카와 선생님에게 부탁받은 일이 생각나서 다시 왔다고 말하는 거야. 문이 잠겨있지 않았다면서 말이야. 나는 이 방에 불이 켜있어서 이상하다는 생각에 들러보았다고 할 테니까."

"그런 변명이 통할까요?"

"통하게 해야지."

"그렇군요."

요코가 단념하듯 고개를 끄덕였다.

"자, 서둘러. 기시카와의 책상에 있는 컴퓨터를 살펴봐. 아이다 씨, 암호 푸는 방법을 알고 있지? 이메일의 통신기록을 보고 싶어."

요코를 끌어들인 가장 큰 이유가 거기에 있었다. 요코는 제약부로 오기 전에는 대학 내 정보네트워크 관리를 했었다. 당연히 암호 푸는 방법도 알고 있다.

요코는 말없이 고개를 끄덕이고, 기시카와 책상에 있는 컴퓨터를 가동하기 시작했다. 강렬한 핑크색으로 물들인 손톱이 바쁘게 움직이자 화면이 연달아 바뀌었다.

"이거예요."

요코가 말했다.

하즈키는 요코의 손에서 마우스를 빼앗아 이메일의 발신인을 확인하기 시작했다. 기시카와가 장기매매에 관여했다는 직접적인 증거. 그것을 어떻게든 찾아내고 싶었다. 세인트 찰스병원과 주고받은 이메일이 있다면 그 증거가 된다. 기시카와는 영어를 잘하지 못한다. 연락할 때는 전화보다 이메일을 이용하고 있을 것이다.

하즈키의 손바닥에 땀이 배어 나왔다. 바지 뒷주머니에 손을 쓱 닦고 작업을 계속한다.

장기매매의 주범은 기시카와다. 하즈키는 그렇게 생각했다. 하즈키를 미행해 게스케가 있는 곳을 알아냈다. 그리고 게스케를, 그가 직접 한 것이 아니라 누군가를 시켜 살해했다. 돈으로 사람을 고용했을 수도 있다. 기시카와는 정치가와 상당한 친분이 있었기 때문에 뒷골목 세계와도 손이 닿아 있었을 것이다. 병원의 권력자 밑에는 실로 다양한 사람이 모여든다.

유서 위조도 기시카와의 소행이리라. 세인트 찰스병원이 적발돼도 유서를 신문사에 흘려 장기매매와 유괴살인죄를 게스케에게 뒤집어씌우면, 기시카와의 피해는 최소한으로 줄일 수 있다. 기시카와는 그렇게 해서 자신을 지키려고 한다.

모든 것이 추측에 불과하다는 것은 알지만 그럴 듯한 추리라고 생각했다. 적어도 게스케가 아이들을 죽이고 그 자책감 때문에 자살했다는 어처구니없는 얘기보다 더 논리적이다.

그러나 이메일의 절반가량이 외국에서 온 것이지만, 세인트 찰스병원에서 온 것은 한통도 없었다.

기시카와는 관계가 없는 것일까. 그가 주장하듯 피해자일까.

초조함이 밀려왔다.

그때 묘한 메일이 눈에 들어왔다.

'조속한 대책이 필요.'

본문은 없었다. 발신인을 확인했다. 미국에서 온 것이기는 하지만 세인트 찰스병원은 아니었다. 통신문은 없었다. 이상한 메일이었다. 뭔가 수상한 냄새가 났다.

다시 한 번 발신인을 보다가 하즈키는 손을 멈췄다. 제노파마 사. 미국에 있는 회사인 듯한데, 어딘가에서 들어 본 기억이 있는 이름이다. 조사해보는 것이 좋을지 모른다. 하즈키는 회사이름을 머리에 새겨두었다.

결국 그 한 통 말고는 눈에 띄는 메일을 발견할 수 없었다.

"나카자와 선생님⋯⋯. 이제 그만 나가는 게 좋지 않을까요?"

걱정스럽게 요코가 말했다.

"조금만 더 조사할게. 미안하지만 기다려줘."

요코는 불만스러운 듯 입술을 내밀며 재촉했지만 하즈키는 그것을 무시했다. 컴퓨터를 끄고 기시카와의 책상 서랍을 당겨보았다. 잠겨 있었다. 요코에게 시선을 보냈지만 그녀는 고개를 저었다. 열쇠는 갖고 있지 않은 모양이었다.

그밖에 어디 조사해봐야 할 데가 없을까.

하즈키는 방을 죽 둘러보았다.

그때 뒤에서 문이 열리는 소리가 났다. 요코가 작게 비명을 질렀다. 하즈키도 얼굴에서 핏기가 빠져나가는 듯했다. 하지만 얼른 정신을 차렸다. 진정해야 한다. 그리고 아까 미리 짜둔 대로 연기를 하면 된다.

방에 들어온 사람을 보고 하즈키는 숨을 삼켰다. 머릿속에서 의문이 소용돌이쳤다. 흰 가운을 걸치고 불안한 시선으로 서 있는 사람은 사쿠라기 에이코였다.

"사쿠라기 씨! 대체 이런 밤중에 무슨 일이에요?"

에이코는 볼에 달라붙은 머리카락을 손으로 떼어냈다. 그러나 평상시처럼 턱을 치켜들거나 하지 않고 겁먹은 듯 눈을 몇 차례 깜빡였다.

"나카자와 씨야말로 무슨 일이죠?"

"난……."

그때 요코가 입을 열었다.

"죄송해요, 소란을 벌여서. 전, 기시카와 선생님에게 내일 아침 건네줄 서류를 준비해두는 것을 깜빡 잊어 다시 나왔거든요. 불이 켜있는 것을 보고 하즈키 선생님이 와 본 거예요."

조금 어색했지만 확실한 어조로 요코는 말했다.

잘했어. 하즈키는 마음속으로 박수를 보냈다. 배짱이 보통이 아니었다. 하긴 이 일이 알려지면 요코도 절대로 무사하지 못할 터였다.

하즈키는 억지로 미소를 지었다.

"그렇게 된 거예요. 난, 집에 있어도 마음이 진정되지 않아서 학교에 와봤어요. 그보다 당신은요?"

"나도……. 기시카와 선생님에게 할 얘기가 있어서."

"이런 밤중에?"

에이코가 시선을 피했다. 가운의 단추를 무심결에 더듬는 그녀의 손끝이 떨리는 것을 하즈키는 놓치지 않았다.

"사쿠라기 씨, 당신 무언가 알고 있나요?"

감염

"무슨 말이에요?"

에이코가 하즈키의 얼굴을 똑바로 바라보았다. 냉정함을 가장하고 있었다. 하지만 눈앞에 있는 사람은 자신감과 긍지가 넘치던 에이코와는 사뭇 다른 사람처럼 완전히 겁먹은 여자였다.

이제껏 생각해본 적은 없었지만 돌이켜 보면, 그녀가 연구실에 나타났을 때부터 사건이 일어나기 시작했다. 우연일지 모르겠지만 타이밍이 너무도 절묘했다. 게다가……. 하즈키는 상대에게 들키지 않도록 살짝 침을 삼켰다.

에이코는 피츠버그대학에서 유학했었다. 그런데 그곳은 세인트 찰스병원이 있는 곳이 아닌가. 지금까지 의문을 갖지 않았던 것이 오히려 이상할 정도였다.

찰칵하는 소리를 내며 무언가가 맞물렸다. 그것이 무엇인지는 모르지만 분명히 맞물렸다. 하즈키는 한 걸음 앞으로 발을 내디뎠다.

그때 요코가 입을 열었다.

"저, 이제 그만 가봐야 하는데요."

그 순간 에이코가 몸을 돌려 복도로 뛰쳐나갔다.

"사쿠라기 씨! 기다려요!"

하즈키도 뒤따라 달렸다. 문을 열려고 한 순간, 하즈키의 눈앞에 감색 제복을 입은 남자가 가로막고 서 있었다. 달리던 여세로 그의 두툼한 가슴에 머리가 부딪쳤다. 몸의 균형이 무너졌다. 하즈키는 당황해 문 손잡이를 잡았다.

"아야."

남자가 얼굴을 찡그렸다. 좀 전의 경비원이었다.

"미안합니다……."

"나카자와 선생님, 돌아가시지 않은 건가요? 그리고 지금 나간 사람은? 엘리베이터에서 내리니 어떤 여자가 반대방향으로 무섭게 달려가던데요. 대체 무슨 소동인가요?"

경비원은 어이없다는 듯이 말했다.

"저……."

말이 막혀 당황하는 순간, 요코가 빙긋이 미소를 지며 방에서 나왔다.

"소란스럽게 굴어서 죄송합니다. 모두 제 탓이에요."

요코는 두 손을 앞으로 가지런히 하고 공손하게 허리를 굽혔다. 경비원에게 아까 지어낸 이야기를 되풀이했다.

"정말로 덜렁대는 성격 때문에 곤란하다니까요. 죄송하지만 이 일을 기시카와 선생님께 비밀로 해주세요. 야단맞거든요."

요코의 애교 섞인 말투에 경비원이 싱글벙글했다.

"그거야 뭐! 저만 믿으세요."

"아, 살았다."

요코는 두 손을 가슴 앞에서 모으며 고개를 갸웃 해보였다. 꽤 매력적인 표정이다.

"죄송하지만 택시 좀 불러주시겠어요? 이제 그만 가봐야 하거든요."

"네, 바로 당장."

경비원이 허둥지둥 복도를 달려갔다.

하즈키는 숨을 크게 내뱉고 요코를 보았다. 그녀의 얼굴에서 조금 전의 미소는 사라졌다.

"이제 됐지요? 저, 너무나 지쳤어요. 돌아가도 되겠지요?"

"응. 고마워."

요코는 기시카와 책상으로 다가가 마우스의 위치를 원래대로 해놓고 방의 불을 껐다.

감염증연구소의 대기실에는 아무도 없었다. 혹시 사쿠라기 에이코가 기다리고 있지는 않을까 생각했지만, 그녀의 책상은 깨끗이 정리되어 있었고 가방 같은 것도 보이지 않았다.

그녀는 사건과 무슨 관계가 있는 것일까. 내일이라도 확인해 보는 것이 좋겠다. 하지만 그전에 해야 할 일이 있었다. 제노파마 사를 조사하는 일이다. 하즈키는 자신의 컴퓨터를 켜고 인터넷 검색화면을 띄었다.

제노파마라고 입력하자 금세 검색결과가 나왔다. 소재지는 메릴랜드 주, 워싱턴 D.C 교외에 있는 록빌이었다. 바이오벤처기업이 밀집해있는 지역이다. 화면을 바꿔 제노파마의 사업내용을 조사했다.

화면에 표시된 설명문 중에서 가장 먼저 눈에 띄는 것은 유전자조작 동물이라는 말이었다. 유전자조작 동물에 대해서 그다지 지식은 없지만 조금은 알고 있었다.

하즈키는 설명을 읽어나갔다.

제노파마가 내세우는 것은 유전자조작 동물을 이용한 의약품 생산인 듯했다. 예를 들면 C형 간염의 치료에 쓰이는 인터페론 같은 단백질을 조성하게 하는 의약품을 동물의 체내에서 만들어 젖으로 분비시키는 것이다. 그 구조는 그리 복잡하지 않다. 동물의 수정란에 인터페론을 만들어내는 유전자를 삽입한다. 그렇게만 하면 젖으로 의약품을 분비하는 염소가 탄생하는 것이다. 그다음은 젖을 짜 그 속에 함유된 의약품을 정제하면 된다. 해설에 따르면 염소를 이용해 대량생산한 인터페론은 유럽에서 임상시험 중이라고 한다. 화면을 바꿔 현재 개발 중인 기술에 대한 해설을 읽기 시작했다.

그리고 곧 하즈키는 작게 소리를 질렀다.

이종이식용 동물 개발. 화면에는 그렇게 쓰여 있었다.

이종이식이란 인간의 장기 대신 돼지의 장기를 이식하는 치료법이다. 유전자조작 기술을 이용해 돼지의 면역계를 변형시켜, 인간에게 이식해도 거부반응이 생기지 않도록 하는 것이다.

심장의 고동이 순식간에 빨라지는 것이 느껴졌다. 어쩌면 자신은 진실을 찾아냈는지도 모른다!

제노파마는 이종이식에 사용할 돼지를 시작試作한 듯했지만, 임상시험을 했다는 이야기는 한마디도 쓰여 있지 않았다. 임상시험 예정조차 없는 듯했다.

그렇지만 기시카와는 이 회사와 어떤 관계가 있다. '조속한 대책이 필요'라는 그 이메일도 뭔가 불온함을 느끼게 했다.

기시카와와 제노파마는 대체 무엇을 한 것일까. 또는 하려고 했던 것일까. 거기에 사건의 수수께끼를 푸는 열쇠가 있는 듯했다.

하즈키는 뜨거워진 볼을 두 손으로 눌렀다.

이제 조금만 더하면 게스케가 무슨 생각을 했는지 알 수 있을지 모른다. 두렵지만 자신은 그것을 꼭 알아야 한다.

하즈키는 숨을 크게 내뱉고 컴퓨터를 껐다.

16

햇살이 창으로 쏟아져 들어왔다. 하즈키는 소파에서 몸을 일으키고 창밖을 보았다.

연구소 앞에 있는 주차장 그리고 교문으로 쭉 이어져 있는 길이 보였다. 지팡이를 짚은 초로의 한 남자가 느릿한 걸음으로 버스정류장으로 걸어갔다. 남자는 멈춰 서서 허리를 펴고 하늘을 올려다보고 있었다.

아주 잠시만 눈을 붙일 생각이었는데 완전히 잠이 들어버렸다.

책상 위에 놓인 수화기를 들고 내선으로 학부장실을 연결했다. 미즈사와 유키코가 무뚝뚝한 목소리로 오늘은 출근하지 않겠다는 기시카와의 연락을 받았다고 말했다. 기시카와네 집에도 전화를 걸어보았지만, 전화를 받은 기시카와의 부인은 아직 귀가하지 않았다고 말했다. 오늘 밤도 호텔에서 묵을 예정이지만 호텔 이름은 모른다고 했다.

도내의 호텔에 모조리 전화를 걸어볼까 했지만 바로 생각을 바꿨다. 언론사를 피하고자 호텔을 잡은 기시카와가 본명을 사용했을 리 없었다. 본명으로 숙박하고 있다고 해도, 분명히 호텔 직원에게 전화를 연결하지 말라고 단단히 일러두었을 것이다. 그러나 영원히 피할 수는 없을 것이다. 반드시 그를 만날 수 있을 것이다. 조금만 더 참아보자고 하즈키는 자신에게 타일렀다.

사쿠라기 에이코도 아직 얼굴을 보지 못했다. 오늘 저녁이라도 그녀의 집을 찾아가보는 것이 좋을 듯했다.

다시 창으로 다가가 주차장을 내려다보았다. 기시카와의 차가 있는지 확인해두고 싶었다. 계단 아래를 내려다보고 하즈키는 눈썹을 찌푸렸다. 약간 살찐 남자가 맹렬한 속도로 달려왔다. 남자의 얼굴은 확실히 보이지 않았지만 체형으로 알 수 있었다. 그는 마나베였다. 왜 저토록 허둥거리는지 모르겠지만, 마나베는 몸을 격렬하게 흔들면서 연구소 현관으로 뛰어들어갔다.

하즈키는 자리로 돌아가 노트북을 켰다. 이종이식에 대해 좀 더 자세한 것을 조사해볼 작정이었다. 검색사이트로 들어가 키워드를 입력했다.

그때, 커다란 소리가 나며 문이 열렸다.

뒤돌아보니 마나베가 서 있었다. 주름이 깊게 새겨진 이마에서 땀이 흘러내리고, 어깨를 심하게 들썩거리고 있었다. 회색 폴로셔츠도 땀에 젖어 가슴께의 색이 변해 있었다. 안경도 하얗게 김이 서려 있다.

마나베는 손을 뒤로 해 문을 닫더니 잠갔다. 불안한 시선으로 대기실을 둘러보았다.

"지금, 여기에 있는 사람은 너뿐이지?"

"그렇기는 한데……."

입을 열려는 하즈키를 마나베는 눈으로 제지하고 가까이에 있는 의자를 끌어당겨 털썩 앉았다.

"잘 들어"라면서 굵은 손가락으로 마나베는 하즈키를 똑바로 가리켰다. "이제부터 네가 꼭 해줘야 할 일이 있어."

마나베의 모습에서 심상치 않은 것이 느껴졌다. 하즈키는 노트북을 닫았다.

"미야와키 데쓰시를 죽인다."

나직한 목소리였지만 마나베는 단호하게 말했다.

순간 의미를 이해할 수 없었다.

마나베가 초조한 듯 혀를 찼다.

"미야와키 데쓰시를 내버려두면 돌이킬 수 없는 일이 벌어져."

"무슨 말이에요?"

"자세한 것을 지금 설명해줄 시간이 없어. 그 아이의 몸에는 HIV(에이즈 바이러스—옮긴이)보다도 더 위험한 바이러스가 잠복해 있어. 그러니 죽여야 해. 이미 사람이 죽었어. 세인트 찰스병원에서 그들을 집도했던 의사야."

"바이러스라니 대체……."

하즈키는 책상 모서리를 꽉 잡았다. 마나베의 얼굴을 정면으로 바라보았다. 번들거리는 눈에는 핏발이 서 있지만, 거짓말이나 농담을 하는 것 같지는 않다.

"나카자와가 어처구니없는 짓을 저질렀다. 그놈은 일본에서 이식을 기다리는 아이를 미국으로 보내 이종이식을 받게 했어."

하즈키는 침을 삼켰다.

"혹시 제노파마라는 회사 말인가요?"

마나베는 눈살을 찌푸리며 하즈키를 관찰하듯 쳐다보았지만, 곧바로 고개를 끄덕였다.

"알고 있다면 이야기가 빠르겠군. 이번 사건은 말이야, 제노파마와 세인트 찰스병원이 계획한 일이 발단이 된 거야. 제노파마는 거부반응이 일어나지 않도록 유전자를 조작한 돼지의 장기를 개발했어. 그것을 이용해 이식을 시도한 것이 세인트 찰스병원이지. 그리고 나카자와는 일본에서 이식을 받지 못해 죽음을 기다릴 수밖에 없는 아이들을 그 병원에 소개했지. 하라시마 히로시도 그 중 한 명이야."

목구멍 속에서 무거운 덩어리가 치밀어 올랐다. 현기증이 일었다. 설마 하는 마음 한편에 '역시 그랬구나' 하는 생각이 들었다.

"하지만 이종이식은 아직 실험단계이잖아요. 그런 것을 받을 수 있을 리가……."

"실험대였어!"

마나베가 다급하게 말했다.

"가와쿠보 시온, 하라시마 히로시 그리고 미야와키 데쓰시가 인체실험대상으로 희생된 거야. 어제 뉴스에서 계속 떠들어댔지? 세인트 찰스병원은 남미 아이들에게서 장기를 꺼내 환자에게 팔았어. 자식을 살리기 위해서라면 돈을 아끼지 않는 것이 부모마음이야. 엄청난 수입을 올리고 있었던 거지. 한데 최근 당국이 움직이기 시작했어. 놈들이 우쭐해져 너무 일을 벌인 거지. 그래서 전략을 바꾼 거야."

"그것이 이종이식이란 말인가요?"

"그래."

하즈키는 군침을 삼켰다. 목이 바싹 말랐다. 마나베는 무언가에 홀린 사람처럼 거침없이 말을 쏟아냈다.

"이종이식은 돼지만 길러두면 장기가 부족할 염려가 없지. 그리고 제노파마는 이식용 돼지를 이미 개발했어."

"하지만 아직 임상시험은 하지 않았잖아요? 인터넷에는 그렇게 쓰여 있던데."

"하지만 말이야, 이식을 받지 않으면 당장에라도 죽어갈 아이가 눈앞에 있어. 그리고 돼지의 장기가 있지. 아이의 부모는 얼마든지 돈을 내겠다고 하고 말이야. 임상시험이 언제 시작된다는 보장도 없고. 만일 당장 시작했다고 해도 시험이 끝나 새로운 치료법으로 승인받기까지는 여차하면 이삼 년은 족히 걸리지. 게다가 일단 승인되고 나면 놈들에게는 장사로서의 가치가 없어지는 거지."

하즈키의 마음속에서 얽혀있던 의문이 하나 해결되었다. 게스케가 말했던 용납될 수 없는 일이란 바로 이종이식이었다. 이제야 밝혀졌다. 하즈키는 몸이 떨려오는 것을 느꼈다.

분명히 임상시험을 거치지 않고 이종이식을 하는 것은 용납될 수 없는 일이다. 그러나 자신의 아이를 살릴 방법이 그것 말고는 없다고 한다면……. 게스케는 선을 넘을 수밖에 없었던 것이다.

"한데 그것과 바이러스가 무슨 관계인가요? 어째서 미야와키 데쓰시를 죽여야 한다는 거죠?"

마나베는 큰 눈을 번뜩이며 코웃음을 쳤다. 한심하다는 듯 고개를 흔들며 한숨을 쉰다.

"너 말이야, 그러고도 바이러스 연구자냐? 아이들이 이식받은 심장에는 돼지에만 있는 바이러스가 서식하고 있지. 그런데 불행하게도 인간의 신장은 그 바이러스가 증식하기 적당한 환경이었어. 왜 이식을 받은 아이들은 면역억제제를 계속 복용해야 하잖아. 면역억제제라는 놈은 신장에 무리를 주기 때문에 바이러스의 딱 좋은 먹이가 되었지."

"그 바이러스, 감염력이 어떤데요?"

"잠복 기간에는 혈액과 체액을 접촉하지 않는 한 감염 위험은 없어."

"그렇다면 딱히 죽이지 않아도, 입원시켜 치료법을 찾으면 되잖아요. 그런 바이러스라면 얼마든지 있잖아요."

"흥, 사람 얘기를 끝까지 들어봐. 감염 위험이 없다는 것은 잠복 기간뿐이야. 일단 발병하면 피부에 수포가 생기기 시작하지. 수포가 터지면 바이러스가 공기 중으로 흩어져. 더구나 이 바이러스는 일단 감염되면 생존 가능성이 없어. 그러므로 절대로 감염되면 안 돼. 나카자와는 간염 바이러스용 항체를 이용해 바이러스를 검출할 수 있다는 사실만큼은 알아냈지. 바이러스 표면의 단백질이 다행히도 비슷했거든. 불행 중 다행이라고 말할 수 있지. 적어도 감염 여부만큼은 알 수 있게 된 거야."

마나베는 일어서더니 자신의 책상으로 가서 서랍을 열고 노트를 꺼냈다. 재빨리 페이지를 넘겼다.

"이거야."

마나베는 깨알 같은 글씨로 데이터가 빽빽이 적혀있는 페이지를 펼치더니 하즈키에게 노트를 내밀었다.

"오른쪽 난이 HIV. 가운데가 B형 간염. 왼쪽이 문제의 바이러스야. 나는 요즘 이 녀석을 계속 조사하고 있었지. 나카자와에게 가와쿠보 시온과 하라시마 히로시의 혈액을 받아 분석해보았어."

마나베는 모서리가 닳아서 말린 노트를 하즈키에게 건넸다. 언젠가 이 방 탁자에 펼쳐져 있던 것이라고 짐작했다. 하즈키는 노트를 재빨리 넘겨 빽빽이 적혀있는 데이터를 훑어보았다.

"이것은……."

하즈키는 볼에서 경련이 일어나는 것을 느꼈다. 감염력을 보여주는 수치는 HIV와 B형 간염 바이러스의 열 배 정도였다. 약한 것은 아니지만 딱히 강한 것도 아니다. 그보다 문제는 현재 알려진 약제를 주입해도 증식능력이 전혀 줄어들지 않는다는 점이다. 감염되면 치료법이 없다는 것을 의미한다.

"혹시나 해서 인터페론도 사용해보았지만 전혀 효과가 없었어. 손 쓸 도리가 없다는 거지. 더구나 이 데이터를 봐봐."

마나베가 가리키는 부분을 보자 하즈키는 머리를 쥐어뜯고 싶었다. 변이속도가 HIV보다 비교도 안 될 정도로 빨랐다. 같은 성질을 유지하면서도, 유전자를 스스로 변이시켜 형태를 계속 바꾸고 있었다. HIV를 억제하는 약의 개발이 난항을 겪는 이유는 HIV 유전자가 계속 변이하기 때문이다. 약을 만들고 나면 금세 듣지 않는 것이다. 그런데 이번 바이러스는 그 변이속도가 훨씬 더 빠르고 증식능력도 높았다. 가장 상대하고 싶지 않은 유형의 바이러스라고 할 수 있다.

하즈키는 노트를 덮었다.

"그래서 이 바이러스가 몸에 들어가면 어떻게 되는 거죠?"

"그게 바로 문제야. 이 바이러스는 신장 세포에 달라붙어 증식하지. 이것이 잠복 기간이야. 발병기에 들어서면 바이러스는 혈액을 타고 온몸을 돌아다녀. 면역세포를 파괴해서 사람을 확실하게 죽음에 이르게 하지. 그리고 마지막으로 피부에 수포를 만드는 거야. 감염되고 나서 발병까지의 시간은 몇 개월인 모양이야. 가와쿠보 시온이 그것을 증명해줬지. 그 아이는 수포가 생겨 있었어. 수포 속에 바이러스가 가득 차있다는 것을 알았을 때의 충격은 이루 말할 수 없었지. 이식을 받은 것은 작년 가을께야. 그리고 작년 말에 면역부전 경향을 띠기 시작했지. 나카자와는 처음에는 면역억제제의 부작용이라고 생각해서 그리 신경 쓰지 않던 모양이야. 6월쯤 되어서야 아무래도 이상하다 싶어 세인트 찰스병원에 그 아이의 혈액 샘플을 보냈지. 그랬더니 기묘한 바이러스가 있는 것 같다고 알려온 거야."

"정말로 돼지의 바이러스가 사람에게 감염되나요? 바이러스는 숙주를 고르잖아요. 다른 원인이 있는 게 아닐까요?"

"그 정도는 나도 알고 있어. 하지만 실제로 감염됐으니 어쩔 수 없잖아. 내 생각으로는 유전자를 조작할 때 뭔가 문제가 발생한 것 같아. 이종이식을 할 때는 돼지의 유전자가 인간의 면역세포에 인식되지 않도록 세공하지. 그때, 이 돼지 유전자의 어느 부분이 변해버려 바이러스에 영향을 준 것 같아. 그래서 인간에게도 감염될 수 있는 능력을 갖추게 된 게 아닐까."

그런 일이 일어날 수 있는 것일까. 확실히 유전자조작 실험에서는 가끔 예기치 않은 일이 일어난다. 동물보다 식물의 조작기술이 앞서있지만, 식물에서조차 도입하려고 한 유전자가 아닌 다른 유전자가 편입돼버리는 경우가 실제로 일어나고 있었다. 유전자조작 식품에 반발하는 소비자단체의 운동이 격렬한 것도 이러한 예기치 않은 조작이 발생하는 것을 우려하기 때문이다.

마나베의 표정을 다시 한 번 살폈다. 마나베는 어디까지나 진지했다. 애초에 이런 엄청난 거짓말을 마나베가 할 이유는 없었다.

"너, 알고 있었어? 이종이식의 기초 기술이 개발된 것은 이미 몇 년 전의 일이야. 그런데도 실용화까지 이토록 시간이 걸리는 것은 미지의 바이러스가 혼입될 가능성을 완전히 부정할 수 없기 때문이지. 미국에서는 과학자단체가 임상시험을 보류하자는 제안을 했어. 지금 생각하면 놈들은 어쩌면 이 바이러스의 존재를 알고 있었는지도 몰라."

"설마 그럴 리가."

"뭐, 그런 건 아무래도 좋아. 문제는 이 바이러스의 감염을 절대로 막아야 한다는 거야."

하즈키는 마나베의 얼굴을 똑바로 바라보았다. 또 한 가지 알고 싶은 일이 있었다. 대답을 듣는 것이 두려웠다. 하지만 묻지 않을 수 없었다. 하즈키는 힘겹게 목구멍에서 말을 밀어냈다.

"마나베 씨, 가르쳐주세요. 누가 아이들을 죽였나요?"

마나베는 일순 눈을 감았다. 그리고 두 손으로 무릎을 꽉 잡은 채 얼어붙은 듯 미동도 하지 않았다.

"그 사람인가요?"

게스케가 살인자라고는 생각하고 싶지 않았다. 그래도 의심이 갈 수밖에 없었다. 게스케는 증거인멸을 위해 아이를 죽일 사람은 아니다. 그것은 단언할 수 있다. 하지만 만일 자신이 살인 바이러스를 만들어냈다고 한다면…….

하즈키는 천장을 올려다보았다.

게스케는 스스로 책임지고 해결해야 한다고 생각했을지도 모른다. 게스케라면 바이러스를 그대로 내버려둘 수 없었을 것이다.

마나베는 하즈키의 물음에 대해 긍정도 부정도 하지 않았다. 말할 수 없다는 것일까. 가슴께에 묵직한 통증이 퍼져갔다. 마나베는 정신을 차린 것처럼 자신의 넓적다리를 손바닥으로 탁 쳤다.

"자, 어쨌든 알았지? 감염을 막으려면 죽이는 것 말고는 방법이 없어. 미야와키 데쓰시도 이제 곧 발병기에 들어갈 거야. 그렇게 되면 끝장이야."

"하지만 역시 이상해요. 유괴와 방화로 꾸며서 죽이다니. 제대로 공표를 하고 가능한 한 치료를 해서……."

"아직도 그런 한가한 소리를 하는 거야! 잘 들어, 바이러스 존재 자체를 알려서는 안 돼. 알려지면 대혼란이 일어날 거야. 어쨌든 이제까지 보기 어려웠던 살인 바이러스니까 말이야. 생물병기로 이용하려는 놈도 나올지 몰라. 게다가 이종이식이라는 기술도 영원히 봉인될 수 있어. 네 남편도 그것을 걱정했지."

"아."

하즈키는 작게 소리쳤다. 확실히 그것은 생각할 수 있는 일이었다. 일단 위험하다는 낙인이 찍히면, 그 기술이 다시 햇빛을 보기까지는 상당히 오랜 시일이 걸린다. 예전에 심장이식이 그랬다. 홋카이도의 한 의사가 독자적인 판단으로 심장이식을 결행했다. 그 덕분에 일본에서는 뇌사자 장기이식이 법으로 허용되기까지 상당한 시간이 걸렸다. 그 사이 수많은 환자가 이식을 열망하면서도 받지 못하고 죽어갔던 것이다.

"이젠 알겠지. 바이러스를 제거할 수 있다면 또는 돼지의 종류를 바꾸면 이종이식은 성공할지도 몰라. 그것을 쉽게 포기할 필요는 없어. 그래서 전혀 다른 사건처럼 꾸며 아이들을 죽일 수밖에 없었던 거야. 방화도 계획한 대로 되었고. 가족까지 말려들었지만 어차피 그들 역시 감염됐을 가능성도 있으니 오히려 잘 된 거야. 유괴사건은 제법 성공했지. 유골을 돌려줄 이유가 생겼으니 말이야. 마침 비슷한 사건이 치바에서 있었으니 눈속임으로 아주 적절했었지."

그랬었던 것인가.

하즈키는 도야마 공원에서 그 단지를 발견했을 때의 일을 떠올렸다. 확실히 유골이 전혀 없는 것보다는 있는 편이 나을지 모른다. 참혹한 모습이기는 해도 모친의 손에 유골을 돌려주고 싶다는 게스케의 마음을 모르는 바도 아니다.

"하지만 이젠 그럴 여유가 없어. 경찰이 이식에 관해 조사하고 있거든. 경찰의 능력을 너무 만만하게 봤는지도 몰라."

"몇 번이나 말했지만 죽일 필요는 없다고 생각해요. 바이러스의 존재를 알고 있으면 감염을 막을 수도 있잖아요."

"한가한 소리 마!"라고 마나베는 거칠게 말했다.

"너 그렇게 무능한 사람이었나? 아니면 감상에 젖은 어리석은 여자였나? 바이러스를 연구하고 있으니 그 정도는 알고 있을 거 아냐? 미야와키 데쓰시는 어차피 얼마 안 남은 목숨이야. 그렇다면 바이러스가 퍼지기 전에 죽이는 것이 훨씬 낫잖아."

하즈키는 현기증을 느꼈다. 눈을 감고 두 손으로 머리를 감쌌다.

돼지의 장기이식, 살인 바이러스의 혼입……. 갑작스레 믿을 수는 없다. 그때 문득 마음에 걸리는 것이 있었다. 마나베는 왜 게스케의 뒤치다꺼리를 하는 것일까. 단지 바이러스의 감염을 막겠다는 사명감만으로 사람을 죽이겠다는 생각은 할 수 없다.

"마나베 씨는 누구한테서 이 얘기를 들었나요? 마나베 씨에게는 책임이 없잖아요."

마나베는 깜짝 놀란 것처럼 몸을 뒤로 젖히며 곧바로 시선을 피했다.

"뭔가 다른 내막이 있는 거 아녜요? 타당성만으로 살인할 수 있다고는 생각하지 않아요. 적어도 나로서는……."

마나베는 한숨을 깊이 내쉬더니 시선을 바닥으로 떨어트린 채, 지금까지와는 전혀 다르게 조그만 소리로 말하기 시작했다.

"이종이식과 바이러스 일은 기시카와 선생님에게 들었어."

역시 그랬던 것이다. 하즈키는 주먹을 꽉 쥐었다. 기시카와는 모든 사실을 알고 있었다.

"기시카와 선생님이 의논해왔다. 나카자와가 이종이식에 손을 대 성가셔졌으니 도와달라고 말이야. 나한테는 속죄할 기회라고 말했지."

"속죄?"

"응. 너도 알고 있겠지만, 나는 오래전에 제1외과에 있었지."

마나베는 먼 곳을 보는 듯한 표정을 지었다.

"벌써 십 년도 더 된 일이야. 난, 초등학생 여자아이의 수술을 맡게 됐고, 심장판막에 슬쩍 손을 대기만 하면 되는 어렵지 않은 수술이었어. 그런데 난 실수를 저질렀어."

마나베의 목소리가 떨렸다.

"그만 손이 미끄러진 거야. 아니 그건 변명이야. 내가 미숙했던 거지. 혈관을 서로 연결할 때 심장의 다른 부분에 상처를 입히고 말았어."

"그 아이는……."

"죽었어. 나는 아이의 부모에게 사죄해야 했어. 하지만 두려웠지. 실수라고는 해도 사람을 죽인 거잖아. 게다가 의료사고가 밝혀지고, 신문에라도 나면 난 의사를 그만둘 수밖에 없는 상황이었지."

마나베는 굳은 표정으로 말을 이었다.

"기시카와 선생님은 나를 감싸주었어. 환자의 부모님께도 용태가 갑자기 나빠졌다고 설명해주었어. 그리고 내게는 기초연구 쪽으로 옮기라고 하셨어. 메스를 쥘 자격은 없지만 속죄는 해야 한다, 그러니 기초연구에 전력을 다하라면서 말이야. 환자에게 사실을 밝히고 사죄를 한다고 해도, 의료재판이 시작되면 병원 측은 온 힘을 다해 증거를 없앤다고 했지. 내가 증언하겠다고 했더니, 나와 내 가족에게까지 압력을 가할 거라고 기시카와 선생님이 말씀하셨지. 병원은 늘 그런 식으로 해서 사고를 무마시켜 왔다면서 말이야. 결국 환자 측만 더 괴로워질 뿐 아무 속죄도 되지 않으니, 차라리 그보다는 의료에 도움되는 연구를 해야 한다고……."

"그렇지 않아요!"

하즈키는 마나베의 말을 막았다. 병원 측이 아니다. 기시카와가 압력을 가하는 것이다. 그의 경력을 빛나게 하려면 부하의 의료과실은 있어서는 안 되는 일이다. 그런 사실을 어째서 모르는 것일까.

"글쎄, 들어봐. 나는 이 연구실로 옮겨오고 나서 바이러스 연구에 몰두했지. 많은 환자를 치료할 길을 발견하면, 나의 죄가 조금은 가벼워질 것 같은 기분이 들었거든. 하지만 너도 알다시피 내게는 실험이란 것이 맞지 않았어. 당연히 성과 같은 게 있을 리 없었지. 요 몇 년간은 아예 포기하고 있었어. 그런 때에 기시카와 선생님으로부터 이종이식과 살인 바이러스 얘기를 들은 거야. 기시카와 선생님은 이번이 기회라고……."

"기회?"

"그래. 내가 속죄할 기회 말이야. 살인 바이러스의 감염을 막는 일은 실로 커다란 의미가 있지. 나는 한 소녀를 죽였어. 하지만 많은 사람을 감염에서 구하면 나는 속죄할 수 있는 거지."

"그러니까 그렇지가 않다니까요! 당신은 기시카와에게 조종당한 거라고요."

"그렇지 않아. 미야와키 데쓰시를 버려둘 수는 없어. 그 아이는 다음 주 다리 수술을 받기로 되어 있거든. 집도의가 감염되면 위험해지잖아."

마나베는 화가 치미는 듯 고개를 흔들었다.

"그런데 난 아까 실수를 저질렀어. 아니, 그렇다기보다는 경찰은 이미 미야와키 데쓰시를 지키고 있었어. 잠복한 채 기다리다가 그 아이를 차로 데리고 가려는데 담 그늘에 있던 형사가 달려오는 거야. 간신히 도망쳐왔지만 차를 놓고 와버렸어. 나를 찾아내는 일은 어렵지 않을 거야. 지금쯤 경찰이 우리 집에 가고 있지 않을까. 대학에도 조회했을지 몰라."

"바이러스의 존재를 공표했다면 수술도 보류했을 거예요. 우리 대학, 아니, 일본 전체 의사가 총력을 기울여 치료에 몰두하면 혹시……."

"무슨 헛소리야. 그러다 수포가 터지면? 나는 분명히 봤어. 미야와키 데쓰시의 얼굴에는 수포 징후가 있었어. 그것이 부풀어 터지는 것은 시간 문제야. 새로운 희생자를 내기보다 어차피 죽을 목숨, 조금 당겨서 죽어주는 것이 합리적이야."

"그게 바로 기시카와의 생각인 거예요. 제발 정신 좀 차려요, 마나베 씨! 기시카와는 자기 경력에 흠집을 내고 싶지 않아 그런 말을 한 거라고요. 전······. 아직 확실한 것은 말할 수 없지만 나카자와를 죽인 것은 기시카와라고 생각해요."

마나베가 깜짝 놀란 듯이 두 눈을 크게 떴다.

"무엇보다 그 유서, 이상하다는 생각 안 들어요? 기시카와가 이종이식에 대해 전혀 몰랐을 리 없어요. 나카자와가 시작했다고 해도 그 남자는 그것을 용인했으니 책임이 있어요. 게다가 미야와키 데쓰시는 기시카와가 직접 세인트 찰스병원에 소개한 거예요. 엄청난 돈을 받고요."

"그럴지도 몰라"라고 마나베는 중얼거렸다.

"하지만 지금의 내게는 그런 것은 아무래도 좋아. 나는 단지 바이러스의 만연을 막아내고 속죄만 할 수 있으면 돼. 그리고 너도 협력해야 해."

"죄 없는 아이를 죽이다니······. 치료를 포기하고 환자를 죽이다니 용납할 수 없어요."

"아니, 너는 해야만 돼. 여자인 너라면 경계하지 않을 거야."

마나베는 하즈키의 팔을 잡았다. 굵고 툭툭 불거진 손가락이 양팔에 파고들었다.

"게다가 너에게는 책임이 있어."

하즈키는 마나베의 얼굴을 물끄러미 쳐다보았다. 책임······. 남편이 저지른 짓에 대한 책임이라는 의미일까.

"네가 바이러스의 혼입을 간과했어."

나직한 목소리로 마나베는 말했다.

"나카자와는 올해 초, 너에게 가와쿠보 시온의 혈액을 조사해 달라고 의뢰했지. 미국에 검체檢體를 보내기 전의 일이야. 겨울 쯤부터 가와쿠보 시온의 용태에 무언가 이상한 것을 느끼고 있었던 녀석은 우선 너에게 해석을 의뢰했던 거야. 녀석도 아마추어가 아니니, 이종이식에는 바이러스 감염의 위험성이 따른다는 것을 인식하고 있었지. 실험했던 것은 기억하고 있겠지? 학회용 데이터니 뭐니 거짓말을 하고 너에게 의뢰한 나카자와도 문제가 있지만, 너의 데이터 해석도 너무 경솔했어."

하즈키의 얼굴에서 핏기가 싹 가셨다.

"나카자와는 데이터를 인화한 사진을 내게 보여줬지. 문제의 바이러스 존재를 보여주는 밴드가 희미하게 비치고 있더군. 그것을 못보고 놓친 것은 네 책임이야. 못보고 놓쳤다기보다 데이터를 그럴싸하게 가공했겠지. 난 사진의 인화상태가 달라져 있어서 금세 알 수 있었어. 네가 학회용 데이터를 만들 때 자주 써 먹는 수법이잖아. 여러 차례 추시追試(다른 사람이 한 실험을 또 한 번 그대로 해서 확인하는 것—옮긴이)를 해서 확신을 하는 경우라면 사진의 인화상태를 조정해도 아무도 뭐라 하지 않아. 학회발표용 데이터라는 건 그런 거겠지. 하지만 처음 보는 데이터를 그렇게 해서 왜곡시키면 안 되잖아. 결국 이런 결과를 만들어냈으니 말이야."

하즈키는 아까까지 정리하고 있던 파일에 손을 뻗어 문제의 사진을 꺼냈다. 자색 밴드를 다시 한 번 자세히 바라보았다. 흰색 배경에 아주 조금, 먼지처럼 보이는 밴드가 있었다. 떨리는 손으로 하즈키는 사진을 책상 위에 올려놓았다. 그때는 학회용 데이터라고 생각했기 때문에 이상한 바이러스의 존재는 없는 편이 낫겠다고 생각해서 사진의 인화상태를 조정했다. 그런데 그

결과 바이러스를 못보고 놓쳐버린 것이다.

"'이 혈액에는 이상한 바이러스 밴드가 있다, 뭔가 이상하다'고 네가 나카자와에게 말했다면 그 시점에서 녀석은 세인트 찰스병원의 의사에게 상담했을 거야. 그렇게 했다면 피해자는 가와쿠보 시온 한 사람으로 끝났을지도 몰라. 하라시마 히로시와 미야와키 데쓰시가 이식을 받은 것은 올봄 이후였으니 말이야. 그러니 너에게는 더 이상의 감염을 막아야 할 의무가 있어. 안 그래?"

하즈키는 갈증을 느꼈다. 일어나서 냉장고로 갔다. 녹차 페트병을 꺼내, 병에다 직접 입을 대고 마셨다.

가슴이 답답했다. 차가운 액체가 식도에서 위장으로 흘러갔지만, 타는 듯한 뜨거운 덩어리는 점점 목구멍 속에서 치밀어 올랐다.

어떻게 할까?

하즈키는 자신에게 물었다.

페트병 뚜껑을 닫고 냉장고에 넣었다. 돌아보니 마나베가 당장에라도 덤벼들 듯 하즈키를 노려보고 있었다. 안경 너머로 보이는 번들거리는 눈이 이상한 빛을 띠고 있다.

그 표정을 보면서 하즈키의 마음은 확고해졌다. 감염자를 말살해도 책임을 피할 수는 없다. 마나베는 정상적인 상태가 아니다. 기시카와로 인해 이성을 잃어버린 것이다. 그의 광기에 질질 끌려갈 수는 없다.

마나베는 하즈키의 생각을 간파한 양 입술이 일그러졌다.

"너, 아직도 바이러스 일을 공표할 생각이야?"

"왜냐하면……."

"그렇다면 이게 마지막 통고야. 만일 네가 죽이지 않겠다면 내가 바이러스를 뿌려버릴 거야."

"그 말도 안 되는 소리 하지도 마세요!"

하즈키는 외쳤다.

마나베는 허옇게 마른 입술을 혀로 적시며 하즈키를 쏘아보았다. 찌를 듯한 시선이었다. 완전히 제정신을 잃고 있었다. 하즈키의 등줄기가 서늘해졌다.

"십 년 동안 내가 어떤 마음으로 살아왔는지 너는 모를 거야. 내가 그 소녀를 죽인 죄는 바이러스를 소멸시키면 모두 상쇄될 수 있어. 기시카와 선생님이 그렇게 말했단 말이야."

"그러니까, 속은 거라니까요, 기시카와에게. 이용당한 거예요."

"그래도 좋아."

마나베의 두 눈에서 눈물이 흘렀다.

"내가 그렇게 하고 싶은 거야. 그 소녀에게 말하고 싶어. 살인 바이러스가 이 세상에 만연되는 것을 내가 목숨 걸고 막아냈다고 말이야. 그러니 용서해달라고, 그 아이에게 말하고 싶어. 내가 바라는 것은 그것뿐이야."

"마나베 씨……."

"잘 들어. 너는 오늘 3시까지 가마쿠라 시 레이메이병원으로 가는 거야. 다음 주 수술에 대비해 미야와키 데쓰시는 3시에 혈액검사를 받기로 되어 있어. 수술에 비해 감염 위험은 적지만 마음 놓을 수 없어. 병원 앞에서 기다렸다가 그 아이를 납치해 죽이는 거야. 시신은 반드시 태워서 처분해야 해. 해부라도 하게 되면 큰일이니까 말이야."

하즈키는 고개를 저었다.

"못해요. 그런 일은 할 수 없어요."

"네가 해야만 돼."

"어쨌든 나는 못해요."

마나베가 이글거리는 눈으로 하즈키를 쏘아보았다.

"나는 내가 할 수 있는 일을 하겠어. 하지만 상황이 이렇다 보니 어디까지 할 수 있을지 모르겠어. 바이러스가 만연되면 모두 네 책임이야."

"경찰에게 알리겠어요."

"그러니까 소용없다고 했잖아. 그놈들이 이해할 수 있는 얘기냐고, 이게."

마나베는 내뱉듯이 그렇게 말하고 방을 나갔다.

문이 부서지는 듯한 소리를 내며 닫혔다. 하즈키는 전화기에 손을 뻗었다. 경찰에게 알려야 한다. 마나베는 지금 가마쿠라의 레이메이병원으로 갈 것이다. 그 사실을 경찰에게 알려야 한다. 하지만 어떻게 설명해야 할지 모르겠다.

이종이식, 살인 바이러스…….

경찰이 이해할 수 있을까. 아니, 그런 것은 아무래도 좋았다. 어쨌든 마나베를 체포하는 것이 우선이다.

"스즈모리 씨와 통화하고 싶은데요."

전화를 받은 여성에게 말했지만 스즈모리는 부재중이었다. 마나베를 쫓았던 것은 스즈모리 일행인지도 모른다.

"무슨 일인가요? 말씀을……."

하즈키는 조급해졌다. 그럴 시간이 없었다. 게다가 설명을 해도 바로 이해할 수 있는 이야기가 아니다.

"아."

그 순간 깨달았다.

마나베의 행동을 저지한다고 해결될 문제가 아니다. 데쓰시가 수술을 받도록 내버려 둘 수 없다. 마나베의 말이 사실이라면 의사와 간호사에게 바이러스가 감염될 위험이 있다. 그렇게 되면 돌이킬 수 없는 일이 벌어진다. 오늘은 검사만 한다고 했지만 혈액을 채취하기 때문에 위험이 없다고는 말할 수 없다.

"어쨌든 스즈모리 씨에게 연락 좀 해달라고 전해주세요. 전, 나카자와 하즈키입니다."

그 말만 하고 하즈키는 전화를 끊고 방을 나갔다.

주차장으로 나가 차에 올라탔다. 데쓰시가 병원에 도착하기까지 앞으로 두 시간이 남았다. 미타카 시에서 가마쿠라까지 얼마나 걸릴지 모르겠지만, 대충 시간에 맞출 수 있을 것이다. 마나베는 렌터카를 빌리든지 해서 차를 확보해야 하므로, 마나베보다 먼저 현지에 도착할 가능성이 크다. 하즈키는 힘껏 시동을 걸었다.

조교 대기실 문을 열고 스즈모리는 큰 소리로 나카자와 하즈키의 이름을 불렀다. 대기실 안에는 아무도 없는 듯했다.

"없나 본데요."

가와모토가 뻔한 사실을 말했다.

마나베는 그녀와 만나지 않은 것일까.

마나베를 놓친 것이 뼈아팠다. 그러나 정체를 알았으니 잡는 것은 시간 문제다. 아니, 반드시 체포하겠다.

버려둔 차량 번호로 마나베를 조사하는 건 쉬운 일이었다. 이 대학의 직원, 더구나 나카자와 하즈키와 같은 연구실 사람이라는 사실을 알고서 무척 놀랐지만, 한편으로 역시라는 생각도 들었다.

미야와키 데쓰시. 이식을 받은 세 번째 아이를 감시하고 있었던 것은 역시 잘한 일이었다.

그때 흰 가운차림의 젊은 남자가 옆방에서 나왔다. 학생 같은데 어쩐지 미더워 보이지 않는 남자였다. 스즈모리는 윗옷 안주머니에서 경찰수첩을 꺼냈다. 남자의 표정이 굳어졌다.

"나카자와 하즈키 씨를 찾고 있는데요."

남자는 겁 먹은 듯 눈을 깜빡거렸다.

"조금 전 주차장으로 내려갔습니다. 몹시 서두르는 것 같던데요"라고 조그만 소리로 말했다.

"마나베는? 그는 여기에 오지 않았나요?"

"아, 마나베 씨라면 나카자와 씨와 이 방에서 한참 얘기하는 것 같았습니다."

역시 두 사람은 만났다.

그 여자…….

격렬한 분노가 치밀었다. 싸늘한 얼굴로 자신을, 경찰을 바보 취급 하는 듯한 나카자와 하즈키를 진심으로 증오한다고 스즈모리는 생각했다.

그때 휴대전화가 울리기 시작했다. 스즈모리는 남자에게 가볍게 인사하고 통화버튼을 눌렀다.

"스즈모리입니다."

"아, 다행이다, 연락이 돼서."

경찰서 여직원이었다.

"아까, 나카자와 하즈키라는 여성한테서 전화가 왔었어요. 한데 상태가 좀 이상해서 연락드리는 게 좋을 것 같아서요."

"뭐라고 했는데."

"스즈모리 씨와 연락하고 싶다고요. 어쩐지 몹시 허둥대는 모습으로 전화를 끊어서 자세한 것은 잘 모르겠어요."

나카자와 하즈키가 스스로 전화를 걸어왔다. 그녀는 대체 무슨 말을 하고 싶었던 것일까.

"그리고 또 한 가지 연락이 있었어요. 미야와키 데쓰시를 감시하고 있는 형사가 가마쿠라 시의 레이메이병원으로 가고 있답니다. 그 아이, 오늘 거기서 검사받기로 되어 있대요."

"아, 그랬나. 우리도 그쪽으로 갈게."

스즈모리는 전화를 끊고 가와모토에게 턱을 치켜들었다.

마나베의 집은 다른 형사가 감시하고 있었다. 이 대학에서 마나베와 나카자와 하즈키를 기다려봤자 소용이 없다. 마나베가 여기로 돌아올 가능성은 적을 것이다.

"자, 가자."

가와모토가 융통성 없는 표정으로 고개를 끄덕였다.

17

하즈키는 레이메이병원 주차장에 차를 세우고 정문현관으로 향했다.

미야와키 데쓰시가 병원에 오는 것이 3시쯤이라고 마나베가 말했다. 손목시계의 바늘을 확인했다. 2시 45분.

일단 병원 안으로 들어가 외과 병동으로 향했다. 미야와키 데쓰시와 그의 부모 모습은 보이지 않았다. 서둘러 현관으로 되돌아간다.

그들에게 어떻게 설명하면 좋을까.

차 안에서 오는 내내 생각했다. 결론은 나지 않았다. 댁의 아들은 치사성 바이러스에 감염되었습니다……. 그런 식으로 알리고 싶지는 않았다. 그러나 검사를 취소시키려면 그 나름의 설득력 있는 설명을 해야 한다.

현관 옆에 재떨이가 있다.

하즈키는 바짓주머니에서 담배를 꺼내 불을 붙였다. 통원환자인 듯한 백발의 남자가 지나가면서 경멸하는 듯한 시선을 던졌지만, 무시하고 길가를 향해 나 있는 정문 주변을 바라보았다. 현관에서 정문까지는 30미터가량의 거리가 있었다. 담배를 다 피우면 정문에서 기다리자.

정문 근처에 회색 승용차가 옆으로 세워져 있다. 아까까지 없었던 차였다. 시동도 켜져 있는 상태. 마나베일지도 모른다. 하즈키는 담배를 재떨이에 내던지고 승용차 쪽으로 다가갔다. 선팅이 되어 있어 차 안의 모습은 확실히 알 수 없었다. 그러나 운전석뿐 아니라 조수석에도 희미하게 사람의 윤곽이 보였다. 마나베는 아니라고 하즈키는 생각했다. 아마도 가족이나 누군가가 병원에서 나오기를 기다리는 것이리라.

그 순간 정문 쪽에서 사람이 나타났다. 아이의 손을 잡은 여자였다. 두 사람은 현관 왼쪽으로 나있는 보도를 천천히 걷고 있었다.

하즈키는 두 사람에게 달려갔다.

"미야와키 씨."

말을 걸자 여자가 경계하는 듯 눈을 가늘게 떴다.

"당신은 분명히……."

"저, 실은 데쓰시 군의 일로."

하즈키는 미야와키 데쓰시의 얼굴을 유심히 살폈다. 수포는 보이지 않았다. 하지만 입술 오른쪽 끝 부분이 조금 붉어져 있었다. '염증이 생겼을 뿐'이라는 생각이 들었지만 수포가 생길 조짐으로 볼 수도 있다. 우선은 오늘 검사를 취소시키는 수밖에 없다.

"오늘 검사를 중지해주세요."

데쓰시의 모친이 지긋지긋하다는 듯 고개를 흔들었다.

"대체 당신, 뭐예요? 이제 그만 좀 하세요."

데쓰시의 손을 끌고 걷기 시작하는 그녀 앞을 하즈키는 가로

막아 섰다. 검사를 받게 해서는 안 된다.

데쓰시의 모친은 입을 꼭 다물고 하즈키를 피해 차도 쪽으로 나가 걷기 시작했다.

"기다려요! 제 얘기를 들어주세요."

하즈키는 다시 두 사람 앞을 막아섰다. 진저리난다는 표정으로 데쓰시의 모친이 입을 열려고 했다. 그 순간 흰색 소형차가 정문으로 들어오는 것이 보였다. 하즈키는 침을 삼켰다. 운전석에 앉아 있는 사람은 마나베였다. 역시 그가 찾아왔다. 마나베도 하즈키의 모습을 확인한 듯했다. 차는 정문 바로 옆에서 일단 정지하더니, 곧바로 움직이기 시작했다. 하즈키와 미야와키 모자를 향해 일직선으로. 데쓰시와 그 모친도 돌아보았다. 운전석에 있는 마나베의 얼굴이 또렷이 보였다. 이를 악물고 두 눈을 부릅뜨고 있었다.

하즈키는 피해야 한다고 생각하면서도 몸이 결박당한 듯 꼼짝할 수 없었다. 데쓰시의 모친도 겁먹은 듯 그 자리에 못 박혀 있었다.

마나베는 데쓰시를 치어죽일 셈인가. 아니, 그럴 리 없었다. 데쓰시의 몸에서 피가 흘러나오면 끝장이다.

그때 타이어의 거친 마찰음과 함께 회색 승용차가 급발진했다. 무언가가 크게 부딪히는 소리. 데쓰시와 그 모친이 주저앉았다. 하즈키는 무심코 눈을 감았다. 석유냄새가 강하게 났다.

얼마 동안 그렇게 하고 있었을까. 두려움을 누르고 눈을 뜨자 흰색 소형차의 조수석 문에 회색 승용차의 보닛이 박혀있는 것이 보였다. 회색 승용차에서 남자가 내렸다. 하즈키는 숨을 크게 내뱉었다. 제복은 입지 않았지만 경찰이 분명했다. 경찰은 소형차에서 마나베를 끌어냈다.

"이거 봐!"

마나베가 크게 소리쳤다. 부상은 없는 듯했다.

"저 아이를 죽여야만 해!"

"뭐, 이런 놈이 다 있어. 경찰서로 가자."

남자가 말하는 것이 들렸다.

"나카자와!"

별안간 마나베가 고함쳤다.

"네가 해. 아까 말한 대로 하면 돼. 뒤를 부탁할게."

그런 짓은 할 수 없었다. 하즈키는 입술을 깨물었다.

"부탁해."

마나베가 다시 외쳤다.

데쓰시가 비로소 울음을 터뜨렸다. 겨우 사태를 이해한 모양이었다. 불에 덴 듯이 울어댔다. 모친이 아이를 꼭 껴안고 달래고 있다.

그것을 보고 있자니 가슴이 아파져 왔다. 그렇다. 지금은 간신히 목숨을 건졌다. 하지만 미야와키 데쓰시의 몸속에는······.

입술을 꽉 깨물었다.

그 순간 주머니에 들어 있던 휴대전화가 울리기 시작했다. '이런 때에···'라고 생각했지만 발신자표시를 보니 가쓰지였다.

"하즈키니?"

"지금 굉장히 바쁘거든. 나중에 해."

"그럼, 간단히 말할게. 아까 미국에서 정보가 들어왔어. 장기 매매로 이식받은 아이들은 모두 27명이야. 그중에 하라시마 히로시와 가와쿠보 시온의 이름은 없었어. 이식받은 아이들 목록에 일본인의 이름이 한 명 있었지만 두 사람의 이름은 없었어."

그것이 무엇을 의미하는지 바로 떠오르지 않았다.

"그러니까 나카자와 씨는 장기매매에 관여하지 않았을 가능성이 크다는 얘기야. 그걸 제일 먼저 너에게 알려주고 싶었어."

가쓰지가 말했다.

장기매매가 아니다. 게스케는 이종이식을 한 것이다. 그리고 결국 살인 바이러스를 이 세상에 내보내고 말았다.

그때, 문득 생각했다. 목록 속에 있었던 '한 명'이라는 것은 누굴까.

"목록 속에 있었던 이름은?"

"미야와키 데쓰씨라는 아이야. 역시 도토대학병원을 통해 이식을 받은 모양이야."

가쓰지가 아직 뭔가 말하고 있었다. 하지만 그의 말이 귀에 들어오지 않았다. 하즈키의 시야가 순식간에 흐려졌다.

매매된 장기를 이식받았다면 미야와키 데쓰시는 바이러스에 감염되지 않은 것이다. 죽지도 않을 것이며 감염원이 되는 일도 없을 것이다. 그 아이는 앞으로도 살아갈 수 있다.

"야, 듣고 있어?"

"알려줘서 고마워."

간신히 그렇게 말하고 하즈키는 전화를 끊었다.

새로이 차 한 대가 정문으로 들어와 두 대의 차 옆에 멈추었다. 조수석 문이 열리고 스즈모리가 말없이 모습을 드러냈다. 하즈키는 스즈모리를 향해 머리를 숙였다. 틀림없이 전언이 전해진 것이다. 스즈모리는 여전히 벌레 씹은 표정을 하고 있었다. 그러나 그리운 사람이라도 만난 것 같은 기분이 가슴 속에서 퍼져간다.

긴 시간이었다.

하라시마 히로시의 유괴살인사건, 게스케의 죽음. 너무나도 많은 일이 동시에 일어났으며, 혼란의 소용돌이에 휩싸여 괴로운 나날을 보냈다. 그것은 스즈모리에게도 마찬가지가 아닐까. 스즈모리는 사건의 해결을 절실히 바라던 동지였다는 생각이 들었다. 자신이 아는 것은 모두 말할 생각이었다.

스즈모리는 심각한 표정으로 마나베를 붙잡은 남자와 한두 마디 말을 주고받더니 하즈키에게 다가왔다.

"나카자와 하즈키 씨, 참고인으로 경찰서까지 가주실까요?"

"네."

하즈키는 고개를 끄덕였다. 설명하고자 마음먹었다. 이종이식, 바이러스. 어디까지 이해할 수 있을지 모르겠지만, 온 힘을 다해 설명하는 것이 자신의 의무라고 생각했다.

스즈모리가 하즈키의 팔을 꽉 잡았다.

"잠깐, 뭐 하는 거예요? 놔 주세요."

뿌리치려고 했지만 스즈모리는 한층 더 힘을 가해왔다. 하즈키는 스즈모리의 얼굴을 올려다보았다. 분노로 가득 찬 시선이 자신을 쏘아보고 있어서 헉, 하고 숨을 삼켰다.

"잘도 속였군."

숨죽인 목소리로 스즈모리가 내뱉었다.

"속이다니요? 전……."

"뭔가 숨기고 있다는 생각은 했지만, 설마 당신이 공범이었다니."

"무슨 말이에요! 전, 마나베 일을 알려주려고 스즈모리 씨에게 전화했었는데."

스즈모리의 손가락이 하즈키의 팔에 더욱 깊이 파고들었다.

"흥. 어차피 우리 수사를 교란시킬 작정이었겠지. 당신, 마나베와 공모해서 미야와키 데쓰시를 유괴살해 할 작정이었지? 경찰서에 가서 철저히 파헤쳐주겠어."

말도 안 돼!

등을 세게 떠밀려 하즈키는 비틀거렸다.

그때 뒤에서 형사가 크게 소리 질렀다.

"이봐, 쫓아!"

스즈모리의 힘이 순간적으로 느슨해졌다. 목소리가 난 쪽을 보고 하즈키는 숨을 삼켰다. 마나베가 형사를 뿌리친 것이다. 마나베는 문을 빠져나가 거리로 달려갔다.

그 순간 차가 급정거하는 소리가 들렸다. 그리고 물체가 부딪치는 둔탁한 소리.

"젠장! 저 녀석들 뭐 하는 거야."

스즈모리는 하즈키의 팔을 잡은 채 고함을 지르며 정문을 향해 달리기 시작했다. 질질 끌려가듯 하즈키도 달렸다.

정문 바로 앞에는 트럭이 멈춰 있었다. 그리고 조금 떨어진 곳에 마나베가 쓰러져 있었다. 고개가 이상하게 뒤틀려있고, 머리에서 많은 피가 흘러나오고 있다. 죽은 것이 분명했다. 맹렬한 욕지기가 치밀어 하즈키는 그 자리에서 주저앉았다.

　도토대학 의학부 제1회의실에는 오십 명이 넘는 보도진이 몰려들었다. 와타나베 가쓰지는 마이아사 신문 완장을 찬 카메라맨에게 말을 걸더니, 앞에서 두 번째 줄에 간신히 남아있던 빈자리로 향했다.

　중요한 회견이 있을 때는 좋은 자리를 차지하려고 보통 시작하기 이십 분 전에는 회장에 들어오지만, 오늘은 의학부장실에 들러 여기로 왔기 때문에 늦었다.

　이종이식과 살인 바이러스의 감염. 하라시마 히로시의 유괴사건 배경에 이토록 큰 문제가 있었을 것이라고는 상상도 하지 못했다. 이식과 어떤 관련이 있을 것이라는 생각은 했지만 설마 이런 일이라고는……. 커다란 사건에 맞닥뜨리면 흥분과 함께 의욕도 생겨났었다. 그러나 이번은 조금 달랐다.

　가방에서 수첩과 볼펜을 꺼내고, 녹음기에 새로이 카세트테이프를 장착했다. 기자회견이 시작되려면 아직 십 분가량 시간이 남아있다. 가쓰지는 팔짱을 끼고 눈을 감았다.

나카자와 하즈키를 생각하니 복잡한 심정이었다. 그녀는 마나베와 공모해서 미야와키 데쓰시를 유괴하려 했다고 한다. 참고인으로 경찰에 끌려갔다가 그대로 체포되었다.

하즈키가 유괴에 가담했다는 것을 가쓰지는 믿을 수 없었다. 하즈키 자신도 혐의를 부인하고 있는 듯했지만, 상황은 그다지 유리하지 않았다. 레이메이병원에 마나베가 나타나기 전, 도토대학에서 하즈키와 마나베가 오랫동안 얘기하고 있었다는 것이 목격되었다. 그리고 하즈키는 미야와키 데쓰시가 그날 그 시각에 레이메이병원에 온다는 것도 알고 있었다. 더욱이 도토대학에서는 하즈키의 실험노트가 경찰에 제출되었다. 기시카와 의학부장의 설명에 의하면, 하즈키는 남편 나카자와 게스케로부터 하라시마 히로시와 가와쿠보 시온의 혈액검사를 의뢰받고 협력해주었다고 한다. 게스케는 이종이식을 단행해 살인 바이러스를 발생시켰다. 그리고 바이러스의 존재를 은폐하고자 마나베와 공모해서 감염된 아이들을 죽였다는 것이 경찰의 입장인 듯했다. 미야와키 데쓰시가 감염되지 않았던 것은 우연에 불과했다. 때마침 매매된 장기를 입수했기 때문에, 돼지가 아닌 어린아이의 장기가 사용되었다고 한다.

그러나 가쓰지는 한 가지 신경 쓰이는 점이 있었다. 도토대학에서 팩스로 보내온, 기자회견 예정이 적힌 종이를 꺼내 다시 한 번 살펴보았다. 종이 오른쪽 아래 부근에 1센티미터가량의 가느다란 가로 선이 있다. 자세히 보지 않으면 알아차릴 수 없으며, 글자를 읽는데도 방해가 될 정도는 아니었다. 인쇄할 때 프린터상태가 좋지 않아 생기는 얼룩 비슷한 선이다. 가쓰지의 회사에 있는 프린터에서도 예전에 똑같은 현상이 일어난 적이 있었다.

회의실 앞쪽에 있는 문이 열렸다. 동시에 여러 개의 플래시가 터졌다. 셔터를 누르는 소리가 회의실을 메웠다.

가쓰지는 녹음기를 틀었다. 호리호리한 몸을 굽혀 인사한 후, 텔레비전방송국의 마이크가 여러 개 달린 테이블에 앉은 기시카와 의학부장의 표정을 가쓰지는 볼펜을 쥔 채 유심히 살폈다. 이마에 핏기가 없었다. 시선도 불안정하게 흔들리고 있었다. 기시카와 옆에는 조금 뚱뚱한 남자가 앉았다. 그 남자는 자신을 학장이라고 소개하고 묵직한 목소리로 말하기 시작했다.

"먼저 저희 대학 전 직원 세 사람이 중대한 사건을 일으킨 점에 대해 깊이 사죄드립니다."

학장과 기시카와가 동시에 일어나 테이블에 머리가 닿을 만큼 고개를 숙였다. 여기저기서 또다시 플래시가 터졌다.

"그럼, 의학부장인 기시카와가 저희 대학 의학부의 향후 체제를 중심으로 설명해드리겠습니다."

학장이 말하자 기시카와가 자료를 꺼내 소리 내어 읽기 시작했다.

"이번처럼 일부 연구자가 허용되지 않은 의료행위를 독단적으로 행하고, 그 결과 커다란 사회 문제를 일으켰다는 사실을 저희는 매우 중대하게 받아들였습니다. 앞으로 똑같은 잘못을 되풀이하지 않도록 의학부 내에 새로이 윤리위원회를 두기로 했습니다. 외부에서 널리 인재를 모아 적절한 의료방식을 논의할 생각입니다. 또한, 각 연구실 책임자인 교수는 항시 부하의 연구와 치료 상황을 파악해, 매달 한 번은 학부장에게 보고하도록 하겠습니다. 이러한 구조를 통해 환자 분을 비롯해 국민의 신뢰를 회복하도록 노력하겠습니다."

기시카와는 자료를 테이블에 놓고 허리를 굽혀 절했다.

따분하다는 듯한 분위기가 회의실에 감돌았다.

제일 앞줄에 있는 기자가 손을 들고 발언했다.

"이번 사건에는 나카자와 게스케, 나카자와 하즈키, 마나베 야스유키 이렇게 세 사람 외에도 관여한 사람이 있지 않습니까?"

학장이 마이크를 끌어당겼다.

"그것은 경찰이 조사하고 있습니다만…… . 저희로서는 단연코 그런 일은 없다고 말씀드리고 싶습니다."

"하지만 기시카와 씨는 나카자와 게스케의 직속상관이지 않습니까? 전혀 몰랐다고는 생각할 수 없습니다만."

기시카와는 홍조 띤 볼을 씰룩거렸다.

"관리가 소홀했는지는 모르겠지만…… . 나카자와 게스케는 아주 우수한 의사로서 조교수라는 직책에 있었기 때문에 모든 것을 맡겼습니다. 신뢰를 배반당했다고 말씀드려야 할까요…… ."

다른 기자가 손을 들었다.

"허가되지 않은 의료행위를 연구자가 독단적으로 실행에 옮길 수 있다니 믿을 수 없습니다. 병원 체제에 문제가 있었던 것 아닙니까? 방금 말씀하신 윤리위원회를 만드는 정도로는 국민은 도저히 안심할 수 없을 겁니다. 학장과 학부장을 포함한 핵심 간부가 사직하는 것이 당연하다고 생각하지 않으십니까?"

학장이 멍한 표정으로 팔짱을 끼고 천장을 쏘아보았다. 기시카와는 학장을 힐끔 곁눈질하더니, 어깨를 늘어트리고 조그만 목소리로 말하기 시작했다.

"그러니까, 이번 일은 세 사람의… 말하자면 특이한 몇몇이 폭주한 것뿐이라서…… . 저희도 피해자라고 할 수 있습니다만."

"그런 변명이 통하리라고 생각합니까!"

"말도 안 되는 얘기하지 마세요!"

회장 뒤편에서 성난 목소리가 튀어나왔다.

"여러분, 정숙 해주시기 바랍니다!" 대학 사무장인 듯한 작은 체구의 남자가 있는 힘을 다해 외쳤다.

학장이 돌연 의자를 차며 일어났다.

"회견은 이것으로 마칩니다!"

다시 날카로운 비난의 목소리가 날아들었다. 하지만 학장과 기시카와는 재빨리 일어나 회의실을 나갔다. 기자들도 일제히 일어섰다. 가쓰지도 허둥지둥 일어나 수첩을 손에 들고 출구로 서둘러 나갔다.

차가웠다.

나카자와 하즈키는 구치소 벽에 볼을 대고 크게 한숨을 내쉬었다.

어째서 이렇게 된 것일까. 모든 것이 비현실적으로 느껴졌다. 게스케와 마나베의 공범이라는 혐의를 쓰고 이런 곳에 갇혀 있다니.

경찰이 실험노트를 내놓았을 때는 충격을 감출 수 없었다. 하라시마 히로시의 혈액을 조사했을 때의 데이터를 기록한 노트. 더욱이 하라시마 히로시의 혈액 샘플도 발견되었다. 게스케의 부탁을 받고 찾았을 때는 보이지 않았는데, 도대체 누가 어디에서 가져온 것일까. 하즈키는 상황을 전혀 이해할 수 없었다. 그러나 샘플을 넣은 튜브의 라벨에는 날짜와 게스케의 이름이 하즈키의 필적으로 기록되어 있었다. 그것이 게스케의 협력자였다는 증거로 제시된 이상 반론의 여지가 없었다.

그때, 레이메이병원으로 가기 전에 경찰에게 사정을 제대로 설명했어야 했다. 지금에 와서야 그런 생각이 들었다.

피곤했다. 진심으로 그렇게 생각했다.

취조실에서 몇 시간이나 조사를 받으며 "네가 한 짓이지"라는 말을 계속 듣다 보니 점점 그런 기분이 들었다. 기시카와를 좀 더 조사해달라고 그토록 말했지만 경찰은 듣는 둥 마는 둥, 별로 관심도 보이지 않았다.

게스케가 미웠다. 아무 말도 해주지 않고 죽어버리다니. 살해 당했으리라고 생각한다. 그래도 그가 자신을 무시한 것임에는 변함이 없다. 그러나 한편으로 미칠 듯한 애절함이 끓어올랐다. 자신은 분명히 그를 좋아했다. 하지만 게스케는 이제 없다. 이 복잡한 감정을 발산할 수가 없었다. 정말로 혼자가 된다는 것은 바로 이런 것이었다. 게다가 이런 일이 생긴 이상 자신도 연구자로서의 미래는 끝난 것이나 마찬가지다.

이제 아무래도 좋았다.

이 모든 것을 잊어버릴 수 있는 곳이 있다면, 그곳으로 가고 싶다고 하즈키는 생각했다.

회의실 앞 복도에서 기시카와를 에워싸고 있던 기자가 한 사람씩 사라지고 있었다. 송고 마감시간이 임박했기 때문에 기자 대부분은 오래 붙어 있을 여유가 없었다. 가쓰지는 기시카와가 혼자가 될 때까지 기둥 뒤에 숨어 꾹 참고 기다렸다.

마침내 그 기회가 찾아왔다.

마지막 기자가 기시카와에게 가볍게 인사하고 복도를 잰걸음으로 걸어나갔다. 기시카와는 안도의 숨을 내뱉고 계단을 향해 걷기 시작했다.

"기시카와 씨."

가쓰지가 부르자 기시카와가 돌아보았다. 깜짝 놀랐는지 두 눈이 커졌다.

"제가 아무리 생각해도 궁금해서 말입니다. 설명 좀 부탁해도 되겠습니까?"

가쓰지는 주머니에서 기자회견 안내종이를 꺼냈다.

"기시카와 씨, 얼마 전 당신은 제게 나카자와 게스케의 유서가 발견됐다는 정보를 주셨습니다. 그리고 워드프로세서로 작성된 유서를 건네 주셨죠."

"그, 그것은……. 정말로 나카자와가 우편으로 보내온 거야. 설마 유서에다 거짓말을 쓸 것이라고는 나도 생각하지 못했기 때문에 믿어버렸지. 하지만 그것을 기사로 쓴 것은 자네의 판단이지 않나? 내게 불평해봤자 나도 곤란할 뿐이야."

"아뇨, 그런 일이 아닙니다. 실은 조금 마음에 걸리는 게 있어서 말이죠. 도토대학에서 보내온 기자회견 안내장이 여기에 있습니다."

가쓰지는 주머니에 손을 넣어 종이를 또 한 장 꺼냈다.

"그리고 이것이 기시카와 씨가 그때 준 유서의 복사본입니다."

기시카와가 고개를 갸우뚱했다.

"그것이 어쨌단 말인가?"

"아니, 저는 아무래도 이 오른쪽 아래에 있는 선이 마음에 걸려서 말입니다. 프린터 상태 때문에 생긴 얼룩 같은데, 이 두 장의 종이는 똑같은 위치에 선이 있습니다. 회견안내장은 기시카와 씨의 비서가 작성했다는군요. 학부장실에 있는 워드프로세서로 작성해 프린터로 출력했다고 했습니다. 회견이 있기 전에 제가 직접 확인한 겁니다."

가쓰지는 기시카와의 얼굴을 쏘아보았다.

"그렇다는 것은 이 유서 역시도 기시카와 씨의 방에서 작성된 것으로 추측할 수 있겠죠. 그 이유가 몹시 궁금한데, 제가 이해할 수 있게 설명 좀 해주시죠."

기시카와의 얼굴에서 핏기가 가셨다.

"그것을……. 그 유서를 내게 돌려주겠나? 자세히 조사해볼 테니 말이야."

쉰 목소리로 기시카와는 말했다.

"물론이죠. 돌려드리겠습니다. 오늘 아침, 두 장의 종이를 나란히 놓고 사진부 기자가 사진으로 찍어 두었으니까요."

"기사를 쓸 건가? 그것은……. 우연히 같은 위치에 종이의 얼룩이 있을 수도 있지 않겠나. 게다가 나카자와가 내 워드프로세서를 사용했을 수도 있고 말이야."

"뭐, 그럴 가능성도 있겠지요. 다만 상황을 보면 당신이 유서를 위조했을 가능성이 크지만요. 그 이유에 대해 저 나름대로 생각해보니, 한 가지 사실밖에 떠오르지 않더군요. 저는 조사해볼 겁니다. 아주 철저히 말이죠."

가쓰지는 기시카와에게 등을 돌려 걷기 시작했다.

자신이 가진 모든 힘을 쏟아 부어 이 사건을 조사하겠다고 가쓰지는 생각했다. 하즈키를 위해서가 아니다. 자신의 긍지를 지키기 위해서다.

유서가 위조됐다는 사실을 알아차리지 못하고, 대서특필로 보도한 자신은 기자로서 최악이었다. 오명을 씻으려면 실수를 만회할 만한 특종을 자신의 손으로 잡아야 한다. 그것이 결과적으로 하즈키를 곤경에서 구하는 길도 된다.

19

하네다 공항의 도착출구는 맥 빠질 정도로 비어 있었다. 정장을 입고 신문을 옆구리에 낀 남성들이 서둘러 리무진승차장으로 향했다. 가을철 관광시즌으로는 아직 조금 이른 시기라 공항 이용객은 대부분 비즈니스맨인 듯했다.

사건은 이미 과거로 흘러가고 있었다. 상처가 아물 듯 마음도 원래의 자리로 돌아가는 것일까. 도저히 그럴 것 같지 않았다. 적어도 지금은.

출구를 나오자 와타나베 가쓰지가 다가왔다. 가쓰지도 둥글게 말은 석간신문을 손에 들고 있다. 도망치고 싶었지만 가쓰지는 이미 눈앞에 있었다.

"나카자와 씨 부친에게 비행기 시간을 들었어."

가쓰지가 뚱뚱한 몸집을 흔들며 말했다.

하즈키는 보스턴백을 왼손으로 바꿔 들었다. 게스케의 49제 때문에 아오모리에 갔다는 얘기를 연구실 사람들에게 들은 듯했다. 그러고 보니 가쓰지에게 고맙다는 말을 하지 않았다. 가쓰지가 기시카와의 유서위조를 신문에 폭로한 것을 계기로 경찰 수사가 급전환되었다. 기시카와는 체포되었고 하즈키에 대한 혐의도 풀렸다.

"여러 가지로 고마웠어. 덕분에 살았어."

하즈키는 가쓰지에게 머리를 숙였다. 가쓰지는 당황한 듯 손가락으로 코를 긁적였다.

"무슨, 오히려 내가 폐를 끼쳤는데. 그보다 아오모리는 이제 제법 추워졌지?"

"아직 그 정도는 아냐. 근데 오늘은 왜 나를?"

"음. 한 가지 알려주고 싶은 일이 있어서. 사쿠라기 에이코가 참고인으로 조사를 받고 있었잖아? 그녀가 드디어 말하기 시작했어. 내일 조간신문에 기사가 나겠지만, 자세한 얘기를 해주고 싶어서 말이야."

하즈키는 멈춰 섰다.

"나, 하이어로 왔거든. 차 안에서 얘기하자."

가쓰지가 앞서 걷기 시작했다.

하이어 뒷좌석에 나란히 앉자 가쓰지는 곧장 이야기를 꺼냈다.

"어디서부터 얘기를 해야 하나……. 그래, 우선 이종이식을 하게 된 경위부터 설명해야겠다."

무릎에 시선을 두면서 하즈키는 귀를 기울였다.

"사쿠라기 에이코가 미국에서 유학했던 일은 알고 있지."

"응"

"그녀에겐 애인이 있었어. 대학선배인 의사로 이종이식에 관한 연구를 하고 있었지."

하즈키는 언젠가 연구소 대기실에서 본 사진을 떠올렸다. 윤곽이 뚜렷하고 단정한 용모를 지닌 남자였다. 웃는 모습이었다는 것은 기억나지만 얼굴은 잘 생각나지 않았다.

"그는 세인트 찰스병원에서 일하다 그곳에서 장기매매가 횡행하고 있다는 사실을 알게 됐지. 그는 그것을 막으려고 한 모양이지만, 이식을 기다리는 아이를 가진 부모에게 포기하라는 말은 할 수 없었나 봐. 그는 결국 아이들을 구하려면 이종이식밖에 없다고 생각했지만, 이종이식은 미국에서도 허용되지 않잖아. 그런 답답한 마음을 일본에 있는 애인에게 털어놓았지."

"사쿠라기 씨가 제1외과에 있던 무렵이네."

"응. 그녀도 처음엔 어쩔 수 없는 일이라고 생각했지만, 같은 연구실에 있던 나카자와 씨에게 이식이 필요한 아이가 있다는 사실을 알게 되었지. 그 아이는 상당히 위험한 상태였고, 이식을 받을 수 있는 가능성도 크지 않았어. 그녀는 나카자와 씨에게 이종이식을 받아보지 않겠느냐고 말을 꺼냈지. 물론 공개적으로 할 순 없지만 세인트 찰스병원이라면 몰래 이식을 받을 수 있다고 생각한 모양이야. 어찌 됐건 장기매매와 관련 있는 병원이니 말이야. 나카자와 씨는 그 일을 받아들였어. 세인트 찰스병원의 의사도 이식에 동의했고, 이식용 돼지를 개발 중인 제노파마도 이의가 없었지."

비밀리에 행해진 인체실험. 하지만 그것을 인체실험이라고 부를 수 있을까. 하즈키는 알 수 없었다. 이식을 받지 못하면 어김없이 죽게 되는 아이들. 그 아이들을 죽게 내버려두는 것과 이종이식이라는 금지된 방법을 사용해 치료하는 것. 같은 처지에 처한다면 자신이 어떤 선택을 할지는 알 수 없다. 적어도 실험을 시작했을 때, 게스케나 세인트 찰스병원 의사나 제노파마의 개발자 모두가 아이의 생명을 구할 수 있기를 바란 것이다.

"나카자와 씨는 도토대학병원에 다니고 있던 가와쿠보 시온의 부모에게 말을 꺼냈어. 자신이 아는 사람을 통해 장기를 구할 수 있으니, 미국에서 수술을 받으라고 권했지. 제일 먼저 자기

아들을 수술시키려고 했지만, 그 무렵 히로시 군의 몸 상태가
좋질 않았거든."

하즈키는 차창 밖으로 시선을 던졌다. 자동차는 수도고속도로
를 빠른 속도로 달려갔다. 이미 가로등이 켜지기 시작했다. 추
월해가는 차의 후미등이 눈부셨다.

"그리고 작년 가을, 가와쿠보 시온의 수술을 했는데……. 물
론 수술은 성공했지만 바이러스에 감염되고 말았지."

하즈키는 입술을 깨물었다. 게스케에게 부탁받은 가와쿠보 시
온의 혈액 샘플을 검사한 자신은 바이러스의 혼입을 간과했다.
그래서 게스케는 위험하다는 것을 알지 못하고, 두 번째 피해자
로 자신의 아들을 택했다.

창문을 조금 열고 담배에 불을 붙였다. 연기를 가슴 속 깊이
들여 마시고 그것을 다시 천천히 내뱉었다. 여러 가지 생각이
가슴 속에 들끓었다. 한심함, 후회, 분노……. 말로는 설명할
수 없는 고통스러운 감정이었다.

"가와쿠보 시온의 수술이 성공한 듯 보였기 때문에, 나카자와
씨는 히로시 군에게도 돼지의 장기를 이식하기로 했지. 바로 그
때 나카자와 씨가 아이들을 세인트 찰스병원에 소개해주고 있다
는 사실을 기시카와가 알게 된 거야. 그 배후에 사쿠라기 에이
코가 있다는 사실도 알아냈지. 사쿠라기 에이코는 자신의 행동
이 옳지 못하다는 의식이 없었어. 오히려 자신들은 옳은 일을
하고 있다고 믿고 있었지. 더구나 그녀는 기시카와를 신뢰했어.
그래서 이종이식 얘기를 기시카와에게 전부 털어놓았지. 이종이
식을 숨어서 할 게 아니라 당당하게 후생노동성에 임상시험 허
가를 신청해야 한다고 확신한 거야."

에이코의 정의감이 뜻대로 되지 않은 것이다.

"물론 기시카와가 그런 일을 할 리가 없지. 그는 이종이식을

이용해서 한밑천 잡으려고 한 거야. 그는 당시 지인인 미야와키 씨에게 이식받을 수 있는 곳을 소개해 달라는 부탁을 받고 있었지. 나카자와 씨에게 이종이식을 눈감아주는 대신, 자신도 한 몫 끼어달라고 협박했어."

"그때는 아직 바이러스 얘기는 모르고 있었던 거네."

"응. 기시카와의 지독한 점은 제노파마로부터도 돈을 갈취했다는 거야. 정말이지 악착같은 놈이야."

"하지만 결국 이종이식은 순조롭질 못 했지."

"가와쿠보 시온이 바이러스에 감염됐다는 사실을 알았을 때, 기시카와는 깜짝 놀란 모양이야. 그래서 그는 가와쿠보 시온과 하라시마 히로시를 죽이기로 마음먹었지. 바이러스의 만연을 막기 위해서라는 명분도 물론 있었겠지. 그러나 기시카와가 그 이상으로 두려워한 것은 이종이식에 연루됐다는 사실이 외부로 알려지는 일이었어. 말하자면 아이들은 살아있는 증거였지. 나카자와 씨는 반대했다고 하더군."

하즈키는 고개를 끄덕였다. 당연한 일이다. 게스케는 그런 비겁한 짓은 하지 않는다.

"기시카와도 직접 처리할 배짱은 없었던 모양이야. 사쿠라기 에이코에게 아이들을 처리하도록 강요했지. 사쿠라기 에이코가 그 당시 상황을 증언했으니, 기시카와도 이제 발뺌할 수 없을걸."

"사쿠라기 씨가 기시카와의 말을 듣지 않은 거네."

"응. 그래서 기시카와는 마나베를 끌어들인 거야. 마나베는 오랫동안 마음의 상처를 안고 있었거든. 그는 기시카와의 말에 감쪽같이 속아 가와쿠보 시온과 그 가족을 죽였어. 교살한 후 불을 지른 모양이야."

"히로시 군의 유괴는? 시체는 나카자와가 자신의 본가 병원에서 태운 것 같던데."

"마나베는 친구 집에서 놀다가 집으로 돌아가는 히로시를 납치해 자신의 아파트에서 교살했어. 그리고는 나카자와 씨에게 전화를 걸었고, 나카자와 씨는 당장 아파트로 달려갔지. 그리고 마나베는 곧바로 하라시마 기미코 씨 집에 몸값을 요구하는 전화를 걸었던 거야."

그날 밤 걸려온 전화는 마나베가 한 것이다. 하즈키는 눈을 감았다. 게스케는 아들의 죽음을 알리는 마나베의 말을 어떤 심정으로 들었을까. 생각만 해도 가슴이 저며 왔다.

"나카자와 씨는 밤새 차를 달려 아오모리에 있는 본가의 병원으로 갔지. 평소 사용하지 않는 오래된 소각로가 있다는 사실을 알고 있었던 모양이야. 새벽녘, 거기서 시체를 태웠지. 그리고 바로 도쿄로 돌아와 유골을 도야마 공원에 놓아두었다고 하더군. 치바에서 일어난 유괴사건과 동일범으로 보이게 하자는 생각은 마나베한테서 나온 거지만, 나카자와 씨도 동의했지. 유골을 기미코 씨에게 돌려보내기 위해서였을 거야."

"미야와키 데쓰시가 이종이식을 받지 않은 것은?"

"운이 좋았다고밖에 할 수 없지. 세인트 찰스병원은 장기매매를 계속했어. 때마침 장기를 입수했고, 이식을 기다리는 다른 아이도 없었기 때문에 그걸 쓴 거야. 하긴 매매된 장기였기 때문에 이번에 적발된 거지만 말이야."

"저, 또 한 가지만 가르쳐 줘. 그는 자살한 거야?"

가쓰지는 고개를 저었다.

"마나베가 한 짓이야. 물론 기시카와가 시킨 일이지만. 나카자와가 방해할 테니 없앨 수밖에 없다고 마나베를 부추긴 모양이야. 나카자와 씨는 아이들의 치료를 시작하려고 했어. 그런데 그 찰나에 마나베가 잇따라 아이들을 죽이자, 바이러스 얘기를 공표하겠다는 말을 한 모양이야. 기시카와가 제일 두려워했던 일이지. 그래서 기시카와는 나카자와를 처리할 수밖에 없다고 생각한 모양이야. 그 무렵 마나베는 이미 정상적인 판단능력을 상실하고 있었어. 기시카와가 흥신소를 이용해 네 뒤를 미행해서 나카자와 씨가 있는 장소를 알아냈어. 그곳으로 마나베가 찾아가 청산가리를 넣은 음료를 나카자와 씨에게 먹인 거야."

역시 그랬다. 오소레잔에서 마지막으로 만났을 때, 게스케는 정말로 모든 사실을 자신에게 털어놓을 작정이었다. 마나베에게 살해당해 그것을 이루지 못한 것이다. 이제 와서 사실을 알았다고 해도 아무 소용이 없지만, 게스케가 자신을 믿어주었다는 사실에 조금은 구원받은 기분이 들었다.

"사쿠라기 에이코는… 아직 확실한 것은 모르겠지만, 그 바이러스에 감염됐을 가능성이 있다고 하더군."

하즈키는 눈을 감았다. 그 가능성을 줄곧 생각하고 있었다. 게스케의 죽음을 안 날, 그녀가 손에 들고 있었던 시험관. 그 속에 문제의 바이러스가 들어 있었던 것이다. 에이코는 앞으로 어떻게 될까. 하즈키는 에이코가 실험을 계속 하고 싶어 할 것이라는 생각이 들었다. 자신의 치료뿐 아니라 바이러스의 정체를 밝히기 위해서라도.

하즈키는 차창 밖을 바라보았다. 앞쪽으로 잿빛 빌딩가가 펼쳐지고 있었다.

"그런데 궁금한 게 있어. 나카자와 씨는 왜 너와 의논하지 않았을까. 내가 만일 나카자와 씨 입장이었다면 바이러스 연구자인 너한테 도움을 청했을 텐데 말이야."

"그런 건 기사와 관계없잖아."

"너를 사건에 끌어들이고 싶지 않아서 바이러스 일을 얘기하지 않았던 것일까?"

"그에게 아무 말도 듣지 못했으니 알 수 없지."

하즈키는 눈을 감고 마지막으로 본 게스케의 모습을 떠올렸다. 오소레잔의 벼랑 위에서 그를 내려다보았을 때, 게스케는 일이 매듭지어지면 모든 사실을 얘기해주겠다고 말했다.

그 의미를 지금에야 확실히 알 것 같았다. 게스케는 내가 그 바이러스 연구를 해주기를 바란 것이다. 두 번 다시 비극이 되풀이되지 않도록. 게스케는 자신이 다시는 의사 일을 할 수 없다는 사실을 분명히 알았을 것이다. 체포되리라는 것도 생각하고 있었다. 그에게 연구할 수 있는 시간은 남아있지 않았다. 그래서 자신의 뜻을 이어 줄 사람으로 나를 택한 것이다. 그 때문에 내가 직접 관여하지 못하도록 한 것이다. 하즈키는 그런 사실을 가쓰지에게 일일이 설명할 마음이 없었다. 자신의 가슴 속에 담아두고 싶었다. 게다가 이젠 그가 바라던 것을 이루어줄 수도 없게 되었다.

하즈키는 말없이 차창 밖을 스쳐가는 경치를 바라보았다. 가쓰지는 볼펜으로 자신의 이마를 톡톡 두드렸다.

"그럼, 또 한 가지. 나카자와 씨는 아이들을 치료할 마음이 있었어. 하지만 바이러스의 존재를 공표하겠다는 생각이 든 것은 가와쿠보 시온과 하라시마 히로시가 살해되고 나서였지. 난 그게 이해가 안 돼. 이렇게 말하기는 뭣하지만 나카자와 씨도 기시카와처럼 책임회피를 할 생각이었던 것일까?"

"그렇게 쓰고 싶으면 맘대로 해."

"야, 왜 이래……."

가쓰지가 어이없다는 듯이 얼굴을 찌푸렸다.

"그가 무슨 생각을 하고 있었는지 난 모르겠어. 하지만 내가 같은 입장이라면 역시 공표하지 않고 치료만 할 것 같아."

"뭐! 너, 그런 건 있을 수 없는 일이야. 의료는 투명성이 중요하잖아."

"하지만 바이러스가 세상에 알려져 봤자……. 저, 이종이식 말이야, 앞으로 어떻게 될 거 같아?

"어떻게 되다니?"

"분명히 당분간 금지되겠지?"

"뭐, 그렇게 되겠지. 이런 일이 있었으니."

신문과 잡지는 이종이식의 위험성에 대해 연일 떠들어대고 있었다. 이식과 관련된 학회는 급작스럽게 이종이식의 임상응용을 동결하는 가이드라인을 제정했다. 미국과 유럽에서도 상황은 비슷했다. 동물의 장기를 인간에게 이식하는 것 자체가 자연의 섭리를 거스르는 일이라는 목소리가 높아지고 있었다.

이종이식은 악마의 기술. 동물의 장기를 결코 인간에게 이식해서는 안 된다.

예전에는 뇌사자 장기이식을 대체하는 기술로 주목받은 적도 있었지만 상황은 달라졌다. 살인사건과 결부되지 않았더라면 좀 더 긍정적으로 받아들여졌을지도 모르지만……. 이제 이종이식이라는 기술은 햇빛을 볼 수 없을 것이다. 적어도 당분간은. 게스케는 이러한 사태를 예상하고 있었고, 그래서 바이러스의 존재를 공표하기로 마음먹기까지 시간이 걸렸던 것이다.

환자에게 무단으로 동물의 장기를 이식하고, 그 결과 생겨난 바이러스를 공표도 하지 않는다. 게스케가 취한 행동을 가쓰지 같은 일반인들이 비난하는 것은 당연한 일일 것이다. 의사의 궤변이라고 비난받아도 어쩔 수 없다. 게스케 자신도 자신이 한 일을 결코 옳다고는 생각하지 않았을 것이다. 하지만 아들을, 환자를 죽게 내버려 둘 수 없었다. 그리고 이종이식이라는 기술을 봉인시켜서는 안 된다고 생각했기 때문에 바이러스의 공표를 주저했던 것이다.

모든 것이 추측에 불과하지만 그렇게 생각하면, 게스케가 취한 행동이 이해가 갔다. 그리고 하즈키는 생각했다. 바이러스만 제거하면, 또는 바이러스가 존재하지 않는 이식용 돼지를 만들 수 있다면, 이종이식을 주저할 이유가 전혀 없다고. 누군가가 이종이식을 안전한 기술로 완성하지 못한다면 이식을 기다리는 사람들을 구할 수 없게 된다. 설사 어린이 뇌사자의 장기이식이 법률로 허용된다 해도 장기는 분명히 부족하다.

게스케는 실패했다. 기술은 아직 개발 중이었는지도 모른다. 그러나 이종이식 자체가 나쁜 것은 절대로 아니다.

"네 말도 모르는 바는 아니지만, 그래도 밀실 의료라는 것은 좀 그렇다."

이 문제에 관해서는 가쓰지와 더는 얘기하고 싶지 않았다.

어느새 교통체증에 걸려 있었다. 차 앞유리 너머로 꼬리를 문 트럭과 승용차의 빨간 미등이 멀리까지 이어져 있다.

가쓰지가 수첩을 덮었다.

"너, 앞으로 어떻게 할 거야? 대학은 그만두었지?"

"응, 그렇지 뭐. 그만둘 수밖에 없었잖아."

"다른 대학에서 일자리를 찾는 거야? 뭣 하면 나도 아는 대학 교수에게 물어볼게."

하즈키는 미소 지었다.

"고마워."

가쓰지의 마음이 고마웠다. 하지만 현실은 냉혹하다. 혐의가 풀렸다고는 하지만 사건에 휘말린 자신을 써줄 대학이 있을 것 같지 않았다.

"뭐, 천천히 생각해봐라. 그리고 한 잔하고 싶으면 언제라도 날 불러."

"응. 전화할게."

하즈키가 말하자 가쓰지가 안심한 듯 웃었다.

20

에이메이사〔詠明寺〕라는 절은 미타카에서 버스를 두 번 갈아
타고 가야하는 이웃 도시에 있었다. 경내의 자갈길을 천천히 걷
다 보면 본당 안에 있는 묘지로 이어진다. 하라시마 히로시의
묘가 여기에 있을 터였다. 이사를 끝내면 이곳에 와보리라 생각
했었다.

그리 크지 않은 부지에 묘석이 빽빽이 들어서 있었다. 비바람
에 씻겨 모서리가 둥그러진 것도 있고, 검고 윤이 나는 아주 새
것도 있었다. 미타카 역 근처에서 산 하얀 국화꽃 다발을 손에
들고 묘석에 새겨진 이름을 하나하나 확인해 갔다. 그다지 큰
묘지가 아니라서 찾는 데 별 어려움이 없을 듯했다.

그때 낯익은 뒷모습이 눈에 들어왔다. 베이지색 재킷을 걸친
가녀린 어깨. 하라시마 기미코였다.

커다란 묘석 뒤에 몸을 숨기려고 했을 때, 기미코가 돌아보
았다. 기미코의 얼굴이 순간적으로 굳어짐을 느꼈다. 얼굴을 마
주쳤으니 도망갈 수도 없었다. 하즈키는 기미코를 향해 고개를

숙였다.

그러나 기미코는 언제 그랬냐는 듯이 살짝 미소 지었다.

"이리로 와. 여기야."

기미코의 목소리가 너무도 온화해 하즈키는 당혹스러워하면서 기미코 앞에 있는 묘석으로 다가갔다.

국자(일본에서는 성묘 시 국자 같은 도구를 이용해 비석 위에 깨끗한 물을 부어주는 풍습이 있다-옮긴이)를 손에 든 기미코는 하즈기카 가지고 있던 꽃다발에 시선을 주더니, 살포시 미소 지었다.

"고마워. 이렇게 예쁜 꽃을 꽂아 주는 건 오랜만이네. 꽃이 제법 비싸잖아. 내가 꽂아도 될까?"

"네. 부탁해요."

기미코는 포장지를 조심스럽게 벗기고, 얼굴을 꽃에 바싹 들이대었다.

"음, 향기로운 냄새. 히로시도 기뻐할 거야. 그 아이, 남자아인데도 꽃을 좋아했거든."

하즈키는 준비해온 선향을 가방에서 꺼내 라이터로 불을 붙였다. 작은 불꽃은 손바닥으로 부채질하자 곧바로 꺼졌다.

묘석 앞에 쭈그리고 앉아 합장했다.

직접 얼굴을 마주한 적은 한 번도 없었지만, 하라시마 히로시가 착하고 총명했다는 것은 알고 있었다. 게스케의 피를 이은 아들이니 당연히 총명했을 것이다. 장례식 때 본 사진 속의 아이는 맑은 눈을 하고 있었다.

기미코가 허리를 굽히고 꽃을 꽂기 시작했다. 가느다란 손가락이 솜씨 좋게 움직이는 것을 하즈키는 멍하니 바라보았다.

"우리 둘 다 힘든 일을 겪었네."

손을 멈추지 않고 기미코는 말했다.

뭐라고 해야 할지 답을 찾을 수 없었다. 기미코는 대답은 기대

하지 않았던 듯 담담히 말을 이었다.

"하지만 오늘 만나서 다행이야. 당신을 원망하는 것이 잘못된 생각이었다는 것을 알았거든. 스즈모리라는 형사가 당신은 최대한 노력했다고 말해주더군. 이젠 나도 그렇게 생각해. 게스케도 히로시를 위해 모든 것을 내던질 각오로 이종이식을 했고. 굳이 돼지의 심장을 이식할 필요까지 있었을까 하고 남들은 생각할지 모르지만 그 외에 다른 방법은 없었으니 어쩔 수 없었던 거지."

하즈키는 눈을 내리깔았다.

'왜 어린이 뇌사자의 장기이식은 허용되지 않는 거지? 왜 장기제공자는 그토록 적은 거지?' 게스케의 비통한 절규가 가슴 속에서 되살아났다.

"한데 한 가지 이해할 수 없는 일이 있어. 지금이니까 말이지만 그는 왜 히로시가 병에 걸린 것을 알면서도 나와 이혼하고 당신과 결혼한 걸까?"

하즈키는 기미코에게서 시선을 돌렸다.

"그 아이가 불치병이라는 사실을 안 직후에 이혼하자는 말을 들었을 때는 뭐, 이런 사람이 다 있나 싶어 굉장히 화를 냈어. 부부가 힘을 합해 히로시를 돌봐주는 게 당연하잖아. 그런데 따로 좋아하는 사람이 생겼다는 거야. 그 당시는 나도 오기가 났고 자존심이 셌기 때문에, 남편에게 따로 좋아하는 사람이 있다는 사실을 참을 수 없었어. 그래서 이혼에 응해버린 거지."

"아마도 당신과 히로시를 소중하게 여겼기 때문에 나와 결혼했을 거예요."

"무슨 말이지?"

"그냥 알 수 있을 것 같아요. 그는 나를 사랑한 게 아녜요. 히로시의 병과 싸우려면 나의 지식이나 강함 같은 것이 필요했던 거예요."

"그런 식으로 생각하지 마. 난 당신이 한 일이 대단하다고 생각해. 게스케도 당신의 그런 점을 좋아했던 게 아닐까. 내가 이런 말을 다 하다니… 참, 이상하네."

기미코는 밝은 소리로 웃었다.

21

도쿄 역에서 끊은 표를 역무원에게 건넸다. 역 대기실 벤치에서는 색 바랜 보자기꾸러미를 무릎에 올려놓은 노파가 화질 나쁜 텔레비전 화면을 들여다보고 있었다. 볼에 여드름이 나 있는 학생은 입을 반쯤 벌리고 만화주간지를 보고 있었다.

하즈키는 묵직한 여행 가방을 들고 걷기 시작했다. 택시 승차장을 왼쪽으로 빠져나가, 메밀국수 집의 모퉁이를 왼쪽으로 돌았다. 그리고 선로를 빠져나가 북쪽으로 향했다. 2층 건물인 동사무소 옆을 지나가자 주택의 수가 눈에 띄게 줄어들었다.

앞쪽에는 산이 성큼 다가와 있었다. 나뭇잎이 모두 져버린 숲은 을씨년스러웠다. 태양은 이미 기울어져 있었다. 모직코트를 입었는데도 스며드는 냉기가 살을 에는 듯하다.

하즈키는 계속 걸어갔다. 포장이 고르지 못한 도로에는 보행자용 흰색 선이 그어져 있지 않았다. 도로 옆에는 추수를 끝낸 논이 펼쳐져 있었다. 초등학교에서 고등학교까지 12년 동안 이 길을 지나다녔다.

그 무렵은 이 마을에서 나가기만 하면 눈부신 생활이 기다리고 있을 줄 알았다. 그것을 손에 넣을 만한 능력이 자신에게 있다고 생각했었다. 결국 무엇을 얻은 것일까. 게스케는 죽어버렸다. 일도 잃었다. 이제 자신에게 남은 것은 하나도 없다.

신호등이 없는 교차로를 왼쪽으로 꺾고, 하즈키는 걸음을 멈추었다.

여행 가방을 고쳐 들고 눈을 힘껏 깜박였다. 진료소 간판에 불이 켜져 있었다. 간판은 새로 단지 얼마 안 되지 않은 듯, 검은 고딕체 글자가 또렷이 드러나 보였다.

'아오야마 진료소 원장 아오야마 야스조'

하즈키는 다시 걷기 시작했다.

잘 들어맞지 않는 유리문을 잡아당겼다. 열어 놓은 진찰실 문 저쪽에 아버지가 있었다. 등을 꼿꼿이 펴고 낡은 책상에 앉아 진료기록부를 들여다보고 있었다. "저 돌아왔어요"라고 말할까도 싶었지만 좀 멋쩍은 듯해 그만두었다.

"아버지."

조그만 목소리로 부르자 아버지가 고개를 들었다. 눈을 가늘게 뜨고 웃으면서 펜을 놓았다.

"초음파진단장치, 결국 사버렸다. 간판도 새로 달았고. 돈을 너무 많이 써버렸어."

"내일부터 도울게요."

옆을 향한 아버지의 눈에 물기가 어린 듯한 기분이 들었다. 볼도 떨리고 있었다.

"나 혼자서도 충분하긴 하지만 말이다. 그런데 너, 주사 놓을 줄이나 아는 거냐?"

붙박이장 속에 엄마의 흰 가운이 아직 있을까. 곰팡내가 조금 날지도 모르겠지만, 그것을 입고 내일부터 환자와 마주하자.

하즈키는 아버지를 향해 고개를 힘차게 끄덕였다.

옮긴이의 말

지금도 주인공 케스케의 고뇌에 찬 대사가 귓가에 울려 퍼진다. 천재 외과의사로서 이식할 심장이 없어 죽어가는 아들과 환자들을 보다 못해 아직 실용화되지도 않았고, 법으로도 허용하지 않는 이종이식에까지 손을 대는 그의 안타까움과 분노, 좌절감을 고스란히 드러내는 절규가 번역을 마치고 나서도 내 귓가에 메아리치고 있다.

장기이식 문제는 세계적인 이슈인데다 장기밀매까지 겹쳐 요즘도 심심찮게 언론에 등장하는 단골메뉴다. 얼마 전, 한 권투선수가 경기도중 쓰러져 결국 뇌사 판정을 받고 장기를 기증하면서 다시 한 번 뇌사와 장기이식에 관한 논란이 일었다.

장기가 손상되거나 선천적인 이상으로 예전에는 별도리 없이 죽었을 목숨이 이젠 의술의 발달로 장기만 적절하게 바꿔주면 살아날 수 있는 시대가 되었다. 하지만 문제는 이식용 장기에 대한 수요는 점점 증가하고 있으나 장기기증자는 늘지 않는다는 점이다. 이러한 장기부족 현상을 틈타 장기밀매 거래가 성행하고 있다. 특히 얼마 전에는 중국의 불법 장기 적출이 세상을 떠들썩하게 장식했다. 중국의 사형수와 뇌사자의 장기를 불법 거래하는 밀매조직이 기승을 부리면서 국제적인 이슈로 떠오르자 중국정부가 대책 마련에 골머리를 앓고 있다고 한다.

결국 이 모든 현상의 원인은 장기의 부족이고, 따라서 대안으로 이종이식 연구가 활발하게 이루어지고 있는 것이 현실이다. 하지만 이종이식은 윤리 문제는 접어두고라도, 면역거부반응과 돌연변이 감염질환의 발생 등 실용화시키기에는 아직 해결해야 할 과제가 산적해 있다.

소설《감염》은 이러한 사회적인 이슈를 배경으로 하고 있다.

아들이 눈앞에서 죽어가는 것을 뻔히 지켜봐야 하는 천재의사의 고뇌와 잘못된 선택, 거기에 인간의 탐욕스런 욕망과 유약함이 맞물려 빚어낸 연쇄살인을 주인공 여성의학자가 파헤쳐가는 이야기가 때로는 담담하게, 때로는 가슴 아프게, 때로는 극적 긴장감을 불어넣으며 빠르게 전개되고 있다.

구성상 서스펜스 형식을 취하면서도 심리소설이 아닐까 싶을 정도로 여주인공의 심리를 잘 그려내고 있다. 또한, 이 작품의 기조를 이루는 장기이식 문제 말고도, 대화가 단절된 부부간의 문제, 병원조직체계의 불합리성과 횡포, 의료사고 문제, 경박한 언론의 무책임성 등. 읽는 이로 하여금 한 번쯤 생각을 되짚게 하는 여러 가지 갈등요인이 곳곳에 배치되어 있어 읽는 재미를 한층 더해주고 있다.

나는 이 책을 옮기면서 여주인공 하즈키의 심리에 동화되는 경험을 맛보았다. 서스펜스 형식을 띤 소설임에도 하즈키의 시선을 따라가다 보면 그녀의 외로움, 남편에 대한 사랑, 의료현실의 모순점, 인간의 추한 욕망과 유약함, 의학의 한계에 슬퍼

하고 분노하고 좌절하고 절망하면서도 끝내는 다시 희망을 노래하는 심리가 그대로 가슴에 와 닿으며 내내 마음이 아팠다.

장기이식이라는 무거운 주제를 다루면서도 인간의 세밀한 감정 흐름을 놓치지 않고, 극적 긴장감도 불어넣으며 빠르게 전개하고 있는 저자의 글 솜씨를 보면, 이 소설이 데뷔작임에도 '제1회 쇼가쿠칸문고 소설상'을 수상한 것에 수긍이 갈 수밖에 없다.

저자인 센카와 다마키는 주로 의료기술이나 의료 문제를 파헤쳐온 저널리스트로서 이 책에서는 아직도 세계적으로 논란되는 장기이식 문제를 다루며 무엇이 인간을 위해 최선인가, 의학을 포함한 과학 발전의 한계는 어디까지여야 하는가 하는 윤리 문제를 제기하고 있다. 이 책을 옮기는 내내 신의 영역을 침범해서라도 죽어가는 아들과 환자를 살리고 싶어 했던 게스케의 핏빛 어린 절규가 책을 덮는 마지막까지 계속해서 울림으로 남아 있다. 물론 그 판단은 고스란히 독자들의 몫일 것이다.

감염感染

지은이 센카와 다마키 | **옮긴이** 김숙이

펴낸날 2008년 2월 26일 · 1판 1쇄

펴낸곳 도서출판 사람과책
펴낸이 이보환
기획편집 오승준 이장휘 | **마케팅** 신현정 이봉림 이원섭

등록 1994년 4월 20일(제16−878호)

주소 서울시 강남구 역삼1동 605−10 세계빌딩 5층
전화 02−556−1612~4 | **팩스** 02−556−6842
전자우편 manbook@hanafos.com | **홈페이지** http://www.mannbook.com
블로그 http://humanbooks.egloos.com

© 도서출판 사람과책 2008
Printed in Korea

ISBN 978−89−8117−104−9 04830 | 978−89−8117−101−8 (세트)

* 잘못된 책은 바꾸어 드립니다.
* 책값은 뒤표지에 있습니다.

「이 도서의 국립중앙도서관 출판시도서목록(CIP)은 e-CIP 홈페이지(http://www.nl.go.kr/cip.php)
에서 이용하실 수 있습니다.(CIP제어번호: CIP2008000425)」